インドとんち百譚《いんどとんちひゃくものがたり》

ラース・ビハーリー・ボース
渋沢青花 共著

画 岡村夫二

父兄《ふけい》たちへ

インドはかつて世界最古《せかいさいこ》の文明《ぶんめい》をもって東洋《とうよう》に雄視《ゆうし》した国《くに》であり、日本《にっぽん》は現代《げんだい》の新興文化《しんこうぶんか》をもって東洋《とうよう》に重《おも》きをなす国《くに》である。この二者《にしゃ》の関係《かんけい》は古来直接《こらいちょくせつ》にこそ交渉《こうしょう》はなかったものの、中国《ちゅうごく》を介《かい》して交流《こうりゅう》したことは今《いま》ここにいうまでもない。昔日《せきじつ》のインドの地位《ちい》は今《いま》や日本《にっぽん》に移《うつ》った観《かん》がある。

しかしインドも現在復興《げんざいふっこう》の気鬱勃《きうつぼつ》として止《とど》めがたいものがある。今後《こんご》の東洋《とうよう》は日印《にちいん》まさに提携《ていけい》して平和《へいわ》の浄土《じょうど》を再現《さいげん》せしむべき責務《せきむ》があらうと思《おも》う。そのためにはお互《たが》いの理解《りかい》こそもっとも必要《ひつよう》なので、最近日印文化《さいきんにちいんぶんか》の交換《こうかん》が着々《ちゃくちゃく》行《おこな》われつつある。例《たと》えばタゴール翁《おう》の経営《けいえい》せる国際大学《ヴィスワパロティ》には、日本《にっぽん》の女教師《じょきょうし》が招聘《しょうへい》されつつインド哲学《てつがく》および梵語《ぼんご》の研究《けんきゅう》に従事《じゅうじ》しているし、同校《どうこう》から日本《にっぽん》へも二人《ふたり》の学生《がくせい》が留学《りゅうがく》しているなどその例《れい》である。

私《わたし》はただ一意国《いちいくに》を憂《うれ》うるの士《し》として、政治以外他《せいじいがいた》を顧《かえり》みる暇《ひま》を持《も》たなかったものであるが、この頃日印相互《ごろにちいんそうご》の理解《りかい》のためには、その国情《こくじょう》なり、過去《かこ》の文化《ぶんか》なりを紹介《しょうかい》することのもっとも大切《たいせつ》なのを痛感《つうかん》するに至《いた》った。その一《ひと》つのよい手段《しゅだん》としてその国《くに》に伝《つた》えられた民話伝説《みんわでんせつ》を紹介《しょうかい》するということは極《きわ》めて有意義《ゆういぎ》のことで、ここにインドの文化国情《ぶんかこくじょう》を広《ひろ》く日本《にっぽん》の諸子《しょし》に知《し》って頂《いただ》きたい目的《もくてき》から、童話創作家《どうわそうさくか》としてまた研究者《けんきゅうしゃ》として定評《ていひょう》ある渋沢青花氏《しぶさわせいかし》と相図《あいはか》り、この一巻《いっかん》を公《おおやけ》にするに至《いた》った。

幸《さいわ》いにこの一小冊子《いちしょうさっし》が、多少《たしょう》なりとも日印両国《にちいんりょうこく》の理解《りかい》のために役立《やくだ》ち、そこに親交《しんこう》の情《じょう》を起《お》こさしめることができるならば、誠《まこと》に望外《ぼうがい》の喜《よろこ》びである。

ラース・ビハーリー・ボース

児童諸君《じどうしょくん》へ

インドはお釈迦《しゃか》さまの生《う》まれた国《くに》で、世界《せかい》においてももっとも古《ふる》く栄《さか》えた国《くに》ですから、その神話伝説《しんわでんせつ》などにも、インドの文明《ぶんめい》を物語《ものがた》るような話《はなし》がたくさんに伝《つた》えられております。そのうち「ジャータカ」とか「パンチャタントラ」とかいう古《ふる》いものは、日本《にっぽん》にも相当《そうとう》に紹介《しょうかい》され、現《げん》に私《わたし》も最近《さいきん》「ジャータカ」の一部《いちぶ》を訳《やく》して、刊行《かんこう》いたしました。しかし中世以後《ちゅうせいいご》の民話《みんわ》については、まだまとまった紹介《しょうかい》はされていないようです。本書《ほんしょ》は実《じつ》にその方面《ほうめん》を紹介《しょうかい》するもので、八《やっ》つの有名《ゆうめい》な話《はなし》を集《あつ》めました。

いずれもインド民話《みんわ》の一《ひと》つの特色《とくしょく》とも見《み》るべき滑稽《ユーモア》、とんちに富《と》んで、しかも辛辣《しんらつ》な風刺《ふうし》をもち、またそのうちに深《ふか》い真理《しんり》を見出《みいだ》すことができます。

「テナリラーマ物語《ものがたり》」と「ラジャ・ビルバル物語《ものがたり》」とは、我《わ》が国《くに》の曽呂利新左衛門《そろりしんざえもん》のごときとんち家《か》の奇行頓才《きこうとんさい》を物語《ものがた》るもので、その意表《いひょう》に出《で》るとんち譚《たん》には、ある時《とき》は感嘆《かんたん》させられ、ある時《とき》は腹《はら》を抱《かか》えて笑《わら》わせられ、またある時《とき》は手《て》を打《う》って痛快《つうかい》を叫《さけ》ばしめられるようなものがあります。

「マリアダ・ラーマン物語《ものがたり》」にいたっては、我《わ》が国《くに》の大岡《おおおか》政談《せいだん》を読《よ》むがごとく、ラーマンの一々《ひとひと》の名裁判《めいさいばん》ぶりに、ほとんど巻《かん》をおくことができません。

「ラヤとアパジの物語《ものがたり》」は、名君《めいくん》と名宰相《めいさいしょう》の物語《ものがたり》で、智慧《ちえ》の国《くに》としてのインドを思《おも》わしめ、「コマチのとんち物語《ものがたり》」と「馬鹿婿《ばかむこ》さんの話《はなし》その他《た》」は思《おも》いきって馬鹿《ばか》げた話《はなし》を集《あつ》めたものですが、味《あじ》わうと中々《なかなか》そこに深《ふか》いものがあります。

「新《しん》インド民話《みんわ》」と「テルグの民話《みんわ》」、いずれもインドの特色《とくしょく》をもち、これによってインドの風俗《ふうぞく》、人情《にんじょう》、信仰《しんこう》、文化《ぶんか》の状態《じょうたい》を知《し》ることができます。

昭和六年八月《しょうわろくねんはちがつ》　渋沢青花《しぶさわせいか》

賢い大臣

インドとんち百譚【もくじ】

父兄《ふけい》たちへ（R・B・ボース）2
児童諸君《じどうしょくん》へ（渋沢青花）4

Chapter 1
テナリラーマ物語《ものがたり》 13

1-1 お抱《かか》えの軽口師《かるくちし》になる話《はなし》 15
1-2 ゾウにふまれる刑罰《けいばつ》からのがれた話《はなし》 19
1-3 打《う》ち首《くび》の刑《けい》からのがれた話《はなし》 24
1-4 番兵《ばんぺい》が鞭《むち》でうたれた話《はなし》 28
1-5 きばつな絵《え》のかき方《かた》 31
1-6 泥棒《どろぼう》に仕事《しごと》の手《て》つだいをさせた話《はなし》 35
1-7 子馬《こうま》をそだてる話《はなし》 39
1-8 猫《ねこ》の子《こ》をそだてる話《はなし》 44
1-9 大学者《だいがくしゃ》をへこました話《はなし》 47
1-10 相撲取《すもうと》りをあざむいた話《はなし》 51
1-11 黒犬《くろいぬ》を白犬《しろいぬ》に変《か》える話《はなし》 58
1-12 坊《ぼう》さんに焼《やき》ごてをあてる話《はなし》 63

Chapter 2
マリアダ・ラーマン物語《ものがたり》 67

2-1 やりこめられた泥棒《どろぼう》たち 69
2-2 四人《よにん》の綿商人《わたしょうにん》と一匹《いっぴき》の飼《か》い猫《ねこ》 74
2-3 貯蓄心《ちょちくしん》のある女《おんな》と貯蓄心《ちょちくしん》のない女《おんな》 77
2-4 偽証人《にせしょうにん》の嘘《うそ》があらわれた話《はなし》 80
2-5 じぶんの口《くち》から借金《しゃっきん》を白状《はくじょう》した話《はなし》 82
2-6 鉄《てつ》を食《た》べるネズミと人《ひと》を食《く》うトビ 85
2-7 真珠《しんじゅ》を取《と》りもどした話《はなし》 87
2-8 指環《ゆびわ》がもとへもどった話《はなし》 90
2-9 鶏泥棒《にわとりどろぼう》がいっぱいはめられた話《はなし》 92
2-10 死《し》んだゾウの代《か》わりにこわれた焼《や》き物《もの》 96
2-11 牛泥棒《うしどろぼう》が見《み》あらわされた話《はなし》 98

Chapter 3
ラジャ・ビルバル物語《ものがたり》 103

ビルバルの若《わか》い頃《ころ》の伝記《でんき》 105
アクバルの宮廷《きゅうてい》に仕《つか》えたいとぐち 108

3-1 ビルバルの子供《こども》の時《とき》のとんち 113
3-2 書《か》いた線《せん》を短《みじか》くする話《はなし》 114
3-3 犬《いぬ》より悪《わる》いお婿《むこ》さん 116
3-4 牡牛《おうし》の乳《ちち》 118
3-5 アクバル王《おう》の虚栄《きょえい》を非難《ひなん》する 122
3-6 不吉《ふきつ》の男《おとこ》 123
3-7 六《むっ》つの最上《さいじょう》のもの 125
3-8 ひげの議論《ぎろん》をかたづける話《はなし》 128
3-9 ガンジス河《がわ》の水《みず》は神《かみ》さまの飲《の》み物《もの》 131
3-10 家来《けらい》たちの嫉妬《しっと》を退《しりぞ》ける 132
3-11 煙草《たばこ》とロバ 135
3-12 もっとも重要《じゅうよう》な木《き》の葉《は》 137
3-13 盲目《もうもく》にもいろいろある 139
3-14 ビルバルが子供《こども》になって見《み》せる 146
3-15 ビルバルとタンゼン 152
3-16 機転《きてん》を用《もち》いる 166
3-17 番兵《ばんぺい》をこらしめる 168
3-18 賢《かしこ》い返答《へんとう》 170
3-19 三《みっ》つの問題《もんだい》 172

Chapter 4
コマチのとんち物語《ものがたり》 175

4-1 ぬけめのないコマチ 177
4-2 コマチとサソリ 178
4-3 コマチと姑《しゅうと》さん 181
4-4 コマチとバラモンの坊《ぼう》さん 182
4-5 コマチのていねいな挨拶《あいさつ》 185
4-6 コマチらとパンディアンの王《おう》 187
4-7 盗《ぬす》まれたコマチの財産《ざいさん》 190
4-8 火《ひ》あぶりにされようとしたコマチ 192
4-9 馬《うま》の持《も》ち主《ぬし》を裁《さば》いたコマチ 195
4-10 物乞《ものご》いの喧嘩《けんか》を見《み》たコマチ 197
4-11 コマチと強盗《ごうとう》 198
4-12 コマチとお布施《ふせ》の牛《うし》 201
4-13 コマチ夫婦《ふうふ》と梁《はり》の上《うえ》の男《おとこ》 205
4-14 用心《ようじん》ぶかいコマチの策略《さくりゃく》 208
4-15 天国《てんごく》へ行《ゆ》く早道《はやみち》 210

Chapter 5
馬鹿婿《ばかむこ》さんの話《はなし》その他《た》 213

5-1 太陽《たいよう》の子《こ》を盗《ぬす》んだ婿《むこ》さん 215
5-2 お嫁《よめ》さんを打《う》ったお婿《むこ》さん 218
5-3 お母《かあ》さんを水《みず》に入《い》れたお婿《むこ》さん 221
5-4 近眼《きんがん》のお婿《むこ》さんの失敗《しっぱい》 224
5-5 字《じ》を見《み》て泣《な》いたお婿《むこ》さん 228
5-6 会話《かいわ》を考《かんが》えて行《い》った耳《みみ》の悪《わる》い婿《むこ》さん 232
5-7 頭巾《ずきん》を借《か》りたお婿《むこ》さん 236
5-8 「たしかにそう」 238
5-9 おまじないで泥棒《どろぼう》を捕《とら》える話《はなし》 242
5-10 お馬鹿《ばか》をまねて泥棒《どろぼう》を捕《とら》える話《はなし》 244
5-11 突然友情《とつぜんゆうじょう》のことをいいだす 247
5-12 瞬《まばた》きして命《いのち》を失《な》くしかける 249
5-13 用心《ようじん》がもとであらわれる 253
5-14 戦《たたか》いの報告《ほうこく》 254
5-15 おのれに出《い》でておのれに返《かえ》る 256
5-16 正直《しょうじき》な泥棒《どろぼう》と不正直《ふしょうじき》な大臣《だいじん》 259
5-17 船《ふね》をひっくりかえした小坊主《こぼうず》 262
5-18 ほえなかった番犬《ばんけん》とロバ 264

Chapter 6
新《しん》インド民話《みんわ》 267

6-1 二《ふた》つのお椀《わん》の話《はなし》 269
6-2 二人《ふたり》の馬鹿者《ばかもの》の話《はなし》 275
6-3 隠《かく》しの中《なか》から聞《き》こえたオウムの声《こえ》 276
6-4 七歳《ななさい》の老人《ろうじん》 278

Chapter 7
ラヤとアパジの物語《ものがたり》 281

7-1 アパジが総理大臣《そうりだいじん》に出世《しゅっせ》した話《はなし》 283
7-2 安楽《あんらく》と地位《ちい》の標準《ひょうじゅん》はちがう 287
7-3 王《おう》を蹴《け》って悪口《わるくち》いった者《もの》の刑罰《けいばつ》 289
7-4 動《うご》くキャベツ 293
7-5 アパジがラヤ王《おう》を救《すく》いだす話《はなし》 294
7-6 神《かみ》の像《ぞう》を見《み》わけた話《はなし》 298
7-7 罪人《ざいにん》に敵《てき》の大臣《だいじん》を討《う》たせた話《はなし》 302
7-8 人《ひと》は自分《じぶん》を標準《ひょうじゅん》として判断《はんだん》する 307
7-9 苦労《くろう》は人《ひと》の力《ちから》を殺《そ》ぐ 310
7-10 三人《さんにん》の娘《むすめ》の言葉《ことば》を解《と》く 314

7-11 悪口《わるくち》のうちに褒《ほ》め言葉《ことば》 *316*

7-12 学者《がくしゃ》の馬鹿者《ばかもの》 *322*

7-13 群臣《ぐんしん》の中《なか》から皇帝《こうてい》を見出《みいだ》す *327*

Chapter 8
テルグの民話《みんわ》 **329**

8-1 王《おう》さまと相撲取《すもうと》り *331*

8-2 老婆《ろうば》と牡鶏《おんどり》とかまど *333*

8-3 賢《かしこ》い大臣《だいじん》 *336*

8-4 獅子《しし》とキツネ *339*

8-5 不運《ふうん》はどこへ行《い》っても不運《ふうん》 *343*

8-6 デュルブッディとスブッディ *345*

8-7 天国《てんごく》へ行《い》った者《もの》地獄《じごく》へ行《い》った者《もの》 *348*

8-8 後継者《あとつぎ》の選択《せんたく》 *351*

8-9 智慧《ちえ》で罪《つみ》をのがれる *353*

8-10 最後《さいご》にほんとのことがわかる *356*

8-11 忠実《ちゅうじつ》な従者《じゅうしゃ》 *358*

8-12 ウサギとゾウ *363*

8-13 泥棒《どろぼう》がいっぱいくわされる *367*

8-14 シビ王《おう》 *369*

8-15 りこうな諫言《かんげん》 *371*

8-16 恩知《おんし》らず *375*

8-17 四《よっ》つのお守《まも》り *377*

8-18 空想《くうそう》にふけった坊《ぼう》さん *380*

8-19 鶴《つる》と白鳥《はくちょう》 *383*

8-20 泥棒《どろぼう》にだまされた坊《ぼう》さん *385*

8-21 王《おう》さまの力《ちから》と神《かみ》さまの力《ちから》 *388*

8-22 マホメット教徒《きょうと》と泥棒《どろぼう》 *391*

Chapter 1

तेनालीराम की कहानियाँ

テナリラーマ物語

てなりらーまものがたり

पहला अध्याय

【テナリラーマ物語《ものがたり》】

「テナリラーマ物語《ものがたり》」は南《みなみ》インドに広《ひろ》く流布《るふ》する、西洋《せいよう》でいってみればイソップ物語《ものがたり》といったような、民間《みんかん》に伝承《でんしょう》された有名《ゆうめい》な話《はなし》である。むかしインド国内《こくない》がいくつかに分《わ》かれて、地方地方《ちほうちほう》に王国《おうこく》が占拠《せんきょ》した頃《ころ》には、各国《かっこく》の宮廷《きゅうてい》ごとにお抱《かか》えの軽口師《かるくちし》というものがあった。これは一面詩人《いちめんしじん》であるとともに、そのとんちによって王《おう》の愛護《あいご》をうけたもので、日本《にっぽん》にこの例《れい》を求《もと》めれば、太閤秀吉《たいこうひでよし》に仕《つか》えた曽呂利新左衛門《そろりしんざえもん》のごときである。テナリラーマ（Tennalirama）は、伝説《でんせつ》によると十六世紀《じゅうろくせいき》のはじめ頃《ごろ》、ヴィジャヤナガラ国《こく》（Vijayanagara）を治《おさ》めていたクリシュナデヴァ・ラヤ王《おう》（Krishnadeva Raya）に寵愛《ちょうあい》をうけた有名《ゆうめい》な軽口師《かるくちし》で、その奇行《きこう》とんちを語《かた》り伝《つた》えたものがこの「テナリラーマ物語《ものがたり》」である。

राजा का कर्मचारी बनने की कहानी

お抱《かか》えの軽口《かるくち》師《し》になる話《はなし》　Chapter 1-1

テルグ（Telugu）の国《くに》の、テナリという村《むら》に、その名《な》をラーマとよぶ、バラモンの子供《こども》が生《う》まれました。この子供《こども》が、少《すこ》し大《おお》きくなってから、ある日《ひ》往来《おうらい》で、一人《ひとり》の托鉢《たくはつ》してあるく坊《ぼう》さんに出《で》あいました。坊《ぼう》さんは、その子供《こども》のりっぱな顔《かお》かたちに感心《かんしん》して、一言二言話《ひとことふたことはな》しかけてみますと、その答《こた》えることが、実《じつ》にとんちに富《と》んでおりますので、将来《しょうらい》かならずえらい人間《にんげん》になるにちがいないとおもいました。そこで、なにやらおまじないを教《おし》えてやって、申《もう》しました。

「ねえ、坊《ぼっ》ちゃん、いつか、たった一晩《ひとばん》でいいからね、カーリー（Kali）の神《かみ》さまの前《まえ》で、このおまじないを、なんべんも、なんべんも、くりかえしてごらん。そうすると、あの顔《かお》

が千《せん》もあるカーリーの神《かみ》さまが、目《め》のまえにあらわれるから
ね、そうしたら、少《すこ》しもこわがらずに、しゃんとしていてご
らん。きっと、ほしいとおもうものが、なんでも、さずけて
もらえるから。」

　こういわれてラーマは、その日《ひ》から、いつかよいおりに、
近所《きんじょ》の村《むら》にあるカーリーの神《かみ》のおやしろへ、行《い》くようなこと
があったならと、待《ま》ちこがれておりました。

　そのうちに、ちょうどよいおりがあって、ラーマは、カー
リーの神《かみ》のおやしろへ行《い》きました。そこで、坊《ぼう》さんから教《おそ》わっ
たおまじないを、神《かみ》さまのまえで、くりかえし、くりかえし
唱《とな》えました。たちまちカーリーの神《かみ》が、目《め》のまえに、姿《すがた》をあ
らわしました。けれどこの小《ちい》さな子供《こども》は、少《すこ》しもこわがらな
いばかりか、かえって神《かみ》さまをながめて笑《わら》いましたから、カー
リーの神《かみ》さまは、おごそかな声《こえ》で、

「なぜ笑《わら》うのか？」

と、たずねました。するとラーマは答《こた》えました。

「だって、私《わたし》たち人間《にんげん》は、鼻《はな》がたった一《ひと》つで、手《て》が二《ふた》つしかないのです。それでさえ風《かぜ》をひくと、二《ふた》つの手《て》で、一《ひと》つの鼻《はな》をかむのが、やっかいなのです。あなたのように千《せん》も鼻《はな》のあるものが、風《かぜ》をひいたら、それこそ小《ちい》さな二《ふた》つの手《て》で、どうして鼻《はな》をかみきれるだろうとおもうと、ふしぎになるのですよ。」

この子供《こども》は、実《じつ》にとんちに富《と》んだことをいったもので、それをきいて、神《かみ》さまは感心《かんしん》してしまいました。

「ああ、おまえは、実《じつ》にうまいことをいう奴《やつ》だ。よしよし、今日《きょう》から、おまえを軽口師《かるくちし》にしてやろう。」

すると子供《こども》は、即座《そくざ》に申《もう》しました。

「カーリーの神《かみ》さま、まことにりっぱなものをおさずけくだすって、ありがとう存《ぞん》じます。いただいたものは、右《みぎ》から左《ひだり》へ読《よ》んでも軽口《かるくち》師《し》でございますが、左《ひだり》から右《みぎ》へ読《よ》んでも軽口《かるくち》師《し》でございますね。」

と、申《もう》しました（これはタミル語《ご》で軽口《かるくち》師《し》という言葉《ことば》を、右《みぎ》から読《よ》んでも左《ひだり》から読《よ》んでも同《おな》じなので、ちょうど日本語《にほんご》の「八百屋《やおや》」を、上《うえ》から読《よ》んでも下《した》から読《よ》んでも「ヤオヤ」であるのと、同《おな》じ理屈《りくつ》です）。

神《かみ》さまは、ますます感心《かんしん》して申《もう》しました。

「おまえは実《じっ》に智慧《ちえ》があるから、王《おう》さまのお抱《かか》えの軽口《かるくち》師《し》にしてやろう。そして王《おう》さまの御前《ごぜん》で会議《かいぎ》が開《ひら》かれる時《とき》には、いつも人々《ひとびと》がおまえのとんちに感嘆《かんたん》して、ほめそやすようにしてやろう。」

こういって、神《かみ》さまは姿《すがた》を消《け》しました。

ラーマは、その日《ひ》から、軽口《かるくち》師《し》としてだんだん有名《ゆうめい》になり、とうとうラヤ王《おう》の御殿《ごてん》にまできこえて、召《め》し抱《かか》えられることになりました（クリシュナデヴァ・ラヤ王《おう》は、十六世紀《じゅうろくせいき》のはじめ頃《ごろ》ハンピ（Hampi）というところで国《くに》を治《おさ》めたヴィジャヤナガラ王家《おうけ》の一王《いちおう》さまであります）。

Chapter 1-2　ゾウにふまれる刑罰《けいばつ》からのがれた話《はなし》

कहानी जो कि हाथी पर दबाने वाली सजा से बच गई

ある日《ひ》のことであります。テナリラーマは、あまりに軽口《かるくち》がすぎたために、ラヤ王《おう》のごきげんを、たいそうそこねました。王《おう》さまはご立腹《りっぷく》のあまり、テナリラーマを、ゾウにふみ殺《ころ》させる刑《けい》に処《しょ》せよと、お命《めい》じになりました。

家来《けらい》たちは、テナリラーマを、市外《しがい》のひろい草原《そうげん》にひきだして、地《じ》めんにふかい穴《あな》を掘《ほ》り、そのなかに生《い》きうめにして、顔《かお》だけ外《そと》へ出《だ》させておきました。それから、その頭《あたま》のうえをふませるために、ゾウをとりに、市《まち》へかえってゆきました。

ところがその間《あいだ》に、ねこ背《ぜ》の洗濯夫《せんたくふ》が、そこを通《とお》りかかりまして、軽口師《かるくちし》に声《こえ》をかけてたずねました。

「おまえさん、一体《いったい》こりゃ、どうしたわけで、地《じ》めんのなかに、うずまっているのかね？」

するど、テナリラーマは答《こた》えました。

「私《わたし》はね、永年《ながねん》のあいだ、ひどいねこ背《ぜ》でしてね、どうかして、それをなおしたいとおもったところが、医者《いしゃ》が、まがった背《せ》なかをまっすぐにするには、こうするがよいといって、私《わたし》をここにうめたのですよ。そのおかげで、まがった背《せ》なかがなおって、今《いま》じゃまっすぐになりました。まあ、私《わたし》を掘《ほ》りだし

Chapter 1

てみて、どんなふうになったか、ごらんなさい。」

洗濯夫《せんたくふ》は、すぐと、軽口師《かるくちし》を掘《ほ》りだしてみました。なるほど話《はなし》のとおり、どこにも身体《からだ》にまがったところが見《み》あたりませんでしたから、じぶんもそうやって、ねこ背《ぜ》をなおしたいと考《かんが》えて、どうか今度《こんど》は、じぶんを代《か》わりに、その穴《あな》のなかへうめてくれと頼《たの》みました。

テナリラーマは、すぐと承知《しょうち》して、洗濯夫《せんたくふ》を、穴《あな》のなかへうめてやりました。そうしておいて、じぶんは、洗濯夫《せんたくふ》の包《つつ》みをもって、御殿《ごてん》へかえってゆきました。王《おう》さまが、それをごらんになって、

「こりゃ、どうしたというのだ！　テナリラーマが、こんなところへやって来《く》るとは！　おまえは、ゾウにふみ殺《ころ》される刑罰《けいばつ》をいいわたされたのではないか。」

と、おっしゃいました。

軽口師《かるくちし》は、うやうやしくおじぎをして、申《もう》しました。

「さようでございます。ゾウにふみ殺《ころ》される刑《けい》をいいわたされたのでございましたが、正直者《しょうじきもの》の洗濯夫《せんたくふ》が、しんせつに、わたくしの代《か》わりになってくれまして、この洗濯物《せんたくもの》をわたくしにことづけたのでございます。」

そこで、穴《あな》からぬけだして来《き》たわけを、こまごまとお話《はな》ししましたので、王《おう》さまはお腹《なか》を抱《かか》えてわらいこけられ、この軽口師《かるくちし》の罪《つみ》をゆるしておあげになりました。

कहानी जो कि सिर काटने से बच गई

打《う》ち首《くび》の刑《けい》からのがれた話《はなし》　Chapter 1-3

またある日《ひ》のこと、テナリラーマが、うっかり口《くち》をすべらして、たいへん失礼《しつれい》な軽口《かるくち》を申《もう》しましたので、ラヤ王《おう》は、ひどく腹《はら》をお立《た》てになりました。そして二人《ふたり》の家来《けらい》をよび、それにテナリラーマを引《ひ》きわたして、

「さあ、この無礼者《ぶれいもの》を、わが面前《めんぜん》より引立《ひった》てて、剣《けん》をもって首《くび》を打《う》ちおとしてやれ。」

と、申《もう》しました。

命令《めいれい》によって家来《けらい》たちは、テナリラーマを引立《ひった》てて行《い》って、残酷《ざんこく》な刑罰《けいばつ》をおこなう用意《ようい》をしておりますと、テナリラーマは、しずかに声《こえ》をかけていいました。

「どっちみち、わたしの首《くび》は斬《き》りおとされるにきまっている

のだから、ほんの少《すこ》しの間《あいだ》待《ま》ってくれぬか。来世《らいせ》の冥福《めいふく》をいのりたいので、あの向《む》こうの水槽《すいそう》の中《なか》に、わたしを入《い》れて、首《くび》だけ水《みず》の外《そと》へ出《だ》させておいてくれ（宗教国《しゅうきょうこく》のインドでは往来《おうらい》のいたるところに水槽《すいそう》があり、人《ひと》はその水《みず》につかって身体《からだ》をきよめる習慣《しゅうかん》がある）。そういう姿勢《しせい》で、わたしは一《いち》時間半《じかんはん》ばかり、神《かみ》さまに黙祷《もくとう》したいのだ。その間《あいだ》、おまえたち二人《ふたり》は剣《けん》をぬいて、両側《りょうがわ》に立《た》って、わたしを見《み》はっていてくれ。そしてわたしの黙祷《もくとう》がおわったら、その時同時《ときどうじ》に剣《けん》をふるって、ただ一《ひと》うちに、わたしの首《くび》を斬《き》りおとしてもらいたい。」

　家来《けらい》たちは、その願《ねが》いをきいてやりました。そこでテナリラーマは、水槽《すいそう》の中《なか》につかりましたが、やがて黙祷《もくとう》がおわって、家来《けらい》たちが、両方《りょうほう》から彼《かれ》の首《くび》にねらいをつけて剣《けん》をふるうと、その瞬間《しゅんかん》、テナリラーマは、水《みず》の中《なか》にもぐりましたので、家来《けらい》たちはおたがいに、おたがいの剣《けん》で、じぶんたちの首《くび》をおとしあいました。

ほどなく、テナリラーマは、ラヤ王《おう》の御前《ごぜん》に姿《すがた》をあらわしましたので、王《おう》さまはおどろいて、そのわけをたずねました。テナリラーマは、それに対《たい》して、ただ簡単《かんたん》にこういって答《こた》えました。

「馬鹿《ばか》な奴《やつ》たちでございますよ！　あれらは、おたがいに殺《ころ》しあって、わたしを逃《に》がしてくれましたのでございます。」

Chapter 1

कहानी जो कि गर्ड एक कोडा से मारा गया था

番兵《ばんぺい》が鞭《むち》でうたれた話《はなし》　Chapter 1-4

　ある時《とき》、テルグの国《くに》から、クリシュナ神《しん》（Krishna）の一生《いっしょう》を芝居《しばい》にして踊《おど》る、坊《ぼう》さんたちの一行《いっこう》が、王《おう》さまの御殿《ごてん》にやって来《き》ました。王《おう》さまは、御殿《ごてん》で、踊《おど》りをご覧《らん》になることになりましたが、テナリラーマは中《なか》へ入《い》れないようにと、二《ふた》つの門《もん》の見《み》はりをしている番兵《ばんぺい》たちに、いいつけておきました。

　やがて、御殿《ごてん》のなかで、踊《おど》りがはじまると、テナリラーマは、第一《だいいち》の門《もん》の番兵《ばんぺい》のところに行《い》って、申《もう》しました。

「わたしを、中《なか》へ入《い》れてくれ。もらったご褒美《ほうび》は、おまえに半分《はんぶん》やることにするから。」

　番兵《ばんぺい》は、ゆるして、中《なか》へ入《い》れてやりました。

テナリラーマは、第二《だいに》の門《もん》の番兵《ばんぺい》のところに行《い》って、おなじことをいって、中《なか》へ入《い》れてもらいました。それから、踊《おど》りの席上《せきじょう》へ来《く》ると、かくしもった、乳《ちち》をかきまわす棒《ぼう》をとり出《だ》して、クリシュナ神《しん》に扮《ふん》している踊《おど》り手《て》を、うちました。

役者《やくしゃ》は思《おも》わず、

「ああ、痛《いた》い、痛《いた》い！」

と声《こえ》をあげて、泣《な》きさけびました。

テナリラーマは、

「へん、この男《おとこ》が、クリシュナ神《しん》だって？　クリシュナ神《しん》は、大勢《おおぜい》の羊飼《ひつじか》いの娘《むすめ》から乳《ちち》をかきまわす棒《ぼう》で、いくつとなく打《う》たれたということだが、わたしがたった一《ひと》つ、この棒《ぼう》で打《う》ったばかりだのに、それがこらえられないというのは、どうしたことだ。」

と、いいました。

王《おう》さまは、彼《かれ》の姿《すがた》を見《み》ると、申《もう》しました。

「あの男《おとこ》は、どうしてここに入《はい》って来《き》たのか。鞭《むち》でもって、あの男《おとこ》を、二十四《にじゅうよん》へんたたいてやれ。」

テナリラーマは、鞭《むち》で打《う》たれるために、引立《ひった》てられてゆきました。第二《だいに》の門《もん》まで来《く》ると、テナリラーマは、番兵《ばんぺい》にむかっていいました。

「おまえは、わたしのもらった褒美《ほうび》を、半分《はんぶん》もらう約束《やくそく》を、しやしなかったかね？」

「たしかに、しました。」

と、番兵《ばんぺい》は答《こた》えました。

「わたしは、二十四《にじゅうよん》打《う》ち鞭《むち》をもらうことになった。そのうちの半分《はんぶん》——十二《じゅうに》打《う》ちは、おまえがもらう分《ぶん》だ。」

テナリラーマはこういって、第二《だいに》の門《もん》の番兵《ばんぺい》を、鞭《むち》で打《う》たせました。それから第一《だいいち》の門《もん》に行《い》って、ここの番兵《ばんぺい》には、あとの半分《はんぶん》の十二《じゅうに》打《う》ちをわけてやり、じぶんは一《ひと》つも打《う》たれないで、すましました。

कैसे एक अजीब चित्रकला खींचना है
きばつな絵《え》のかき方《かた》 Chapter 1-5

ラヤ王《おう》が、ある時《とき》、りっぱな、何階建《なんかいだ》てかの家《いえ》をたてましたので、画家《がか》をよんで、壁《かべ》に、適当《てきとう》の絵《え》を描《か》かせました。いよいよできあがりましたと、画家《がか》からの知《し》らせがありますと、王《おう》さまは、大臣《だいじん》その他《た》の家来《けらい》をお供《とも》につれて、その家《いえ》へおなりになりました。あれこれと、絵《え》を見《み》ているうちに、テナリラーマが、人物《じんぶつ》を横側《よこがわ》から描《か》いた絵《え》に目《め》をとめて、

「大王《だいおう》さま、この絵《え》は、片方《かたほう》の手足《てあし》しか描《か》いてございませんぞ！　片一方《かたいっぽう》の手足《てあし》は、どこにあるのでございましょうか？」

と、たずねました。

それをきいて、王《おう》さまは答《こた》えました。

「描《か》いてない方《ほう》の手足《てあし》は、向《む》こう側《がわ》にあるものと、想像《そうぞう》しなけりゃならん。それがおまえには、わからんのか？」

王《おう》さまは、そういって、お笑《わら》いになりました。

「ハイ、やっと、わかりましてございます。」

と、テナリラーマは、いかにも、うわべはもっともらしい顔《かお》をして、申《もう》しました。

そのことがあってから、しばらくたって後《のち》に、ある日《ひ》、テナリラーマは王《おう》さまに申《もう》しました。

「いつぞや、ご新築《しんちく》の御殿《ごてん》を拝見《はいけん》いたしましてから後《のち》、ずっとわたくしは、絵《え》を稽古《けいこ》いたしておりました。今《いま》では、りっぱな画家《がか》になりましたので、ぜひ腕前《うでまえ》を、見《み》ていただかなければなりません。」

「ウン、そうか？」

と王《おう》さまはおっしゃって、ちょうど御殿《ごてん》の壁《かべ》に描《か》いた絵《え》が、古《ふる》くなっておりましたから、

「それでは、この御殿《ごてん》の古《ふる》い絵《え》を、すっかり消《け》して、新《あたら》しい絵《え》を描《か》いてみてくれ。」

と、つけくわえて申《もう》されました。そこで、ご用《よう》をいいつけた印《しるし》に、檳榔樹《びんろうじゅ》の葉《は》と実《み》をくださいまして、ご自分《じぶん》はその御殿《ごてん》をあけて、他《ほか》の御殿《ごてん》におうつりになりました。

テナリラーマは、壁《かべ》に描《か》いてあった美《うつく》しい絵《え》を、すっかり消《け》してしまって、それからじぶんの描《か》く絵《え》にとりかかりました。まず、一《いっ》か所《しょ》に、一《ひと》つの爪《つめ》を描《か》きました。他《ほか》の場所《ばしょ》には、一本《いっぽん》の指《ゆび》を描《か》きました。三番目《ばんめ》には、一本《いっぽん》の手《て》を描《か》きました。

こんな風《ふう》に、まったく勝手気《かってき》ままに、御殿《ごてん》じゅうの壁《かべ》を塗《ぬ》りこくって、見《み》られないように、きたなくしてしまいました。

その後《あと》で、彼《かれ》は王《おう》さまの御前《ごぜん》に出《で》て、申《もう》しあげました。

「絵《え》を書《か》きあげましたゆえ、おなりを願《ねが》えれば光栄《こうえい》に存《ぞん》じます。」

王《おう》さまは、テナリラーマのいうことをまにうけて、数人《すうにん》の家来《けらい》をしたがえ、御殿《ごてん》へおなりになりました。

さて、テナリラーマの描《か》いたというその絵《え》をご覧《らん》になると、王《おう》さまはびっくりなさって、

「なんだ、これは！　テナリラーマ！　半端《はんぱ》な手足《てあし》と、身体《からだ》の部分《ぶぶん》が、きれぎれに描《か》いてあるだけではないか。」

と、おっしゃいました。

テナリラーマは、申《もう》しました。

「陛下《へいか》は、向《む》こう側《がわ》にございます手足《てあし》や、身体《からだ》の部分《ぶぶん》を想像《そうぞう》

なさらねばなりません。そのようなわかりきったことを、お忘《わす》れになったのでございますか？」

「ああ、わしはいっぱい食《く》わされた。おまえは御殿《ごてん》じゅうを、だいなしにしおった。」

王《おう》さまは、こういって叫《さけ》ばれました。それから、たいそう赤面《せきめん》して、腹《はら》をお立《た》てになりながら、お居間《いま》へお帰《かえ》りになりました。

कहानी जो कि चोर को काम में मदद करने दो

泥棒《どろぼう》に仕事《しごと》の手《て》つだいをさせた話《はなし》　Chapter 1-6

ある晩《ばん》のこと、六人《ろくにん》の泥棒《どろぼう》が、テナリラーマの家《うち》の近《ちか》くに身《み》をひそませて、すきをうかがって、家《うち》の中《なか》へしのびこもうとしているのを、テナリラーマは気《き》づきました。そこで彼《かれ》は、すばやくあちこちの部屋《へや》に入《はい》って、お金《かね》だの、宝石《ほうせき》だの、絹《きぬ》の着物《きもの》だのだいじなものをみんな、鍵《かぎ》をかけてしまってしまいました。それから奥《おく》さんをよびよせて、泥棒《どろぼう》にきこえるような大《おお》きい声《こえ》で、

「この頃《ごろ》市《まち》が非常《ひじょう》にぶっそうだから、財産《ざいさん》のありったけを、大《おお》きな箱《はこ》に入《い》れて、しっかり錠《じょう》をおろしておこう。」

といい、それから大《おお》きな箱《はこ》に石《いし》や瓦《かわら》をつめこみ、じぶんと、奥《おく》さんと、息子《むすこ》と三人《さんにん》して、庭《にわ》にある井戸端《いどばた》へ、運《はこ》んで行《い》って、ドブンと音《おと》をさせて、井戸《いど》のなかへ投《な》げこんでしまいました。

この有様《ありさま》を、じっと見《み》ていた泥棒《どろぼう》たちは、すっかりだまされてしまって、たがいにささやきあいました。

「おい、もう家《うち》のなかへしのびこむには、あたらないぜ。井戸《いど》のなかへ入《はい》って行《い》ってあの箱《はこ》をとり出《だ》して来《こ》よう。馬鹿《ばか》に都合《つごう》よくしてくれたもんだな。」

そこでそのうちの一人《ひとり》が、井戸《いど》のなかへおりてゆきましたが、よく見《み》ると、水《みず》がとても深《ふか》いので、

「これは、少《すこ》し水《みず》を汲《く》みださないと、だめだぜ。そうすれば、わけなく、箱《はこ》がとり出《で》せるけれど。」

といいましたので、みな、それに賛成《さんせい》しました。

泥棒《どろぼう》たちは、三人《さんにん》ずつ二手《ふたて》にわかれて、井戸《いど》の水《みず》を汲《く》みだすことになりました。

その間《あいだ》に、テナリラーマは、こっそり庭《にわ》へやって来《き》て、水《みず》の流《なが》れる溝《どぶ》の通路《つうろ》を、あちらを開《あ》けたり、こちらを締《し》めたりしていました。それらの溝《どぶ》は、檳榔樹《びんろうじゅ》だとか、シナノキだとか、オレンジだとか、シトロンだとか、椰子《やし》の樹《き》だとか、そ

の他《た》さまざまの樹《き》が植《う》わっている畑《はたけ》へと、それぞれ通《つう》じていましたので、よいぐあいに、水《みず》があっちこっちへと、分配《ぶんぱい》されて流《なが》れました。

井戸《いど》には、水《みず》がたくさんありましたので、泥棒《どろぼう》たちは、夜《よ》どおし、水《みず》をかい出《だ》しておりました。夜《よ》があけかけた時《とき》に、テナリラーマは、大声《おおごえ》にどなりました。

「よいぐあいに、すっかり庭《にわ》へ、水《みず》がやれたよ。さあ、もうやめてよろしい。」

それをきいて、泥棒《どろぼう》たちは、つかまえられもせず、たやすくゆるされたのをありがたがって、逃《に》げてゆきました。

एक बछोड़ा उठाने की कहानी
子馬《こうま》をそだてる話《はなし》　Chapter 1-7

ラヤ王《おう》が、子馬《こうま》をたくさん手《て》に入《い》れたので、それを町《まち》の人《ひと》たちに、一軒《いっけん》について一頭《いっとう》ずつの割合《わりあい》で、わけてやりました。そしてまた、子馬《こうま》をもらった者《もの》には、それをそだてるための飼《か》いば料《りょう》およびその他《た》の手当《てあ》てとして、毎月金貨三枚《まいつききんかさんまい》ずつをあたえると、おっしゃいました。

人々《ひとびと》は、子馬《こうま》をいただいて、それぞれ皆《みな》、上手《じょうず》に飼《か》いはじめました。テナリラーマばかりは、四方《しほう》をすっかりとざした、小《ちい》さな小屋《こや》を建《た》てて、そのなかに子馬《こうま》を放《はな》ち、ちょうど馬《うま》の顔《かお》があたるへんの壁《かべ》に、すき間《ま》をあけておき、小屋《こや》のなかには、小《ちい》さい穴《あな》を掘《ほ》っておきました。

彼《かれ》は、毎朝草《まいあさくさ》を一《ひと》にぎりつかんでは、この小屋《こや》へやって来《き》て、壁《かべ》のすき間《ま》から草《くさ》をさしこんで、食《た》べさせてやり、また小屋《こや》のなかの穴《あな》へ、少《すこ》しばかりの水《みず》をあげてやりました。夕方《ゆうがた》にも、これと同《おな》じことをしてやりました。

こういう風《ふう》にして、子馬《こうま》をそだてるために毎月《まいつき》もらう三枚《さんまい》の金貨《きんか》は、まったくじぶんのためにつかっていたのでありました。

三年後《さんねんご》に、王《おう》さまは、町《まち》の人《ひと》たちにおふれを出《だ》して、そのそだてた子馬《こうま》をつれて来《く》るようにと命《めい》じました。みんな命令《めいれい》どおりに、子馬《こうま》をつれて来《き》ましたが、どの馬《うま》を見《み》ても、肥《ふと》って肉《にく》づきがよく、毛並《けなみ》はつやつやとしており、蹴《け》ったり、踊《おど》ったり、跳《は》ねたり、駆《か》けったりして、なかなかげんきでありました。

テナリラーマだけは、馬《うま》をつれて来《き》ませんでした。王《おう》さまが彼《かれ》をお召《め》しになって、

「なぜ、おまえはじぶんの馬《うま》をつれて来《こ》ないのか。」

と、おたずねになりますと、

「誰《だれ》もそばによって、つかまえることができないのでございます。誰《だれ》かご家来《けらい》のうちの、マホメット教信者《きょうしんじゃ》で、もっともくっきょうの者《もの》をお貸《か》しくださいますれば、つかまえてまいりましょう。」

と、答《こた》えました。

そこで、王《おう》さまは望《のぞ》みどおりの手《て》つだいを、貸《か》しあたえました。その選《えら》びだされたマホメット教信者《きょうしんじゃ》というのは、十八《じゅうはち》インチもある、細《ほそ》いあごひげを生《は》やした男《おとこ》でありました。テナリラーマは、その男《おとこ》を、子馬《こうま》のいるところへつれて行《い》って、すき間《ま》から中《なか》をのぞいてみろといいました。マホメット教信者《きょうしんじゃ》は、顔《かお》をすき間《ま》から突《つ》っ込《こ》んで、中《なか》をのぞきました。子馬《こうま》は、いつものとおり、草《くさ》を中《なか》へ入《い》れてくれたものとおもいこみ、いきなり駆《か》けて来《き》て、その男《おとこ》のひげに、かぶりつきました。

マホメット教信者《きょうしんじゃ》は、

「ああ！　ああ！」

と、声《こえ》をたてて、泣《な》きだしました。

テナリラーマは、すぐと王《おう》さまの御前《ごぜん》へかけもどって、申《もう》しました。

「子馬《こうま》が、陛下《へいか》のご家来《けらい》の、マホメット教信者《きょうしんじゃ》にかみついて、どうしても放《はな》しません。かわいそうに、あの男《おとこ》はおいおいと泣《な》いております。」

王《おう》さまは、すぐとテナリラーマの家《うち》へお出《い》でになって、子馬《こうま》がマホメット教信者《きょうしんじゃ》の男《おとこ》にかみついて、それがためにその男《おとこ》が苦《くる》しがって、大《おお》さわぎをしている様《さま》をご覧《らん》になりました。

すぐに壁《かべ》をこわさせましたので、ひげはわけなく離《はな》れました。しかし、王《おう》さまはこんなさわぎをおこさせた子馬《こうま》が、細《ほそ》い脚《あし》をして、よろよろしているのを見《み》て、びっくりいたしました。テナリラーマが、この動物《どうぶつ》のめんどうを見《み》て飼《か》っていなかったことが、明《あき》らかになりましたので、王《おう》さまは、

「月々《つきづき》の手当《てあ》ての金《かね》を、どういたしたのか。」

と、きびしくおたずねになりました。

しかし、テナリラーマは即座《そくざ》にこういって答《こた》えました。

「この子馬《こうま》は、飼《か》いばをあまりやらなくてさえ、手《て》におえないのでございます。それは、ここにいるマホメット教信者《きょうしんじゃ》のうちの、一番《いちばん》の勇者《ゆうしゃ》がとりおさえかねているのを見《み》ても、あきらかでございます。まして、これに充分《じゅうぶん》飼《か》いばをやりましたならば、誰《だれ》が自由《じゆう》にとりあつかうことができましょう。」

この答《こた》えの大胆《だいたん》さには、王《おう》さまも怒《おこ》ることを通《とお》りこして、

ただあきれました。そして王《おう》さまも家来《けらい》たちも、お腹《なか》がやぶれるかとおもうまで、笑《わら》いくずれました。

एक बिल्ली का बच्चा उठने की कहानी

猫《ねこ》の子《こ》をそだてる話《はなし》　Chapter 1-8

ラヤ王《おう》が、町《まち》の人《ひと》たちに、一軒《いっけん》につき猫《ねこ》の子《こ》を一匹《いっぴき》と、牝牛《めうし》を一頭《いっとう》ずつくださって、その牝牛《めうし》の乳《ちち》で猫《ねこ》をそだてるようにと、おふれをお出《だ》しになりました。テナリラーマも同《おな》じように、牝牛《めうし》と猫《ねこ》の子《こ》をいただきました。

町《まち》の人《ひと》たちは、いずれも牛《うし》の乳《ちち》をしぼって、それを全部猫《ぜんぶねこ》の子《こ》にのませてやりましたが、テナリラーマは、まず最初《さいしょ》の日《ひ》に、牛《うし》の乳《ちち》をしぼると、それをぐらぐら煮《に》たたせて、猫《ねこ》の子《こ》のそばにおきました。猫《ねこ》の子《こ》は、夢中《むちゅう》になって乳《ちち》をなめましたので、舌《した》にやけどをいたしました。それでその日《ひ》から、猫《ねこ》の子《こ》は乳《ちち》を見《み》ると、逃《に》げだすようになりました。ですから、テナリラーマは、猫《ねこ》の子《こ》のためにもらった牛《うし》からしぼった乳《ちち》は、すっかりじぶんのためにつかってしまいました。

いく日《にち》かたって後《のち》、王《おう》さまは、町《まち》の人《ひと》たちに、猫《ねこ》の子《こ》をつれて来《き》て見《み》せるようにと、命《めい》じました。あつまった猫《ねこ》の子《こ》を見《み》ると、そのなかでテナリラーマの猫《ねこ》の子《こ》だけは、やせおとろえておりました。今《いま》にも死《し》にそうに見《み》えました。

「この猫《ねこ》の子《こ》が、こんなにまでやせこけているのは、どうしたことか。」

と、王《おう》さまはおたずねになりました。

「乳《ちち》を見《み》ると、逃《に》げて行《い》ってしまいますので、どうにも手《て》のつけようがございません。」

と、テナリラーマが申《もう》しました。

王《おう》さまは、すぐと乳《ちち》をもって来《き》て、猫《ねこ》の子《こ》の前《まえ》においてみるようにと、命《めい》じました。猫《ねこ》の子《こ》は、乳《ちち》をもって来《こ》られたのを見《み》ると、こわがって逃《に》げだしました。

王《おう》さまは、猫《ねこ》の子《こ》をつかまえさせて、よくよくしらべさせてみると、舌《した》が焼《や》けただれておりました。王《おう》さまは、この軽口師《かるくちし》のやったいたずらがわかりましたので、お腹《なか》を抱《かか》えて笑《わら》いながら申《もう》しました。

「舌《した》に焼《や》けどをした猫《ねこ》は、二度《にど》とつめたい水《みず》にも近《ちか》よらないということわざがあるが、そのとおりで、おまえは猫《ねこ》の子《こ》に熱《あつ》い牛乳《ぎゅうにゅう》をあたえて、それを見《み》ただけでもこわがらせるようにしてしまった。」

कहानी जो की एक महान पंडित को निकाल दिया
大学者《だいがくしゃ》をへこました話《はなし》　Chapter 1-9

　ある日《ひ》、ヴィドヤサガラ（Vidyasagara 知識《ちしき》の海《うみ》という意味《いみ》）とよぶ、いろいろの学問《がくもん》に通《つう》じた学者《がくしゃ》が、ラヤ王《おう》の御殿《ごてん》にやって来《き》ました。王《おう》さまの御殿《ごてん》にいる学者《がくしゃ》たちの連中《れんちゅう》は、こういうえらい大学者《だいがくしゃ》がやって来《き》たのでは、じぶんらの将来《しょうらい》がどうなることかわからないと、ひどく心配《しんぱい》して、テナリラーマにいいました。

「今度《こんど》やって来《き》た学者《がくしゃ》と、我々《われわれ》との間《あいだ》には、その学問《がくもん》において格段《かくだん》の相違《そうい》がある。もし議論《ぎろん》をたたかわして、我々《われわれ》が打《う》ち負《ま》かされたとなれば、大《だい》なる不名誉《ふめいよ》であるばかりか、この御殿《ごてん》から追《お》いだされなければなるまい。どうしたものであろう。」

テナリラーマは申《もう》しました。

「ご心配《しんぱい》なさるな。わたしが、きゃつをまいらせる手段《しゅだん》を、なんとか工夫《くふう》いたしてみようから。」

そのうちに、ある日《ひ》ヴィドヤサガラとよぶその学者《がくしゃ》が、王《おう》さまの御殿《ごてん》において、討論《とうろん》をすることになりました。

テナリラーマは、あらかじめ、ごまの枯《か》れ枝《えだ》を何本《なんぼん》もたばねて、ちょうど棕梠《しゅろ》の葉《は》でつくった書物《しょもつ》のようなかっこうにこしらえあげ、それを、普通水牛《ふつうすいぎゅう》をつなぐに用《もち》いる綱《つな》でしばり、布《ぬの》のなかに包《つつ》みこみました。この包《つつ》みをもって彼《かれ》は、いろいろの学問《がくもん》に通《つう》じている大学者《だいがくしゃ》の前《まえ》にやって来《き》て、すわりました。その書物《しょもつ》を見《み》て、学者《がくしゃ》はたずねました。

「この書物《しょもつ》の名《な》は、なんというのですか。」

テナリラーマは申《もう》しました。

「これは、ごま枝水牛包《えだすいぎゅうづつ》みという本《ほん》です。」

それをきいて、学者《がくしゃ》はその書物《しょもつ》がどういう種類《しゅるい》の本《ほん》だか判断《はんだん》がつきかねて、心《こころ》のなかで考《かんが》えました。

「はてな！　あらゆる学問《がくもん》をおさめたわしじゃが、こんな書物《しょもつ》の名《な》は、ついぞきいたこともない。」

こんな風《ふう》に、考《かんが》えこんでいますと、テナリラーマは、学者《がくしゃ》にたずねました。

「あなたは、あらゆる学問《がくもん》に通《つう》じておいでなさるというご評判《ひょうばん》ですが、この大学問《だいがくもん》までは、まだご研究《けんきゅう》になりませんか。」

こういわれて学者《がくしゃ》は、

「明日《あす》、お答《こた》えしましょう。」

といって、仮《かり》の宿《やど》と定《さだ》めた家《うち》へ帰《かえ》ってゆきました。

彼《かれ》は、ながいこと、その書物《しょもつ》について、思《おも》いなやんでおりましたが、とうとう、

「わしは、あの書物《しょもつ》の題《だい》すらも解《と》くことができない。まして、

どういうことが書《か》いてある書物《しょもつ》か、その内容《ないよう》などのわかる道理《どうり》がない。ぐずぐずここに滞在《たいざい》していたなら、とんだ恥《はじ》をかかなければなるまい。」

と考《かんが》えて、夜《よ》の明《あ》けぬうちに早《はや》く、宿《やど》から逃《に》げだしました。

王《おう》さまは、大学者《だいがくしゃ》が、正式《せいしき》のお暇《いとま》ごいもしないで、立《た》ち去《さ》ったということをお聞《き》きになって、テナリラーマをお召《め》しになり、どうしてあの大学者《だいがくしゃ》は逃《に》げ出《だ》したかと、おたずねになりました。軽口師《かるくちし》のテナリラーマは申《もう》しました。

「それは、この——ごま枝水牛包《えだすいぎゅうつつ》みと申《もう》す本《ほん》によってでございます。」

「その本《ほん》の包《つつ》みを、といてみよ。」

と、王《おう》さまがおっしゃいました。テナリラーマは、包《つつ》みをといてお目《め》にかけました。王《おう》さまがご覧《らん》になると、ごまの枯《か》れ枝《えだ》が、水牛《すいぎゅう》をつなぐ綱《つな》でゆわえてありましたから、

「なるほど、さようか、おまえがあの大学者《だいがくしゃ》を追《お》い出《だ》した書物《しょもつ》の名《な》というのは、これらの物《もの》の名《な》を、ただつなぎあわしたのじゃな。」

　とおっしゃって、お笑《わら》いになりました。

एक पहलवान को ठगने कि कहानी

相撲《すもう》取《と》りをあざむいた話《はなし》　Chapter 1-10

アティスラ（Atisura）という名《な》の相撲《すもう》取《と》りがありました。この相撲《すもう》取《と》りは、諸所方々《しょしょほうぼう》の国々《くにぐに》をまわり、その国《くに》その国《くに》の宮中《きゅうちゅう》にお抱《かか》えになっている相撲《すもう》取《と》りを破《やぶ》って、名誉《めいよ》の徽章《きしょう》をたくさんに持《も》っておりましたが、それがラヤ王《おう》の国《くに》へもやって来《き》ました。ラヤ王国《おうこく》の相撲取《すもうと》りたちは、みな蒼《あお》くなって恐《おそ》れました。テナリラーマがそれを見《み》て、なぜそんなにしょげているのかとたずねますと、相撲取《すもうと》りたちはいいました。

「今《いま》までは、この国《くに》の王《おう》さまにつかえて、平和《へいわ》にくらしていましたが、もはや職《しょく》にもはなれ、食《た》べるにも困《こま》るようなことにならなければならない時《とき》が来《き》ました。今度《こんど》やって来《き》た相撲取《すもうと》りが、私《わたし》たちをそういう目《め》にあわせるにちがいありません。私《わたし》たちは、どうしたらよいでしょう。」

テナリラーマがいいました。

「心配《しんぱい》なさるな。おまえさんたちの持《も》っている徽章《きしょう》を、みんなわたしによこして、わたしを親方《おやかた》のように見《み》せかけて、わたしについて来《き》なさい。」

それから、彼《かれ》は相撲取《すもうと》りたちの持《も》っている徽章《きしょう》を、みんなじぶんの身《み》につけ、ヴィラケサリ（Virakesari）という仮《かり》の名《な》を名乗《なの》って、アティスラの張《は》っているテントと相対《あいたい》したところに、じぶんもテントを張《は》り、相撲取《すもうと》りたちをしたがえて、陣取《じんど》りました。

相手《あいて》の相撲取《すもうと》りは、お腹《なか》のなかで考《かんが》えました。

「この親方《おやかた》は、きっとあなどりがたい競争者《きょうそうしゃ》にちがいない。まずどんな男《おとこ》だか、一目見《ひとめみ》てやろう。」

そこで、ヴィラケサリに使《つか》いをやって、逢《あ》いたいと申《もう》しこみました。するとテナリラーマは、

「今《いま》は、逢《あ》いにお出《い》でになることは、ご無用《むよう》にねがいたい。明日《あした》になれば、ラヤ王《おう》さまの御前《ごぜん》で、あなたはご自分《じぶん》の腕前《うでまえ》を示《しめ》すことができるのだから。」

といって、返事《へんじ》をしてやりました。

アティスラは、これをきいて、たいそう赤面《せきめん》して、

「一体《いったい》あの男《おとこ》は、どういった種類《しゅるい》の相撲取《すもうと》りなのだろう。」

と考《かんが》えました。

翌日《よくじつ》、ラヤ王《おう》さまは、御前《ごぜん》で、アティスラとヴィラケサリとの取組《とりく》みを、おゆるしになりました。その時《とき》ヴィラケサリは、アティスラにむかって、たずねました。

「一体《いったい》あなたの相撲《すもう》の取《と》り口《くち》は、技《わざ》でゆくのですか、それとも力《ちから》づくでゆくのですか。」

アティスラは答《こた》えました。

「技《わざ》でゆくのです。」

すると、ヴィラケサリはいいました。

「それでは、相撲《すもう》の技《わざ》について、あなたに二《ふた》つ三《みっ》つ、そのやり方《かた》をご覧《らん》に入《い》れよう。そのやり方《かた》が、あなたにおわかりになれば、まず相手《あいて》にして取組《とりくみ》んでもよろしいと思《おも》う。」

アティスラはいいました。

「では、そうしよう。」

そこで、ヴィラケサリがどんなことをするかと見《み》ていると、アティスラの手《て》をとって、三本《さんぼん》の指《ゆび》をいっしょににぎり、それをじぶんの腕《うで》にあてがい、次《つぎ》に相手《あいて》の両方《りょうほう》の掌《てのひら》を、じぶんの肩《かた》のうえにひろげさせて、人《ひと》さし指《ゆび》で首《くび》のまわりに、輪《わ》をつくらせました（インドでは、女《おんな》が結婚《けっこん》するときには、夫《おっと》になる者《もの》が、結婚《けっこん》のしるしとして、女《おんな》の首《くび》に輪《わ》を結《むす》んでやりますので、言葉《ことば》の不自由《ふじゆう》な人《ひと》や耳《みみ》の悪《わる》い人《ひと》に話《はなし》をする時《とき》は、首《くび》のまわりに指《ゆび》で輪《わ》をつくって、妻《つま》ということをあらわします）。それから相手《あいて》の右手《みぎて》の掌《てのひら》を、そのお尻《しり》のところまでさげさせ（右手《みぎて》の掌《てのひら》をお尻《しり》のところまでさげさせるのは、これくらいの高《たか》さの子供《こども》という意味《いみ》です）、左手《ひだりて》に拳《こぶし》をにぎらせて、あげたりさげたりして振《ふ》りました（左手《ひだりて》の拳《こぶし》を振《ふ》るのは疑問《ぎもん》のしるし）。

相手《あいて》の相撲取《すもうと》りは、これらの身《み》ぶりを見《み》て、なんのことだか、さっぱりわかりませんでした。今《いま》まで、相撲《すもう》の取《と》り方《かた》についていろいろ習《なら》ったことを、すべて思《おも》いだしてみましたが、思《おも》いあたりませんでした。

テナリラーマは、しばらくの間《あいだ》、その返事《へんじ》を待《ま》っておりましたが、相手《あいて》が答《こた》えることができないのを見《み》て、その男《おとこ》が諸所方々《しょしょほうぼう》で得《え》て来《き》た優勝《ゆうしょう》の印《しるし》を、ことごとくはぎとり、じぶんの勝利《しょうり》に帰《き》したという太鼓《たいこ》を鳴《な》らさせ、テントのなかへ入《はい》ってしまいました。

翌日王《よくじつおう》さまが、

「昨日《きのう》おまえが示《しめ》した、いろいろの身《み》ぶりは、あれはどういう意味《いみ》なのか？」

とおたずねになりますと、テナリラーマは、もう一度《いちど》、その身《み》ぶりを一々《いちいち》してご覧《らん》に入《い》れ、

「アティスラよ！　わたしがおまえのそばへよったなら、お

まえは短刀《たんとう》でわたしの胸《むね》を刺《さ》すであろう(相手《あいて》の三本《さんぼん》の指《ゆび》を、じぶんの胸《むね》にあてたのがその意味《いみ》でした)。そしてわたしを、殺《ころ》すであろう。そうすれば、わたしは仰向《あおむ》けになって、地《じ》めんに倒《たお》れる。その時《とき》は、わたしの妻子《さいし》を、誰《だれ》が養《やしな》ってくれよう? というのでございます。」

と、説明《せつめい》しました。

それをきいて、王《おう》さまはお腹《なか》を抱《かか》えて、お笑《わら》いになりました。

एक काले कुत्ते को सफ़ेद कुत्ते में बदलने कि कहानी

黒犬《くろいぬ》を白犬《しろいぬ》に変《か》える話《はなし》　Chapter 1-11

ある日《ひ》、ラヤ王《おう》が、お日《ひ》さまの高《たか》くあがってしまった後《のち》までも、まだおやすみになっておりました。理髪師《りはつし》が、王《おう》さまのお顔《かお》をそりに来《き》たところ、王《おう》さまがおやすみになすっているのを見《み》ましたから、お目《め》ざめにならないよう、そっとお顔《かお》をそって、立《た》ち去《さ》りました。

王《おう》さまは、お目《め》ざめになってから、鏡《かがみ》に顔《かお》をうつしてごらんになり、理髪師《りはつし》がじぶんに知《し》れぬよう、いかにも手《て》ぎわよく仕事《しごと》をしたのに気《き》がついて、たいそうおよろこびになりました。それで、理髪師《りはつし》をお召《め》しになり、なんでも望《のぞ》みのものを、褒美《ほうび》にとらせるとおっしゃいました。

理髪師《りはつし》は、

「陛下《へいか》、どうぞわたくしを、バラモン教《きょう》の僧侶《そうりょ》にいたしてくださいまし。」

と、答《こた》えました。インドでは、バラモン教《きょう》の坊《ぼう》さんが、一《いち》ばん位《くらい》が高《たか》いからでありました。

そこで王《おう》さまは、バラモン教《きょう》の人《ひと》たちを何人《なんにん》かよんで、おっしゃいました。

「おまえたちは、六ヶ月以内《ろっかげついない》に、この理髪師《りはつし》を、バラモン教徒《きょうと》にして、おまえたちの仲間入《なかまい》りをさせ、食事《しょくじ》をいっしょにするようにしなさい。さもないと、おまえたちにあたえてある土地《とち》を、ことごとく取《と》りあげてしまうぞ。」

バラモン教徒《きょうと》たちは、お腹《なか》のなかでは、実《じつ》に困《こま》ったことになったと思《おも》いましたが、うわべは、

「陛下《へいか》のご命令《めいれい》とあれば、お受《う》けいたします。」

と答《こた》えて、理髪師《りはつし》をつれて行《い》きました。

バラモン教《きょう》の人《ひと》たちは、理髪師《りはっし》を日《ひ》に三回《さんかい》ずつ水浴《みずあ》びさせ、火《ひ》を焚《た》いて神《かみ》さまに供《そな》え物《もの》をすることや、朝晩《あさばん》お祈《いの》りをすることや、また呪文《じゅもん》を唱《とな》えることなどを、教《おし》えてやりました。

六ヶ月目《ろっかげつめ》の終《お》わりに、王《おう》さまは、理髪師《りはっし》がバラモン教《きょう》の坊《ぼう》さんたちといっしょに、食事《しょくじ》をすることをゆるされたかどうかを見《み》ようと、バラモン教徒《きょうと》たちの住《す》んでいる町《まち》へ、おいでになりました。ところがバラモンの坊《ぼう》さんたちは、バラモンの家《いえ》がらに生《う》まれない者《もの》といっしょに食事《しょくじ》をしたとなると、バラモンの身分《みぶん》をなくさなければならないことになっていました。それですから、いろいろのことは教《おし》えても、まだこれだけは理髪師《りはっし》にゆるしてありませんでした。そこへ、王《おう》さまがおいでになるときいて、みなはびっくりし、テナリラーマのところへかけつけて、その助《たす》けをこいました。

テナリラーマは、申《もう》しました。

「心配《しんぱい》することはないよ。わたしが助《たす》けてやろう。」

そこで、彼《かれ》は一匹《いっぴき》の黒犬《くろいぬ》をつれて来《き》て、首《くび》に綱《つな》をまきつけ、バラモンの町《まち》の、水槽《すいそう》のあるそばへ、ひいてゆきました。そして神《かみ》さまをまつるところに掘《ほ》ってある穴《あな》の中《なか》で火《ひ》を焚《た》き、四人《よにん》のバラモンの坊《ぼう》さんを手《て》つだわたして、何《なに》やら儀式《ぎしき》めいたことをやっておりました。そしていやがって吠《ほ》えたてる犬《いぬ》を、むりやりに水浴《みずあ》びさせ、今度《こんど》は行《ゆ》くまいともがいて、悲《かな》しそうに鳴《な》きさけんでいるのを、火《ひ》のそばへ引《ひ》きずってゆきました。こういう風《ふう》にして、何度《なんど》も何度《なんど》も、犬《いぬ》を水《みず》に入《はい》れたり、また火《ひ》のそばへ引《ひ》いて行《い》ったりしましたので、哀《あわ》れな犬《いぬ》は絶《た》えず鳴《な》きつづけていました。

こんなことをしているところへ、王《おう》さまがおいでになって、

「なんでおまえたちは、この犬《いぬ》をそんな風《ふう》にするのか。」

と、おたずねになりました。

テナリラーマは答《こた》えました。

「この黒犬《くろいぬ》を、白犬《しろいぬ》にしようといたしておるのでございます。」

それをきいて、王《おう》さまは彼《かれ》のことをおかしくなったのではないか、そんなむだなことは、よしてしまえと、おっしゃいました。

テナリラーマは、すぐと答《こた》えました。

「理髪師《りはつし》が、バラモンの坊《ぼう》さんになれるのなら、黒犬《くろいぬ》だって、白犬《しろいぬ》になれないことはございますまい。」

王《おう》さまは、じぶんにあてこすっていった彼《かれ》の言葉《ことば》を、もっともだと思《おも》いました。それで、もはやバラモンの町《まち》へは行《い》かずに、御殿《ごてん》へ引《ひ》きかえされましたので、バラモンの坊《ぼう》さんたちは、大《おお》よろこびをいたしました。

कहानी जो की गर्म लोहे को ब्राह्मणों कि त्वचा डाल दिया

坊《ぼう》さんに焼《やき》ごてをあてる話《はなし》　Chapter 1-12

ラヤ王《おう》のお母《かあ》さまが、おなくなりになろうとする時《とき》、マンゴーの実《み》が食《た》べたいと、おっしゃいました。けれど、その実《み》を取《と》りよせないうちに、息《いき》をおひきとりになりました。王《おう》さまは、お母《かあ》さまの最後《さいご》の望《のぞ》みを、かなえてあげられなかったということをたいそうおなげきになって、バラモンの坊《ぼう》さんたちをお召《め》しになり、

「わたしの母《はは》は、マンゴーの実《み》を所望《しょもう》しておったのに、それを食《た》べぬうちに、なくなってしまった。どうしたらば、母《はは》の魂《たましい》をなぐさめることができようか。」

と、おたずねになりました。

それに対《たい》して、バラモンの坊《ぼう》さんたちは、答《こた》えました。

「マンゴーの実《み》を金《きん》でつくり、毎年《まいとし》太后《たいこう》陛下《へいか》のご法事《ほうじ》のたびごとに、バラモンの僧侶《そうりょ》たちにおあたえになるなら、太后《たいこう》陛下《へいか》の御霊《みたま》はご満足《まんぞく》なされましょう。」

王《おう》さまは、それを信《しん》じて、金《きん》でつくったマンゴーの実《み》を、バラモンの坊《ぼう》さんたちにくださいました。

そのあくる日《ひ》、テナリラーマは、王《おう》さまから頂《いただ》き物《もの》をした坊《ぼう》さんたちを、じぶんの家《いえ》に招《まね》き、亡《な》くなったじぶんのお母《かあ》さんの法事《ほうじ》をするのだと申《もう》しました。そこでもって彼《かれ》は、鉄《てつ》の柄杓《ひしゃく》の柄《え》を火《ひ》で焼《や》いて、それを坊《ぼう》さんたちにおしつけました。坊《ぼう》さんたちは、泣《な》きながら出《で》て行《い》って、王《おう》さまに訴《うった》えました。王《おう》さまはテナリラーマをおよびよせになって、

「おまえは、なんでそのような、乱暴《らんぼう》なことをいたすのか。」

と、おっしゃいました。

彼《かれ》は答《こた》えました。

「わたしの母《はは》は、臨終《りんじゅう》の際《さい》に、ひきつけでたいそう苦《くる》しみました。痙攣《ひきつけ》には、焼《や》き金《がね》をあてるのがよいといわれましたが、それが間《ま》にあわないうちに、息《いき》を引《ひ》きとりました。母《はは》の魂《たましい》をしずめるために、わたしは、そのようにいたしたのでございます。」

この説明《せつめい》をおききになって、王《おう》さまは、大声《おおごえ》で、いつまでもいつまでも、笑《わら》っておいでになりました。

Chapter 2

मारिदुा रमन्ना की कहानियाँ

マリアダ・ラーマン物語

まりあだらーまんものがたり

दुसरा अध्याय

【マリアダ・ラーマン物語《ものがたり》】

この物語《ものがたり》は、テナリラーマ物語《ものがたり》以上《いじょう》に有名《ゆうめい》で、また実際《じっさい》においても興味《きょうみ》ある話《はなし》を集《あつ》めているために、南《みなみ》インドの国民《こくみん》の間《あいだ》に、好《この》んで話《はな》し伝《つた》えられてきた。マリアダ・ラーマン（Mariada Raman）が、ふとしたことから法廷《ほうてい》によびだされて、とんちに富《と》んだ裁《さば》きをなし、そのために才智《さいち》をみとめられて、裁判官《さいばんかん》に引《ひ》きあげられ、種々《しゅしゅ》の名裁判《めいさいばん》をなすという物語《ものがたり》で、日本《にっぽん》の大岡政談《おおおかせいだん》に類《るい》するものである。これらの話《はなし》が事実《じじつ》あったものか、それともつくり話《ばなし》であるかは判然《はんぜん》しないが、これによって南《みなみ》インドにおけるインド人《じん》の性質《せいしつ》、習慣《しゅうかん》を知《し》ることができるのみならず、その大岡裁《おおおかさば》きを読《よ》むような深《ふか》い興味《きょうみ》は、読者《どくしゃ》の心《こころ》をとらえずにはおかぬ。

पराजित चोरों

やりこめられた泥棒《どろぼう》たち　Chapter 2-1

チョーラ（Chola）の国《くに》に、四人組《よにんぐみ》の泥棒《どろぼう》がいて、あるお婆《ばあ》さんの家《うち》の一室《いっしつ》を借《か》りて、ながいこと住《す》んでおりました。ある日《ひ》のこと、じぶんたちのぬすんだ品物《しなもの》を入《い》れて密封《みっぷう》してある真鍮《しんちゅう》の壺《つぼ》を、お婆《ばあ》さんにあずけて、これは四人《よにん》がいっしょに返《かえ》してくれといった時《とき》でなければ、誰《だれ》にも返《かえ》さないでくれと、たのみました。

ある朝《あさ》、泥棒《どろぼう》たちが、ベランダに腰《こし》をかけていると、バターミルクを売《う》る商人《しょうにん》が、おもてを通《とお》りました。みなは、バターミルクが飲《の》みたくなりましたので、一番若《いちばんわか》い男《おとこ》を、お婆《ばあ》さんのところにやって、容器《いれもの》を借《か》りさせました。若《わか》い男《おとこ》は、今日《きょう》こそよいおりだと考《かんが》えて、お婆《ばあ》さんの部屋《へや》へ入《はい》って行《い》って、

仲間《なかま》の者《もの》たちが、あずけておいた真鍮《しんちゅう》の壺《つぼ》をもらって来《こ》いと
いっているから、それを渡《わた》してくれと、いいました。
お婆《ばあ》さんは、壺《つぼ》をわたすことを、ちょっと躊躇《ちゅうちょ》しましたが、
外《そと》で腰《こし》をかけている仲間《なかま》にたずねてみればわかるといいます
ので、遠《とお》くから、「壺《つぼ》をわたしてやってもよいかね?」と、
どなりました。
仲間《なかま》たちは、じぶんらが借《か》りにやった壺《つぼ》のことばかり考《かんが》え
ていましたからそれかと思《おも》って、「わたしてやってくれ。」と、
どなりかえしました。
若《わか》い男《おとこ》は、あずけた物《もの》をわたしてもらって、裏口《うらぐち》から逃《に》げ
てゆきました。
後《あと》に残《のこ》った三人《さんにん》の者《もの》は、待《ま》っても待《ま》っても、使《つか》いの者《もの》がも
どって来《き》ませんので、お婆《ばあ》さんの部屋《へや》に入《はい》って行《い》ったところ、
はじめてあずけた壺《つぼ》を持《も》ち逃《に》げされたことを知《し》り、蒼《あお》くなっ

ておどろきました。壺《つぼ》をわたしたのは、お婆《ばあ》さんが悪《わる》いのだから、お婆《ばあ》さんに損害《そんがい》をつぐなわせようといって、お婆《ばあ》さんを市《まち》の裁判所《さいばんしょ》へつれてゆきました。裁判官《さいばんかん》は調《しら》べるだけのことを調《しら》べた後《のち》、泥棒《どろぼう》たちに都合《つごう》のよい裁判《さいばん》をくだしました。

不運《ふうん》なお婆《ばあ》さんは、家《うち》に帰《かえ》って行《い》って、その身《み》の不幸《ふこう》と、裁判官《さいばんかん》の判決《はんけつ》がまちがっていることを口《くち》にしながら、声《こえ》をあげて嘆《なげ》き悲《かな》しんでおりました。ちょうどラーマンという、齢《とし》に似《に》あわぬりこうそうな青年《せいねん》が、遊《あそ》び友《とも》だちと石《いし》はじきをしていましたが、お婆《ばあ》さんの泣《な》き声《ごえ》をきいて、何《なに》が悲《かな》しいのかとたずねました。

お婆《ばあ》さんがわけを話《はな》しますと、青年《せいねん》も、もっともだという顔《かお》つきをして、ポンと石《いし》を、目的《もくてき》の場所《ばしょ》に落《お》としながら、

「うまくこの石《いし》が入《はい》ったように、その曲《ま》がった裁判《さいばん》をした役人《やくにん》の頭《あたま》の上《うえ》に、かみなりさまがおっこちればよいのだ。」

と、さけびました。

ちょうどそこへ、宮中《きゅうちゅう》の役人《やくにん》たちが通《とお》りかかって、その言葉《ことば》を耳《みみ》にはさみ、青年《せいねん》を王《おう》さまの御前《ごぜん》につれて行《い》き、そのことを申《もう》しあげました。王《おう》さまは、青年《せいねん》のいうことが、たいそう面白《おもしろ》いと思《おも》って、

「よし、それでは若者《わかもの》よ！　この場合《ばあい》、かりにおまえが裁判官《さいばんかん》であるとしたら、どういう風《ふう》に、公平《こうへい》な裁《さば》きをするかな。やってみよ。」

と、おっしゃいました。

ラーマンは、王《おう》さまのお言葉《ことば》に、少《すこ》しも躊躇《ちゅうちょ》する色《いろ》はなく、喜《よろこ》んで裁判官《さいばんかん》の椅子《いす》につきました。そして、そこに関係者《かんけいしゃ》一同《いちどう》をよび出《だ》し、一人一人《ひとりひとり》、申《もう》したてをさせました。その結果《けっか》、ラーマンは、なんの猶予《ゆうよ》もなく、すぐと判決《はんけつ》をあたえましたが、その判決《はんけつ》は、もともとはじめの約束《やくそく》が、預《あず》かった

品物《しなもの》は、四人《よにん》の者《もの》がそろっていっしょに返《かえ》してくれというまでは、返《かえ》さないということになっていたのであるから、今《いま》三人《さんにん》だけが返《かえ》せと催促《さいそく》しても、返《かえ》すにはおよばないというのでありました。

王《おう》さまは、ラーマンが、このぬけめのない、りこうな裁《さば》き方《かた》をしたので、たいそう感心《かんしん》して、お褒《ほ》めの言葉《ことば》とともに、かずかずの下《くだ》され物《もの》をし、その上《うえ》、この国《くに》の裁判官《さいばんかん》の役目《やくめ》を、おあたえになりました。

その後《ご》マリアダ・ラーマンは、いろいろとむつかしい訴訟事《そしょうごと》や裁判《さいばん》をたくみに裁《さば》いて、名裁判官《めいさいばんかん》の名《な》をうたわれました。

चार कपास व्यापरियों और एक बिल्ली

四人《よにん》の綿商人《わたしょうにん》と一匹《いっぴき》の飼《か》い猫《ねこ》　Chapter 2-2

四人《よにん》の綿商人《わたしょうにん》が、ネズミに綿《わた》を引《ひ》かれないために、共同《きょうどう》で一匹《いっぴき》の猫《ねこ》を飼《か》っておりました。おたがいに、その猫《ねこ》をたいそう可愛《かわい》がっていましたけれど、誰《だれ》も、じぶんひとりの物《もの》にすることができませんから、四本《よんほん》の足《あし》を、めいめい一本《いっぽん》ずつ、じぶんの物《もの》ときめることにしました。そしておたがいに負《ま》けず劣《おと》らず、じぶんの物《もの》ときまった足《あし》に、りっぱな金《きん》の脚輪《あしわ》をはめたり、貴《とうと》い宝石《ほうせき》をつけたりして、可愛《かわい》がっておりました。

ある日《ひ》、猫《ねこ》が一本《いっぽん》の足《あし》に怪我《けが》をしましたので、その足《あし》の持《も》ち主《ぬし》は、そこを油《あぶら》であらって、包帯《ほうたい》をしてやりました。すると、猫《ねこ》は炉《ろ》ばたへやって来《き》て、あまり火《ひ》の近《ちか》くによりましたので、包帯《ほうたい》に火《ひ》がつきました。猫《ねこ》はおどろいてとびあがり、苦《くる》しがっ

Chapter 2

て、そこらじゅうをかけまわりました。そしてとうとうその火《ひ》が、共同《きょうどう》の綿袋《わたぶくろ》にもえうつって、あるかぎりの綿《わた》を、すっかり焼《や》きつくしてしまいました。

怪我《けが》をした足《あし》の持《も》ち主《ぬし》は、このために、三人《さんにん》の仲間《なかま》から、損害《そんがい》をつぐなってくれと、求《もと》められました。つまり、怪我《けが》をした足《あし》の包帯《ほうたい》から火《ひ》がおこったことだから、責任《せきにん》はその持《も》ち主《ぬし》にあるというので、裁判所《さいばんしょ》に訴《うった》えて出《で》ました。

裁判官《さいばんかん》のマリアダ・ラーマンは、この訴《うった》えをきいて、これは訴《うった》える方《ほう》がむりで、訴《うった》えられた者《もの》は可哀《かわい》そうだと思《おも》いました。そこで、

「包帯《ほうたい》に火《ひ》をつけたのは、怪我《けが》をしている足《あし》の過《あやま》ちに相違《そうい》ないが、そこらじゅうをかけまわって、綿《わた》に火《ひ》を燃《も》えうつらせる手《て》つだいをしたのは、丈夫《じょうぶ》な三本《さんぼん》の足《あし》の罪《つみ》であるから、まず、丈夫《じょうぶ》な足《あし》の持《も》ち主《ぬし》たちは、焼《や》けた綿《わた》の四分《よんぶん》の一《いち》ずつの

損害《そんがい》を、この怪我《けが》した足《あし》の持《も》ち主《ぬし》に払《はら》ったがよかろう。」

と、誠《まこと》に理屈《りくつ》のある判決《はんけつ》を下《くだ》しました。

मितव्ययी स्त्री और गैर मितव्ययी स्त्री
貯蓄心《ちょちくしん》のある女《おんな》と貯蓄心《ちょちくしん》のない女《おんな》 Chapter 2-3

二人《ふたり》の乳《ちち》しぼりの女《おんな》が、となり合《あ》って住《す》んでいました。一人《ひとり》はたった二頭《にとう》の牝牛《めうし》しかもっていませんでしたが、もう一人《ひとり》はその十倍《じゅうばい》も多《おお》く牝牛《めうし》を持《も》っておりました。そのくせ、たくさん牛《うし》を持《も》っている方《ほう》の女《おんな》は、貯蓄心《ちょちくしん》がないために、困《こま》って、一人《ひとり》の女《おんな》から、バターの溶《と》かしたものを二《に》ポンド借《か》りうけ、いついつまでには必《かなら》ず返《かえ》すと約束《やくそく》をしました。ところが、その期限《きげん》が来《き》て、催促《さいそく》されると、借《か》りたおぼえはないといって、返《かえ》してやりませんでした。

そこで、貸《か》した方《ほう》の女《おんな》が、裁判所《さいばんしょ》に訴《うった》えて出《で》ました。マリアダ・ラーマンが、それを裁《さば》くことになりました。貸《か》した方《ほう》では、訴《うった》えては出《で》ましたが、これといって何《なに》も証拠《しょうこ》はありませんでした。借《か》りた方《ほう》ではまた、じぶんの方《ほう》が金持《かねも》ちなのだから、金持《かねも》ちが金《かね》のない物《もの》から借《か》りるなどという、そんな馬鹿《ばか》なことはないはずだから、そのへんのところをよくお考《かんが》え下《くだ》さいと訴《うった》えました。

マリアダ・ラーマンは、二人《ふたり》の女《おんな》に、また次《つぎ》の日《ひ》出頭《しゅっとう》するようにといいわたしました。そして、その間《あいだ》に法廷《ほうてい》の入口《いりぐち》のところに、どぶどろの水溜《みずた》まりをこしらえて、そこをわたらなければ、中《なか》へ通《とお》れないようにさせておきました。

翌日《よくじつ》、二人《ふたり》の女《おんな》がやって来《き》まして、膝《ひざ》まで泥《どろ》まみれにして、そこをわたりました。マリアダ・ラーマンは、二人《ふたり》の女《おんな》に、ちょうど同《おな》じくらいの分量《ぶんりょう》の水《みず》を、二壺《ふたつぼ》わたしまして、足《あし》をよく洗《あら》ってから、法廷《ほうてい》へ入《はい》るようにといいつけました。

訴《うった》えた方《ほう》の女《おんな》は、足《あし》の泥《どろ》をすっかりきれいに洗《あら》いおとしてしまって、まだ一壺《ひとつぼ》に半分《はんぶん》ほど水《みず》をのこしておりましたが、訴《うった》えられた方《ほう》の女《おんな》は、二壺《ふたつぼ》の水《みず》をみんな使《つか》ってしまっても、まだ片足《かたあし》が洗《あら》いきれずにありました。マリアダ・ラーマンは、この事実《じじつ》から見《み》て、訴《うった》えられた方《ほう》の女《おんな》は貯蓄心《ちょちくしん》のない女《おんな》で、金《かね》があるという言《い》いぬけは通《とお》らないと判断《はんだん》をしました。そして訴《うった》え出《で》た女《おんな》のいうとおり、バターの溶《と》かしたものを借《か》りたにちがいないから、直《ただ》ちに返済《へんさい》せよと、いいわたしました。

कहानी जो की धूर्त व्यापारी कि झूठ उजागर कर गया

偽証人《にせしょうにん》の嘘《うそ》があらわれた話《はなし》　Chapter 2-4

ある人《ひと》が、ベナレス（Benares）やそのほか方々《ほうぼう》の霊場《れいじょう》へ巡礼《じゅんれい》に出《で》かけようとして、留守中《るすちゅう》、貴《とうと》いルビーの宝石《ほうせき》をおいてゆくのも気《き》がかりだし、持《も》ってゆくのも心配《しんぱい》だとおもいましたから、ある商人《しょうにん》に保管《ほかん》をたのんでゆきました。

それから四年《よねん》たった後《のち》、巡礼《じゅんれい》から帰《かえ》って来《き》まして、その商人《しょうにん》に、あずけたルビーを返《かえ》してくれと申《もう》しますと、商人《しょうにん》は、その宝石《ほうせき》をじぶんのものにしたいと考《かんが》えて、

「あのルビーは、三人《さんにん》の証人《しょうにん》のいる前《まえ》で、返《かえ》したじゃないか。」

と、答《こた》えました。そしてその嘘《うそ》をとおすために、じぶんの使《つか》っている洗濯夫《せんたくふ》と、理髪師《りはつし》と、陶器師《とうきし》とを証人《しょうにん》にやといました。この三人《さんにん》は、ふだんから商人《しょうにん》の世話《せわ》になっているので、

商人《しょうにん》のためには、どんなことでもしなければならない義理《ぎり》になっていました。

宝石《ほうせき》をあずけた人《ひと》は、マリアダ・ラーマンのところに訴《うった》え出《で》て、事件《じけん》の顚末《てんまつ》を話《はな》しました。マリアダ・ラーマンは、商人《しょうにん》とその証人《しょうにん》たちを呼《よ》びだし、それぞれの申《もう》し立《た》てを聴《き》いた後《のち》、めいめいを、おたがいに遠《とお》く離《はな》れた場所《ばしょ》において、粘土《ねんど》をあたえ、それをもって、問題《もんだい》のルビーとおなじ形《かたち》とおなじ大《おお》きさの模型《もけい》をつくって、さしだすようにと命令《めいれい》しました。

訴《うった》え出《で》た者《もの》と訴《うった》えられた者《もの》との二人《ふたり》は、本物《ほんもの》をよく知《し》っていましたから、容易《ようい》に本物《ほんもの》どおりの形《かたち》をつくりあげましたが、実物《じつぶつ》の玉《たま》を見《み》たことのない偽証人《にせしょうにん》たちは、まったく想像《そうぞう》でこしらえましたから、みな形《かたち》も大《おお》きさも、本物《ほんもの》とちがったものをつくってさしだしました。これによって、証人《しょうにん》たちは、ルビーを返《かえ》すところを見《み》たと誓《ちか》いながら、実際《じっさい》は見《み》たことがなかったのだということが、明《あき》らかになりました。それで、マリアダ・ラーマンは、宝石《ほうせき》を返《かえ》すようにと言《い》いわたした上《うえ》、商人《しょうにん》と証人《しょうにん》たちを、詐欺《さぎ》を行《おこな》った者《もの》として、それに相当《そうとう》した刑罰《けいばつ》を加《くわ》えました。

कर्ज कबूल करने की कहानी

じぶんの口《くち》から借金《しゃっきん》を白状《はくじょう》した話《はなし》 Chapter 2-5

農夫《のうふ》が証書《しょうしょ》を入《い》れて、金貸《かねか》しから百《ひゃく》ルピー（一《いち》ルピーは六十五銭《ろくじゅうごせん》）の金《かね》を借《か》りました。返《かえ》すべき期限《きげん》が来《き》て金貸《かねか》しが催促《さいそく》しますと、あくる日《ひ》証書《しょうしょ》をもって、畑《はたけ》まで来《き》てもらいたい、その時《とき》利子《りし》をつけて返《かえ》すからと答《こた》えました。

金貸《かねか》しは正直《しょうじき》に、いわれたとおり、翌日《よくじつ》畑《はたけ》へ行《ゆ》きますと、農夫《のうふ》は金貸《かねか》しから証書《しょうしょ》をうけとって、日付《ひづけ》を見《み》るふりをして、びりびりと破《やぶ》いてしまい、火《ひ》のなかに投《な》げこみました。そこで金貸《かねか》しは、マリアダ・ラーマンに訴《うった》えて出《で》ましたから、マリアダ・ラーマンは、借《か》り主《ぬし》をよび出《だ》して、訊問《じんもん》いたしました。

借《か》り主《ぬし》は、金《かね》を借《か》りたおぼえもなければ、証書《しょうしょ》をつくったおぼえはもとより、それを破《やぶ》いたなどというおぼえも、さらにないといいはりました。その日《ひ》は、二人《ふたり》とも帰《かえ》らせておいて、別《べっ》にまたマリアダ・ラーマンは、貸《か》し主《ぬし》をよび出《だ》し、破《やぶ》かれた証書《しょうしょ》の大《おお》きさはどんなものであったか、こっそりたずねました。金貸《かねか》しが、その証書《しょうしょ》は九《きゅう》インチほどの長《なが》さのものでしたと、事実《じじつ》を述《の》べますと、マリアダ・ラーマンは、それでは明日《あす》、借《か》り主《ぬし》の前《まえ》で大《おお》きさをたずねたら、わざと十八《じゅうはち》インチありましたと答《こた》えなさいと注意《ちゅうい》しました。

そこで翌日《よくじつ》、借《か》り主《ぬし》のいる前《まえ》でマリアダ・ラーマンは、貸《か》し主《ぬし》に対《たい》し、事実《じじつ》を申《もう》したてねばならぬぞといっておいて、証書《しょうしょ》の大《おお》きさをたずねました。貸《か》し主《ぬし》が、証書《しょうしょ》は十八《じゅうはち》インチの長《なが》さのものでしたと答《こた》えますと、借《か》り主《ぬし》は思《おも》わずしらず、

「なんというえらい嘘《うそ》をつくのだろう。証書《しょうしょ》の長《なが》さは、たった九《きゅう》インチぐらいしかありませんでした。法廷《ほうてい》で、こんな大胆《だいたん》な嘘《うそ》をつく男《おとこ》ですから、どうぞこの者《もの》のいうことを、お取《と》りあげにならないで下《くだ》さいまし。」

と申《もう》しました。

マリアダ・ラーマンは、農夫《のうふ》にこういわせようと、待《ま》ちかまえておりましたので、これによって、金《かね》を借《か》りた証書《しょうしょ》をあたえた覚《おぼ》えがないという嘘《うそ》があらわれました。それで、直《ただ》ちに利子《りし》をつけて、借《か》りた金《かね》を返《かえ》すようにといいわたしたうえ、

詐欺《さぎ》を行《おこな》った罪《つみ》に対《たい》して、相当《そうとう》の罰《ばつ》を加《くわ》えてやりました。

एक चूहा जो लोहा खाता है और एक चील जो इंसान खाता है
鉄《てつ》を食《た》べるネズミと人《ひと》を食《く》うトビ　Chapter 2-6

ある金物商人《かなものしょうにん》が、よその国《くに》へ旅行《りょこう》する用《よう》ができましたので、留守中商品《るすちゅうしょうひん》の金物《かなもの》を、友《とも》だちにあずけておきましたが、旅《たび》からかえって来《き》て、それを返《かえ》してもらおうとすると、ネズミの大群《たいぐん》が倉《くら》へ入《はい》りこんで、金物《かなもの》をみんな食《た》べてしまったという返事《へんじ》をされました。そこで金物商人《かなものしょうにん》が、マリアダ・ラーマンに訴《うった》えますと、マリアダ・ラーマンは、その友《とも》だちが金物《かなもの》商人《しょうにん》に対《たい》してやったのと同《おな》じ手段《しゅだん》を、彼《かれ》にとらせました。

それによって商人《しょうにん》は、うわべは今《いま》までどおり、その友《とも》だちと親《した》しい交《まじ》わりをつづけていましたが、あるお祭《まつ》りの日《ひ》に、ご馳走《ちそう》をするからといって、相手《あいて》の息子《むすこ》を、じぶんの家《うち》へまねきました。そして、帰《かえ》りには送《おく》りとどけるといった約束《やくそく》を破《やぶ》って、子供《こども》を隠《かく》し、家《いえ》へ返《かえ》してやりませんでした。友《とも》だちは心配《しんぱい》して問《と》いあわして来《き》ました。それに対《たい》して彼《かれ》は、

「息子《むすこ》さんをお宅《たく》へ送《おく》りとどける途中《とちゅう》、トビが飛《と》びかかって、どこぞへ連《つ》れて行《い》ってしまいました。」

と返事《へんじ》しました。

今度《こんど》は、息子《むすこ》のお父《とう》さんが、マリアダ・ラーマンのところに、訴《うった》えて出《で》る番《ばん》になりました。そこでマリアダ・ラーマンは、二人《ふたり》の申《もう》したてることを聴《き》いた上《うえ》、

「両人《りょうにん》とも、実《じつ》に見《み》えすいた嘘《うそ》を申《もう》す奴《やつ》らだ。」

と、きびしく戒《いまし》めたあとで、嘘《うそ》をついた罰《ばつ》として入牢《にゅうろう》させ

るかわりに、互《たが》いのあずかり物《もの》を、早速《さっそく》返《かえ》すがよいといいわたしました。

मोती वापस लेने बारे में कहानी
真珠《しんじゅ》を取《と》りもどした話《はなし》 Chapter 2-7

ある商人《しょうにん》が、一千《いっせん》ルピーもする、高《たか》い真珠《しんじゅ》を二《ふた》つ持《も》っておりましたが、旅行《りょこう》する時《とき》、隣《とな》りの人《ひと》に「帰《かえ》って来《く》るまであずかってくれ」と、頼《たの》みました。さて旅《たび》から帰《かえ》って来《き》て、返《かえ》してもらおうとしますと、隣《とな》りの人《ひと》は、証人《しょうにん》がないのをよいことにして、「真珠《しんじゅ》などあずかったおぼえがない」と、いいはりました。

この訴《うった》えを、マリアダ・ラーマンが聴《き》いて、じっと二人《ふたり》の容子《ようす》を目《め》につけました。そして訴《うった》え出《で》た者《もの》の方《ほう》が正《ただ》しいと察《さっ》しましたが、なおこの上《うえ》にもよく確《たし》かめるために、裁判《さいばん》を四《し》、五日延期《ごにちえんき》いたしました。同時《どうじ》に彼《かれ》は、訴《うった》え出《で》た商人《しょうにん》の申《もう》したてたところによって、その真珠《しんじゅ》の大《おお》きさと、外見《がいけん》をよく知《し》りましたので、それとちょうど同《おな》じ種類《しゅるい》の、同《おな》じ大《おお》きさの、また同《おな》じ外見《がいけん》の真珠《しんじゅ》を、九十八《きゅうじゅうはち》個手《こて》に入《い》れ、古《ふる》い、よれよれの糸《いと》に通《とお》しておいて、訴《うった》えられた方《ほう》の男《おとこ》を呼《よ》びだし、これを新《あたら》しい絹糸《きぬいと》に通《とお》しなおしてくれといって、わたしました。

そして、

「わたしは、その方《ほう》の正直《しょうじき》なことを、信《しん》じている。この真珠《しんじゅ》も、相違《そうい》なく、そっくり百個《ひゃっこ》、返《かえ》してくれることと信《しん》じる。」

といって、つけ加《くわ》えました。

訴《うった》えられた男《おとこ》は、裁判官《さいばんかん》から、このように信用《しんよう》された言葉《ことば》をきかされて、たいそう名誉《めいよ》に感《かん》じ、喜《よろこ》んでいいつけどおりにしようとおもいました。しかし、家《うち》へ帰《かえ》って、真珠《しんじゅ》を数《かぞ》えてみますと、九十八《きゅうじゅうはち》しかありませんでした。きっとこれは、途中《とちゅう》で失《な》くしてきたにちがいないと考《かんが》え、もし真珠《しんじゅ》が足《た》りなくなったなどと申《もう》し出《で》たら、それこそ商人《しょうにん》との訴訟《そしょう》のうえに、不利益《ふりえき》な裁《さば》きをされるに相違《そうい》ないと思《おも》って、商人《しょうにん》から盗《ぬす》んだ真珠《しんじゅ》をそっと足《た》して、都合百個《つごうひゃっこ》にして糸《いと》に通《とお》し、それをマリアダ・ラーマンのところに持《も》ってゆきました。

マリアダ・ラーマンは、じぶんの察《さっ》したとおりであったのを見《み》て、直《ただ》ちにその男《おとこ》に、罪《つみ》を宣告《せんこく》いたしました。

अंगूठी लौटने की कहानी

指環《ゆびわ》がもとへもどった話《はなし》 Chapter 2-8

ある人《ひと》が、親戚《しんせき》の者《もの》に、見《み》せびらかすのだからといって、友《とも》だちから金《きん》の指環《ゆびわ》を借《か》りておきながら、それを返《かえ》そうとしませんでした。持《も》ち主《ぬし》が、四《し》、五日《ごにち》たってから催促《さいそく》しますと、それを借《か》りた男《おとこ》は、げんにじぶんが借《か》りたものだのに、これはじぶんの持《も》っていた指環《ゆびわ》だといいきるばかりか、友《とも》だちを大《おお》うそつきだといって、手《て》きびしくののしりました。

そこで、指環《ゆびわ》の持《も》ち主《ぬし》は、マリアダ・ラーマンに訴《うった》えて出《で》ましたから、マリアダ・ラーマンは、借《か》り手《て》を呼《よ》びだして、訊問《じんもん》いたしました。しかし借《か》り手《て》は、それを、実《じっ》に恥《はじ》を知《し》らない、失敬《しっけい》ないいぶんだといいました。どちらにも証拠《しょうこ》のないことですから、マリアダ・ラーマンは、ある一人《ひとり》の人《ひと》をつれて来《き》て、その者《もの》に問題《もんだい》の指環《ゆびわ》をわたし、実《じっ》はこういう事情《じじょう》で、この二人《ふたり》の争《あらそ》いをしている者《もの》たちに、指環《ゆびわ》の金《きん》を半分《はんぶん》ずつ分《わ》けてやりたいのであるから、金《きん》をしらべて、目方《めかた》を量《はか》ってくれと申《もう》しました。しかし、あらかじめ、マリアダ・ラーマンは、その者《もの》にこっそり耳《みみ》うちして、金《きん》を試金石《しきんせき》でしらべている間《あいだ》に、できるだけ金《きん》を取《と》りのぞけて、金《きん》の質《しつ》も値打《ねう》ちも、実際《じっさい》より少《すく》なく見《み》つもってくれと注意《ちゅうい》しておきました。

そこで、仲立人《なかだちにん》とともども、二人《ふたり》の者《もの》をも呼《よ》びだして、仲立人《なかだちにん》のすることを、二人《ふたり》に見《み》させましたが、仲立人《なかだちにん》が指環《ゆびわ》から金《きん》をとって、試金石《しきんせき》へかけようとしますと、ほんたいの持《も》ち主《ぬし》は、そんなことをされては困《こま》ると反対《はんたい》し、また金《きん》の質《しつ》も値打《ねう》ちも、安《やす》く見《み》つもられると、ひどくがっかりして、さめざめと泣《な》きだしました。それに引《ひ》きかえ、借《か》り手《て》の方《ほう》は、はじめから終《お》わりまで黙《だま》って、まったく平気《へいき》な顔《かお》をしておりました。

このめいめいの態度《たいど》を見《み》て、マリアダ・ラーマンは、すぐと罪人《ざいにん》を見破《みやぶ》りまして、その指環《ゆびわ》を、持《も》ち主《ぬし》に返《かえ》してやりました。「不正《ふせい》の金《きん》は、値打《ねう》ちもなければ貴《とうと》くもない」ということわざが、これで証明《しょうめい》されました。

कहानी जो कि मुर्गी चोर एक जाल में गिर गया
鶏泥棒《にわとりどろぼう》がいっぱいはめられた話《はなし》　Chapter 2-9

ある女《おんな》の人《ひと》が、隣《とな》りの女《おんな》に鶏《にわとり》をぬすまれました。隣《とな》りの女《おんな》は、じぶんの家《うち》へ、鶏《にわとり》がまよいこんで来《き》たところを捕《とら》えたので、すぐと料理《りょうり》して、食《た》べてしまいました。

Chapter 2

持《も》ち主《ぬし》は、鶏《にわとり》が隣《とな》りの家《うち》へ入《はい》ってゆくところを見《み》かけたので、隣《とな》りの女《おんな》にたずねましたが、神《かみ》さまに誓《ちか》って、鳥《とり》などは見《み》もしなかったと、その女《おんな》はいい張《は》りました。それゆえ、持《も》ち主《ぬし》はマリアダ・ラーマンに訴《うった》えて出《で》ました。しかし、盗《ぬす》んだ女《おんな》は、どこまでも知《し》らぬといいとおしました。

どちらにも証拠《しょうこ》のないことですから、マリアダ・ラーマンは、一時《いちじ》双方《そうほう》を引《ひ》きとらせました。しかし、なんとでもして、事実《じじつ》をつきとめようと考《かんが》えたあげく、ほんとに隣《とな》りの女《おんな》が犯人《はんにん》なら（彼《かれ》はたいていそうだと考《かんが》えました）、かならず兜《かぶと》をぬぐにちがいない名案《めいあん》を、おもいつきました。それで、二人《ふたり》の女《おんな》が、ちょうど法廷《ほうてい》から外《そと》へ出《で》ようとした時《とき》、二人《ふたり》によく聞《き》こえるような大《おお》きい声《こえ》で、法廷《ほうてい》にひかえていた人《ひと》たちに、話《はな》しかけました。

「隣《とな》りの家《うち》の鶏《にわとり》をぬすんだ後《あと》で、現在証拠《げんざいしょうこ》の鳥《とり》の羽《はね》を、ずうずうしく頭《あたま》へつけて法廷《ほうてい》へ出《で》ながら、どこまでも盗《ぬす》んだおぼえはないと強情《ごうじょう》を張《は》るような女《おんな》が、一体世間《いったいせけん》にあるだろうか。」

このおどしの手段《しゅだん》が、よいぐあいに成功《せいこう》して、この言葉《ことば》が耳《みみ》に入《はい》ると、馬鹿者《ばかもの》の鶏泥棒《にわとりどろぼう》は、じぶんにかけられた罠《わな》に、まっさかさまにおちこんで、すぐと頭《あたま》へ手《て》をやり、鶏《にわとり》の羽《はね》がついているかどうか見《み》ようとしました。

これだけでもう証拠《しょうこ》は充分《じゅうぶん》でありました。マリアダ・ラーマンは、ただちにこの女《おんな》をきびしく問《と》いただし、まよいこんだ鶏《にわとり》をぬすんだという事実《じじつ》を、とうとう白状《はくじょう》させました。

एक चीनी मिट्टी के बरतन कि मृत हाथी की जगह तोड़

死《し》んだゾウの代《か》わりにこわれた焼《や》き物《もの》　Chapter 2-10

ある紳士《しんし》が、息子《むすこ》の結婚式《けっこんしき》の行列《ぎょうれつ》をりっぱにしたいと考《かんが》えて、行列《ぎょうれつ》に加《くわ》えるゾウを、あるマホメット教信者《きょうしんじゃ》から借《か》りうけました。ところが、行列《ぎょうれつ》が進行《しんこう》しているあいだに、なんとも原因《げんいん》がわからず、突然《とつぜん》ゾウが倒《たお》れて死《し》にました。

借《か》り手《て》はすぐに、持《も》ち主《ぬし》のところへ行《い》って、わけを話《はな》し、しかるべき弁償《べんしょう》をしたいと申《もう》し出《で》ました。しかし持《も》ち主《ぬし》は承知《しょうち》しませんで、どうでも元《もと》どおり活《い》かして返《かえ》してくれといいはり、マリアダ・ラーマンに訴《うった》えました。

マリアダ・ラーマンは、弁償《べんしょう》させて、ゆるしてやったらよかろうと、持《も》ち主《ぬし》をできるだけなだめましたが、ききませんでした。それで、裁判《さいばん》を翌日《よくじつ》にのばして、双方《そうほう》をひきとらせました。そうしておいて、こっそりと、訴《うった》えられた方《ほう》の者《もの》を呼《よ》びつけ、次《つぎ》の日《ひ》は、訴《うった》えた方《ほう》がじぶんで迎《むか》えにゆくまでは、法廷《ほうてい》へ来《こ》ないようにと、忠告《ちゅうこく》しました。それからまた、家《いえ》じゅうにあるだけの焼物《やきもの》を、全部入口《ぜんぶいりぐち》の扉《ドア》のかげに積《つ》んでおき、訴《うった》えた男《おとこ》がいそいで迎《むか》えに来《き》た時《とき》、扉《ドア》をおしあけて、積《つ》んである壺《つぼ》をみんなこわしてしまうように、わざと扉《ドア》に錠《じょう》をおろさないでおけと、さしずしました。そしてそのとおりになったら、近所《きんじょ》の人《ひと》たちに聞《き》こえるよう、できるだけ大《おお》さわぎをして、代々家《だいだいいえ》につたわる、かけがえのない宝物《ほうもつ》をこわされたといって、相手《あいて》の男《おとこ》を訴《うった》えなさいと申《もう》しました。

マリアダ・ラーマンのいったとおりに事《こと》は運《はこ》びました。そして、訴《うった》えられた方《ほう》が今度《こんど》は訴《うった》えた方《ほう》よりも強《つよ》くなり、「こわされたと同《おな》じ、しかも丈夫《じょうぶ》な壺《つぼ》を返《かえ》してくれ、どんなにお金《かね》を積《つ》んでも承知《しょうち》しない。」と、いい張《は》りました。

そこで、マリアダ・ラーマンは、このお互《たが》いのいい分《ぶん》を裁《さば》いて、死《し》んだゾウの償《つぐな》いを、こわされた壺《つぼ》で帳消《ちょうけ》しにしたらよかろうと、申《もう》しわたしました。

गायों चोर को उजागर कर गया की कहानी
牛泥棒《うしどろぼう》が見《み》あらわされた話《はなし》 Chapter 2-11

二人《ふたり》の牛飼《うしか》いが、おたがいにくっつきあって、めいめいの牛《うし》の囲《かこ》い場《ば》を持《も》っておりましたが、一方《いっぽう》の牛飼《うしか》いは、よく留守《るす》にしてよそへ出《で》かけることがありましたので、いつも留守《るす》の間《あいだ》は、じぶんの牛《うし》の番《ばん》を、片方《かたほう》の牛飼《うしか》いにたのみました。

ある日《ひ》、その留守《るす》の間《あいだ》に、残《のこ》っていた方《ほう》の牛飼《うしか》いが、一方《いっぽう》の留守《るす》をよいことにして、じぶんの持《も》っている牡牛《おうし》の子三頭《こさんとう》と、隣《とな》りの牝牛三頭《めうしさんとう》とを、取《と》りかえておきました。

しばらくたって後《のち》に、留守《るす》の方《ほう》の牛《うし》が、家畜病《かちくびょう》にかかって、全部死《ぜんぶし》んでしまいました。そのために、その飼《か》い主《ぬし》は不幸《ふこう》に陥《おちい》って、貧乏《びんぼう》になり、毎日《まいにち》を不安《ふあん》にすごさなければならなくなりました。

ある日《ひ》、彼《かれ》は隣《とな》りの牛飼《うしか》いに、少《すこ》しばかりの乳《ちち》をめぐんでくれと、たのみました。そして隣《とな》りの牛飼《うしか》いが、牛《うし》の乳《ちち》をやると、それを飲《の》んでみて、「これはじぶんの飼《か》っていた牛《うし》の乳《ちち》の味《あじ》がする。」といいだしました。そしてマリアダ・ラーマンのところへ、つれてゆきました。むろん牛《うし》を盗《ぬす》んだ隣《とな》りの男《おとこ》は、そんなはずはないといって、その証拠《しょうこ》を出《だ》してみせろと、せまりました。

「ただ乳《ちち》を味《あじ》わっただけで、じぶんの飼《か》っていた牛《うし》だと、どうしてわかるか。」

マリアダ・ラーマンがたずねますと、訴《うった》えた牛飼《うしか》いは、

「じぶんは特別《とくべつ》に舌《した》がきいているから、それがわかるのです。」

と答《こた》えました。

マリアダ・ラーマンは、ほんとにそんなことができるものかどうか、ためしてみたくなりましたので、この裁判《さいばん》を十五日間延期《じゅうごにちかんえんき》することにして、その間《あいだ》に、三《みっ》つの苗床《なえどこ》をつくり、それぞれちがった牛《うし》の糞《ふん》と、羊《ひつじ》の糞《ふん》と、塵《ごみ》と、この三《さん》種類《しゅるい》の肥料《ひりょう》を用意《ようい》して、そこに野菜《やさい》の種《たね》を蒔《ま》かせました。

いよいよ野菜《やさい》が収穫《しゅうかく》されるようになった時《とき》、それを料理《りょうり》させて、牛《うし》の乳《ちち》と、羊《ひつじ》の乳《ちち》と、水牛《すいぎゅう》の乳《ちち》とをまぜてつくった凝乳《ぎょうにゅう》といっしょに、二人《ふたり》の牛飼《うしか》いたちに出《だ》しました。牛《うし》を盗《ぬす》んだ方《ほう》の牛飼《うしか》いは、それをガツガツと食《た》べて、これは実《じつ》に

おいしいといいました。しかし盗《ぬす》まれた方《ほう》の牛飼《うしか》いは、食《た》べものから顔《かお》をそらして、この野菜《やさい》は三種類《さんしゅるい》のちがった肥料《ひりょう》でつくったものだし、凝乳《ぎょうにゅう》は三種類《さんしゅるい》のちがった乳《ちち》からこしらえたものですといいあてました。

マリアダ・ラーマンは、訴《うった》えた牛飼《うしか》いが、ほんとに食《た》べものを味《あじわ》いわける、おどろくべき舌《した》をもっていることがわかりましたので、一方《いっぽう》の牛飼《うしか》いを訊問《じんもん》しはじめて、とうとう罪《つみ》を白状《はくじょう》させ、それに応《おう》じた刑罰《けいばつ》に処《しょ》しました。「おそかれ早《はや》かれ、人殺《ひとごろ》しの罪《つみ》はわかるだろう」ということわざが、ここに証拠《しょうこ》だてられました。

Chapter 3

राजा बीरबल की कहानियाँ

ラジャ・ビルバル物語

らじゃびるばるものがたり

तीसरा अध्याय

【ラジャ・ビルバル物語《ものがたり》】

テナリラーマが南《みなみ》インドに有名《ゆうめい》なごとく、ラジャ・ビルバル（Raja Birbal）の名《な》は北《きた》インドに有名《ゆうめい》である。彼《かれ》はアクバル（Akbal）王《おう》に仕《つか》えた軽口師《かるくちし》で、政治上《せいじじょう》に関与《かんよ》したことも僅少《きんしょう》でなかった。「ビルバル物語《ものがたり》」は、ビルバルに関《かん》する逸話《いつわ》を記《しる》したもので、数種《すうしゅ》ある。ここにはそのうちからもっとも興味《きょうみ》ある話《はなし》を抜粋《ばっすい》した。

बिरबल की चोटी उम्र का जीवनी

ビルバルの若《わか》い頃《ころ》の伝記《でんき》

アクバル王《おう》の宮廷《きゅうてい》で、もっともとんちに富《と》んでいたビルバルのことについては、アブダル・カディール・バダウニ（Abdul Khadir Badauni）とアブル・ファズル（Abul Fazl）とモウラーナ・アザス（Moulana Azath）という、三人《さんにん》の歴史家《れきしか》がいろいろと書《か》いております。前《まえ》の二人《ふたり》は、宮廷《きゅうてい》に仕《つか》えていた頃《ころ》の伝記《でんき》を、切《き》れぎれに記《しる》しているだけですが、モウラーナはかなり詳《くわ》しく、この人《ひと》のことを書《か》きました。ここに述《の》べる伝記《でんき》も、大部分《だいぶぶん》それによっております。

ビルバルは一五四一年《せんごひゃくよんじゅういちねん》に、ゴダベリ（Godaveri）河《がわ》の岸《きし》にあるマルジャル（Marjal）という、名《な》もない村《むら》に生《う》まれました。スルベル（Surber）派《は》のバラモンの家《いえ》に生《う》まれましたが、まだ四《よっ》つの歳《とし》にお父《とう》さんに死《し》に別《わか》れ、つづいてまもなく、お母《かあ》さんにも亡《な》くなられました。

　モウラーナ・アザスの書《か》いているところによると、ビルバルのもとの名《な》はヘッシュ・ダス（Hesh Das）というのであり、バート（Bhat）派《は》のバラモンの家《いえ》に生《う》まれたといっております。アブダル・カディールも、同《おな》じように彼《かれ》のことを、バラモンの坊《ぼう》さんだと書《か》いておりますが、小《ちい》さいころの名《な》まえと、生《う》まれた場所《ばしょ》についていては、説《せつ》を異《こと》にしております。彼《かれ》にしたがうと、名《な》まえはブラーム（Brahm）・ダスといい、生《う》まれたのはカルピ（Kalpi）であると申《もう》します。

　ビルバルには、二人《ふたり》の兄《にい》さんがありました。上《うえ》の兄《にい》さんのモハン・ラム（Mohan Ram）は、赤《あか》ん坊《ぼう》の時《とき》に死《し》に、次《つぎ》の兄《にい》さんのガンガ・ラム（Ganga Ram）は、この世《よ》をすてて、ネパール（Nepal）の山《やま》の中《なか》に入《はい》り、隠遁《いんとん》の生活《せいかつ》をおくりました。そこでビルバルは、たよりにするものがいなくなったので、お父《とう》さんの身《み》よりの者《もの》に引《ひ》きとられました。

しかし、それから後《のち》はだんだんに運《うん》が開《ひら》けて、カリンジャー（Kalinjar）州《しゅう》の学者《がくしゃ》の長《ちょう》の娘《むすめ》と結婚《けっこん》し、そのお父《とう》さんの家《いえ》で、安楽《あんらく》にくらしていました。まもなくお父《とう》さんが亡《な》くなって、ビルバルは州《しゅう》の学者《がくしゃ》の長《ちょう》にされました。そしてしばらくの間《あいだ》に、ぐんぐんとえらくなって、その名《な》は州《しゅう》の外《そと》へまで鳴《な》りひびくようになりました。

राजा अकबर का कर्मचारी बनने का कारण

アクバルの宮廷《きゅうてい》に仕《つか》えたいとぐち

ビルバルが、アクバルの宮廷《きゅうてい》に仕《つか》えるようになった道《みち》すじについては、書物《しょもつ》によっていろいろに書《か》かれております。その一《ひと》つによると、彼《かれ》はカリジャー州《しゅう》の学者《がくしゃ》の地位《ちい》をすてて、デリー（Delhi）に行《ゆ》きました。ここで、彼《かれ》の学問《がくもん》と信仰《しんこう》が役《やく》に立《た》ってラムチャンド（Ramchand）という大富豪《だいふごう》のお抱《かか》え坊《ぼう》さんになりました。

けれど、ビルバルのような才《さい》が、そのようなところに埋《う》ずもれているわけはなく、そのとんちと滑稽《こっけい》が、デリーの街《まち》じゅうにひろがるようになりました。そして、とうとうアクバル王《おう》のお耳《みみ》に入《はい》りました。アクバル王《おう》の御殿《ごてん》には、学者《がくしゃ》は大勢《おおぜい》おりましたけれど、どこの国《くに》の宮廷《きゅうてい》にも抱《かか》えている軽口師《かるくちし》というものが、一人《ひとり》もおりませんでした。そこで、ビルバルは御殿《ごてん》に召《め》されて、暇《ひま》な時《とき》に王《おう》さまのご機嫌《きげん》をうかがうことになりました。

モウラーナ・アザスによると、アクバルとビルバルとは、ほんの偶然《ぐうぜん》のことから出《で》あって、知《し》るようになったということであります。アブダル・カディールはこう書《か》いております。

「ある日《ひ》、アクバルは、このカルピのブラーム・ダスという哀《あわ》れなバラモンの坊《ぼう》さんが、デリーの街《まち》を、歌《うた》いながら托鉢《たくはつ》してあるいているのに出《で》あいました。アクバルは、彼《かれ》を哀《あわ》れにおもうとともに、その歌《うた》の上手《じょうず》なのと、とんちに富《と》んでいるのとで、好《す》きになりました。そして二人《ふたり》の間《あいだ》は、次第《しだい》に親《した》しくなったのでありました。」

ビルバルがアクバルの宮廷《きゅうてい》につかえるようになったについては、なお別《べつ》の説《せつ》があります。

ある日《ひ》、王《おう》さまのお付《つ》きの家来《けらい》が、王《おう》さまにさしあげる食後《しょくご》の食《た》べものに（インドでは食後必《しょくごかなら》ず檳榔《びんろう》の葉《は》や実《み》を刻《きざ》んだものに石灰《せっかい》をまぜたものを噛《か》む習慣《しゅうかん》があります）、少《すこ》し石灰《せっかい》を多《おお》く添《そ》えすぎましたために、王《おう》さまの口《くち》がヒリヒリいたしました。王《おう》さまはご立腹《りっぷく》なすって、お付《つ》きの者《もの》に、街《まち》へ行《い》って石灰《せっかい》をたくさん買《か》って来《こ》いとおっしゃいました。

家来《けらい》が街《まち》へ行《い》って、それを買《か》っておりますと、ビルバルが見《み》て、なんでそんなにたくさんの石灰《せっかい》を買《か》うのかとたずねました。家来《けらい》がそのわけを話《はな》しますと、ビルバルは注意《ちゅうい》をして申《もう》しました。

「あなたが買《か》っている石灰《せっかい》は、腹《はら》を立《た》てられた王《おう》さまが、あなたを殺《ころ》すために使《つか》うものなのですぞ。だから、それといっしょに、バターを溶《と》かしたものを同《おな》じ分量《ぶんりょう》ほど買《か》って行《い》って、石灰《せっかい》を飲《の》ませられたら、あとでそれを飲《の》んでおきなさい。」

こういって教《おし》えられて、家来《けらい》は御殿《ごてん》へ帰《かえ》りました。王《おう》さまは、石灰《せっかい》を水《みず》に溶《と》かしてそれを飲《の》めとおっしゃいました。家来《けらい》は命令《めいれい》どおりそれを飲《の》みましたが、そのかわり後《あと》でそれといっしょに、バターを溶《と》かしたものを飲《の》んでおきました。

家来《けらい》が再《ふたた》び王《おう》さまの御前《ごぜん》にあらわれたのを見《み》ると、けろりとしておりますので、王《おう》さまは家来《けらい》にむかい、

「おまえはあれを飲《の》んで、よく死《し》なないでいられるな。」

と、おたずねになりました。家来《けらい》はある見知《みし》らぬ人《ひと》から教《おし》えられましたといって、すっかり事情《じじょう》を申《もう》しあげました。アクバル王《おう》はその機転《きてん》に感心《かんしん》して、すぐとその者《もの》をつれて来《く》るようにと命《めい》じました。やがてビルバルがまいりますと、王《おう》さまはたいそう喜《よろこ》んで、この後《のち》は宮中《きゅうちゅう》に仕《つか》えるようにと、おっしゃいました。

ビルバルは、生《う》まれつき自然《しぜん》にめぐまれた滑稽《こっけい》と学才《がくさい》を

持《も》っておりましたので、宮中《きゅうちゅう》のご用《よう》をつとめるには、実《じっ》に適《てき》しておりました。インド文学《ぶんがく》によく通《つう》じておりましたので、まもなくアクバル王《おう》から、宮廷詩人《きゅうていしじん》の栄冠《えいかん》をさずけられ、毎月金貨《まいつききんか》を二千枚《にせんまい》ずつ頂《いただ》きました。

アクバル王《おう》は、ビルバルのためには、おしまず栄誉《えいよ》をあたえました。その頂《いただ》いたたくさんの名誉《めいよ》の称号《しょうごう》のうちでも、特別《とくべつ》に名誉《めいよ》なのは「ラジャ」（王《おう》という意味《いみ》）というのでありました。実際《じっさい》ビルバルは、アクバル王《おう》のご寵愛《ちょうあい》をただ一身《いっしん》にあつめて、王《おう》さまがご寝所《しんじょ》に入《はい》られた時《とき》でも、彼《かれ》のとんちをきかなくては、慰《なぐさ》められないというほどでありました。

बचपन में बिरबल की बुद्धि

ビルバルの子供《こども》の時《とき》のとんち　Chapter 3-1

ビルバルが七《なな》つの時《とき》の話《はなし》であります。その頃《ころ》、彼《かれ》はいつも、マホメット教信者《きょうしんじゃ》のいたずら小僧《こぞう》といっしょに遊《あそ》んでおりました。この二人《ふたり》の子供《こども》が、ある日《ひ》のこと、犬《いぬ》が二匹《にひき》でたわむれているのを見《み》つけました。牝犬《めすいぬ》の方《ほう》は黒《くろ》い色《いろ》をしておりました。インド語《ご》では、黒《くろ》いもののことをカーリーといっております。ところでビルバルのお母《かあ》さんの名《な》もまたカーリーでありました。

「やー、カーリーが犬《いぬ》と遊《あそ》んでいらぁ。」

マホメット教《きょう》の子供《こども》が、こういいました。ビルバルのお母《かあ》さんの名《な》にあてつけて、からかったのでありました。

ビルバルは、まだほんの小《ちい》さい子供《こども》でしたが、この頃《ころ》からとんちの才《さい》が芽《め》を出《だ》していました。すぐとやりかえして、いいました。

「おまえの眼《め》には、牝犬《めすいぬ》は黒《くろ》だろうが、犬《いぬ》に聴《き》いてごらん。犬《いぬ》の眼《め》にはネマス（Nemath 幸福《こうふく》ということ）だとさ」

マホメット教《きょう》の子供《こども》のお母《かあ》さんは、ネマスという名《な》だったので、幸福《こうふく》に遊《あそ》んでいるということにかけて、みごとに、しっぺ返《がえ》しをしたのでした。

पहले से लिखित रेखा को छोटा करें
書《か》いた線《せん》を短《みじか》くする話《はなし》　Chapter 3-2

宮中《きゅうちゅう》で、誰《だれ》が一《いち》ばんりこうだろうかということについて、家来《けらい》たちが夢中《むちゅう》になって議論《ぎろん》をしましたが、なかなかきまりがつきませんでした。その時王《ときおう》さまが、床《ゆか》のうえに線《せん》を書《か》いて、この線《せん》のどこも消《け》さずに、このままでもっと短《みじか》くする法《ほう》はないかと、たずねました。

家来《けらい》たちは、どうしたらよいかわからないで、だまっておりました。すると、ビルバルがすぐに立《た》ちあがり、その線《せん》にそって、それよりももっと長《なが》い線《せん》を一本書《いっぽんか》きました。なるほど、長《なが》い線《せん》にくらべられて、もとの線《せん》が短《みじか》くなったと、王《おう》さまも家来《けらい》たちも思《おも》いました。

कुत्ते से भी बदतर दूल्हा
犬《いぬ》より悪《わる》いお婿《むこ》さん　Chapter 3-3

ある日《ひ》、王《おう》さまがビルバルにむかって、じぶんの縁者《えんじゃ》でありながら、恩知《おんし》らずの者《もの》と、じぶんの縁者《えんじゃ》でなくて、恩《おん》を知《し》っている者《もの》とを、目《め》の前《まえ》へつれて来《き》てみよと、おっしゃいました。ビルバルは、かしこまりましたとお答《こた》えして、王《おう》さまのお婿《むこ》さんと、一匹《いっぴき》の犬《いぬ》を、御殿《ごてん》へつれて来《き》ました。家来《けらい》たちは、王《おう》さまの御前《ごぜん》に、犬《いぬ》をつれて来《く》るなどとは、失礼《しつれい》だとおもいましたが、止《と》めるわけにもゆきませんでした。

ビルバルは、つかつかと王《おう》さまの前《まえ》に進《すす》み出《で》て、申《もう》しました。

「陛下《へいか》のお望《のぞ》みの者《もの》を、召《め》しつれてまいりました。」

「ウン、では見《み》よう。」

アクバル王《おう》が、おっしゃいました。

「これが、恩《おん》を知《し》らぬ者《もの》でございます。」

ビルバルは、若者《わかもの》を指《ゆび》さして申《もう》しました。

「陛下《へいか》が、王女《おうじょ》さまをおつかわしになり、また巨万《きょまん》の富《とみ》をおあたえなされたのに、ありがたいとも存《ぞん》ぜず、蔭《かげ》で陛下《へいか》のことを悪《あ》しざまに申《もう》しております。」

「なるほど。で、もう一方《いっぽう》は?」

王《おう》さまは、愉快《ゆかい》な顔《かお》をよそおいながら、申《もう》されました。

ビルバルは、犬《いぬ》をひき出《だ》して、申《もう》しました。

「ここに、恩《おん》を知《し》っている者《もの》がおります。この者《もの》は、パンのかけらをいただいて満足《まんぞく》し、入口《いりぐち》を守《まも》っております。陛下《へいか》がおやすみになっていらっしゃる間《あいだ》じゅう、ずっと起《お》きつづけて、まちがいの起《お》こらぬよう、見張《みは》りをいたしております。」

बैल का दूध
牡牛《おうし》の乳《ちち》　Chapter 3-4

ある時《とき》、王《おう》さまがビルバルに、牡牛《おうし》の乳《ちち》を手《て》に入《い》れて来《こ》いと、おっしゃいました。さすがのビルバルも、これには返事《へんじ》ができず、王《おう》さまのご機嫌《きげん》が悪《わる》くなりましたから、どうぞ一週間《いっしゅうかん》のご猶予《ゆうよ》をくださいますようと、お願《ねが》い申《もう》しました。

願《ねが》いは、すぐときかれましたので、ビルバルは家《うち》へ帰《かえ》ってきましたが、まったくげんきがありませんでした。ビルバルの奥《おく》さんというのは、誠《まこと》にかしこい女《おんな》でありましたから、夫《おっと》のようすを見《み》て、きっと王《おう》さまから謎《なぞ》を出《だ》され、それがとけないのであろうと、察《さっ》しました。

奥《おく》さんは夫《おっと》のそばによって、何《なに》がご心配《しんぱい》の種《たね》なのですかと、たずねました。

「王《おう》さまが、わたしに牡牛《おうし》の乳《ちち》を持《も》って来《こ》いと仰《おお》せられるのだ。どうしてよいかわからないので、それでげんきがないのだ。」

と、夫《おっと》が答《こた》えますと、にっこり笑《わら》って、

「それは、少《すこ》しもむつかしいことではございません。わたくしがお手《て》つだいいたしましょう。」

と、申《もう》しました。

「けれど、これだけは守《まも》ってくださいまし。一週間《いっしゅうかん》のあいだ、あなたは家《うち》をはなれないで、私《わたし》のそばにおいでくださいまし。」

ビルバルは、喜《よろこ》んでそのとおりにしました。

七日目《なのかめ》になると、奥《おく》さんはわざと着《き》かざって、着物《きもの》の包《つつ》みをこしらえ、それを洗濯《せんたく》しに、御殿《ごてん》の向《む》こう側《がわ》にある、水槽《すいそう》のところへ出《で》かけました。そして水槽《すいそう》の段《だん》の上《うえ》で、洗濯《せんたく》をはじめました。
王《おう》さまは、りっぱに着《き》かざった美《うつく》しい女《おんな》が、洗濯仕事《せんたくしごと》をしているのを見《み》て、なんでそんなことをしなければならないのだろうかと、不思議《ふしぎ》におもいました。それで人《ひと》をやって、女《おんな》をよびつけました。女《おんな》が、御前《ごぜん》に出《で》ると、

「ご婦人《ふじん》、なんであなたは、そのような、着物《きもの》の洗濯《せんたく》などをしなければならないのか。」

と、たずねました。
すると、女《おんな》は答《こた》えました。

「お目《め》をけがしまして、おそれいりました。夫《おっと》が、一週間前《いっしゅうかんまえ》に子供《こども》を生《う》みましたのに、召《め》し使《つか》いが黙《だま》って暇《ひま》をとりましたから、それでわたくしが、産室《さんしつ》の着物《きもの》を洗《あら》わなければならないのでございます。」

その言葉《ことば》をきいて、王《おう》さまは、

「やれやれ、とんだ世《よ》のなかになったものだ。そんな子供《こども》を生《う》む男《おとこ》が、ほんとにあるだろうか？」

と、目《め》を見張《みは》りました。すると女《おんな》は、しずかに申《もう》しました。

「王《おう》さまが、家来《けらい》に牡牛《おうし》の乳《ちち》をもって来《こ》いとおっしゃる世《よ》のなかでございますもの、変《か》わるわけでございますわ。」

アクバル王《おう》は、はじめてこの女《おんな》が、ビルバルの妻《つま》であることがわかりました。そして、そのとんちに対《たい》して、たくさんのご褒美《ほうび》をもたせて、家《うち》へかえしました。

राजा अकबल का घमंड को आलोचना हुआ

アクバル王《おう》の虚栄《きょえい》を非難《ひなん》する　Chapter 3-5

アクバル王《おう》の趣味《しゅみ》と空想《くうそう》は、絶《た》えず次《つぎ》から次《つぎ》と変《か》わってゆきました。亡《な》くなられる前《まえ》ごろには、ヨーロッパ風《ふう》の衣装《いしょう》をつけるのが好《す》きになり、いつも白人《はくじん》のようにつくっていました。また高《たか》い宝石《ほうせき》を身《み》につけるのが好《す》きで、いつも真珠《しんじゅ》の首飾《くびかざ》りをかけていました。

ある晩《ばん》、海岸《かいがん》を歩《ある》いているときに、彼《かれ》は、宝石《ほうせき》の飾《かざ》りを、波《なみ》の上《うえ》へ投《な》げました。そうしておいて、すぐとビルバルに、それを取《と》りもどせといいつけました。

とんち家《や》さんは答《こた》えました。

「失礼《しつれい》ながらどうぞ、波《なみ》の上《うえ》を行《い》かしておやりくださいまし。白人《はくじん》の国《くに》にまいって、陛下《へいか》のご威勢《いせい》を吹聴《ふいちょう》いたすかも知《し》れませんから。」
これには王《おう》さまも、なんともおっしゃれませんでした。

भयावह आदमी
不吉《ふきつ》の男《おとこ》 **Chapter 3-6**

ある日《ひ》、アクバル王《おう》がビルバルにむかって、デリーの市《まち》に誰《だれ》か不吉《ふきつ》な男《おとこ》がいるのを知《し》らないかと、おたずねになりました。

「はい、一人《ひとり》いるのをきいております。うわさによりますと、朝早《あさはや》くその男《おとこ》の顔《かお》を見《み》た者《もの》は、その日一日《ひいちにち》じゅう、一《ひと》きれのパンも食《た》べることができないと申《もう》すことでございます。」

と、ビルバルは答《こた》えました。

「いつか、朝《あさ》のうちにその男《おとこ》を連《つ》れて来《こ》い。ためしてみるから。」

王《おう》さまが、おっしゃいました。

ビルバルは、ある朝《あさ》その男《おとこ》を、王《おう》さまの御殿《ごてん》へつれて来《き》ました。そして王《おう》さまがお目《め》ざめになると、まず第一番《だいいちばん》に、その男《おとこ》にあうよう、取《と》りはからいました。たまたまその日《ひ》、王《おう》さまは、政治《せいじ》むきのご用《よう》のためにいそがしく、夕方《ゆうがた》までご飯《はん》をあがる時間《じかん》がございませんでした。

王《おう》さまはビルバルをお召《め》しになって、

「あの男《おとこ》は、たしかに不吉《ふきつ》きわまる男《おとこ》だ。それゆえ、絞首《くびくくり》の刑《けい》に処《しょ》してしまえ。」

と、おっしゃいました。ビルバルはお答《こた》えして申《もう》しますに、

「おお、大王《だいおう》さま、陛下《へいか》は朝《あさ》あの男《おとこ》の顔《かお》をご覧《らん》になられまし

たため、お食事《しょくじ》をおとりあそばす時間《じかん》がございませんでしたが、あの男《おとこ》の方《ほう》はまた、陛下《へいか》のお顔《かお》を拝《はい》したばかりに、首《くび》をしめられなければなりません。してみれば陛下《へいか》、どちらがよけい不吉《ふきっ》でございましょうか、どうぞご判断《はんだん》をねがわしゅう存《ぞん》じます。」

アクバル王《おう》は、ご自分《じぶん》の命令《めいれい》が、まちがっているのに気《き》づかれて、宣告《せんこく》をお取《と》り消《け》しになりました。

छह बेहतरीन चीजें
六《むっ》つの最上《さいじょう》のもの　Chapter 3-7

ある空《そら》の晴《は》れた晩《ばん》、アクバル王《おう》とビルバルとが、デリーの街並木《まちなみき》の間《あいだ》を、気《き》もちのよい涼風《すずかぜ》にふかれながら、あるいておりました。話《はなし》はいろいろの問題《もんだい》にむけられました。まず二人《ふたり》は、御殿《ごてん》の高《たか》い上《うえ》からながめる、熱帯《ねったい》の空《そら》の美《うつく》しさ、入日《いりひ》の荘厳《そうごん》さ、それからそよ風《かぜ》に木《き》の葉《は》のうごく大木《たいぼく》のしずかさ、夜《よる》のねぐらをさがす美《うつく》しい翅《はね》をした鳥《とり》などのことについて、話《はな》しました。それから空《そら》や、あの虹《にじ》のような美《うつく》しい雲《くも》をつくってくだすった神《かみ》さまのありがたさに、話《はなし》をもってゆきました。

そのうちに、ごぼごぼとわきかえるように流《なが》れている小川《おがわ》に、心《こころ》をひかれて、そばへよってみますと、まがりくねった流《なが》れのおもてに、空《そら》や、雲《くも》や、樹《き》の蔭《かげ》がからみあって、不思議《ふしぎ》な絵《え》をうつしておりました。二人《ふたり》はしばらく、水《みず》のほとりに腰《こし》をおろして、森《もり》からいろいろの花《はな》の匂《にお》いをおくって来《く》る、つめたい空気《くうき》を呼吸《こきゅう》しておりました。

やがて、その気《き》もちのよい場所《ばしょ》を立《た》ち去《さ》ろうとしながら、アクバル王《おう》はビルバルに、乳《ちち》のうちでもっともよいもの、木《き》の葉《は》のうちでもっともよいもの、花《はな》のうちでもっともよいもの、果実《かじつ》のうちでもっともよいもの、王《おう》のうちでもっともよいもの、甘《あま》さのうちでもっともよいものはなんだと思《おも》うか、いってみよとおたずねになりました。

ビルバルは、立《た》ちどまって、答《こた》えました。

「母《はは》の乳《ちち》こそ、乳《ちち》のうちでもっともよいものだと存《ぞん》じます。子供《こども》はそれを飲《の》んで、えらい人間《にんげん》になるのでございますから。パンの木《き》の葉《は》こそ、木《き》の葉《は》のうちでもっともよいものだと存《ぞん》じます。パンの木《き》の葉《は》を好《この》んでかまない者《もの》といっては、一人《ひとり》もございません。綿《わた》の木《き》の花《はな》こそ、花《はな》のうちでは最上位《さいじょうい》にあるものと存《ぞん》じます。それによってわたくしどもは、衣類《いるい》を着《き》ることができるのでございますから。孝行《こうこう》な息子《むすこ》こそ、果実《かじつ》のうちでもっともよいものだと存《ぞん》じます。先祖《せんぞ》のよい血《ち》がずっとやどっているのでございますから。インドラの神《かみ》こそ（インドラは神々《かみがみ》の王《おう》である）、王《おう》さまのうちでもっとも情《なさ》けぶかいかと存《ぞん》じます。雨《あめ》を降《ふ》らしてこの地上《ちじょう》をやしなってくださいますから。親切《しんせつ》な言葉《ことば》の甘《あま》さこそ、何《なに》よりもうれしいものだと存《ぞん》じます。それさえあれば、お金《かね》などはつかわずとも、人々《ひとびと》の愛《あい》をとらえることができますから。」

कहानी जो कि दाढ़ी के बारे में चर्चा बंद कर दें
ひげの議論《ぎろん》をかたづける話《はなし》 Chapter 3-8

ある日《ひ》、アクバル王《おう》の御前《ごぜん》で、家来《けらい》たちの間《あいだ》に、ひげを剃《そ》るということについての議論《ぎろん》がおこりました。

マホメット教《きょう》の学問《がくもん》に通《つう》じている学者《がくしゃ》たちは、ひげは決《けっ》して剃《そ》ってはならないものだということについて、マホメット教《きょう》の経典《きょうてん》に書《か》いてある文句《もんく》をひいてきて、

「ひげを剃《そ》る者《もの》は、おそろしい罪《つみ》を犯《おか》すようなことになる。それゆえひげは剃《そ》ってならないのだ。」

といいました。

そうするとまたバラモンの学者連《がくしゃれん》は、別《べつ》にこれを説明《せつめい》して、いやそうではない、人間《にんげん》はひげを生《は》やしておくべきものだという教《おし》えについては、別《べっ》に非常《ひじょう》な理由《りゆう》があることだと、いいだしました。

「なぜなら、アラビヤというところは、寒《さむ》かったり暑《あつ》かったり、気候《きこう》がはげしくて、例《たと》えば冬《ふゆ》は、ときどき刺《さ》すような冷《つめ》たい風《かぜ》が吹《ふ》くので、そのために預言者《よげんしゃ》が信者《しんじゃ》の健康《けんこう》を心配《しんぱい》して、

ひげは生《は》やしておくように、そうすればひげが咽喉《のど》をかばって、病気《びょうき》をふせいでくれるからと、きめてくれたものだ。」

　と、いいました。

　こういう風《ふう》に、おたがいにいいはって、議論《ぎろん》の果《は》てしがなく、王《おう》さまの貴《とうと》い時間《じかん》をむだについやしておりました。ビルバルはそれを見《み》て、立《た》ちあがって、王《おう》さまに申《もう》しました。

「陛下《へいか》、願《ねが》わくは、剃刀《かみそり》を持《も》って来《こ》させるようにお命《めい》じくださいまし。ここに集《あつ》まった学者連《がくしゃれん》のひげを、ことごとく剃《そ》りおとしてやりましょう。そういたしましたらば、もはやひげについての議論《ぎろん》は、いたさなくなりましょう。」

　みなの者《もの》は、王《おう》さまが、このお気《き》に入《い》りのビルバルに、それをおゆるしになったらたいへんだと考《かんが》えて、ぴたり議論《ぎろん》をやめました。

गंगा से पानी भगवान का पेय है

ガンジス河《がわ》の水《みず》は神《かみ》さまの飲《の》み物《もの》　Chapter 3-9

ある時《とき》、王《おう》さまがビルバルにむかって、どこの河《かわ》の水《みず》がもっともよい水《みず》だとおもうかとおたずねになりました。それに対《たい》して、ビルバルは、ジュムナ（Jumna）河《がわ》の水《みず》がもっともよい水《みず》ですと、申《もう》しあげました。

王《おう》さまが、

「おまえの宗教《しゅうきょう》では、ガンジス河《がわ》の水《みず》がもっともよい水《みず》であるはずだのに（インドではガンジス河《がわ》を神聖《しんせい》な河《かわ》として、その中《なか》で身体《からだ》をきよめ、この河《かわ》で死《し》ねば天国《てんごく》に行《ゆ》かれるとさえいわれています）。ジュムナの水《みず》をもっともよいというからには、インドの宗教《しゅうきょう》のことを、少《すこ》しも知《し》らないのだな。」

とおっしゃいますと、ビルバルは、

「ガンジス河《がわ》にあるのは、水《みず》ではございません、神《かみ》さまの飲《の》みものでございます。」

と、お答《こた》えしました。

नौकरों को हराया ईर्ष्या
家来《けらい》たちの嫉妬《しっと》を退《しりぞ》ける　Chapter 3-10

ビルバルが、王《おう》さまのたいそうお気《き》に入《い》りなのを見《み》て、家来《けらい》たちがねたんで、王《おう》さまのお目《め》どおりから、ビルバルを退《しりぞ》けようとしました。そのうちでも、お気《き》に入《い》りのおそばづかえの家来《けらい》たちは、王《おう》さまに対《たい》して、

「ビルバルという男《おとこ》は、わたくしどもにくらべて、なんら

特別《とくべつ》の才能《さいのう》をもっているわけでもありませんのに、あのようなくだらぬ男《おとこ》に、高《たか》い地位《ちい》をやってお置《お》きになるのは、誠《まこと》に無益《むえき》なことでございます。」

と、申《もう》しあげました。

すると、王《おう》さまは、

「しかし、ビルバルは他人《たにん》にできぬような事《こと》をなすぞ。」

と、おっしゃいましたので、

「それでは、わたくしどもにできぬとお思《おも》いになる仕事《しごと》を、どうぞやらしてみてくださいまし。」

と、家来《けらい》たちは申《もう》しあげました。そこで王《おう》さまは、ではそのうちよいおりを見《み》て、そうしようとおっしゃって、ビルバルには、もはや目《め》どおりへ出《で》てはならぬと、おいいつけになりました。

この事《こと》があってから二《に》、三日後《さんにちのち》のこと、王《おう》さまは、長《なが》さ四《よん》フィート、幅三《はばさん》フィートの寝床《ねどこ》のシーツを、彼《かれ》らにこしらえるようにといいつけました。数時間《すうじかん》たつと、求《もと》められた大《おお》きさのシーツが、王《おう》さまの前《まえ》に持《も》って来《こ》られました。そこで、王《おう》さまは家来《けらい》たちにむかって、申《もう》されました。

「わしは寝《ね》ころぶから、このシーツでもって、すっかり身体《からだ》を包《つつ》んでくれ。」

家来《けらい》たちは、一生懸命《いっしょうけんめい》シーツで、王《おう》さまの身体《からだ》を包《つつ》もうとしましたが、だめでした。

王《おう》さまは、ビルバルを召《め》しだすようにと、お命《めい》じになりました。やがてビルバルがやって来《き》て、何《なに》かご用《よう》でございますかと、伺《うかが》いますと、王《おう》さまは布《ぬの》を指《ゆび》さして、

「その布《ぬの》で、わしの身体《からだ》を、すっかり包《つつ》んでくれ。」

と、おっしゃいました。ビルバルは、すぐに、王《おう》さまの足《あし》を少《すこ》しばかり折《お》りまげて、それから布《ぬの》でもって、胴《どう》を完全《かんぜん》に

覆《おお》いました。

家来《けらい》たちが、王《おう》さまの足《あし》をば、そんな風《ふう》に折《お》って取《と》りあつかうべきものではないと注意《ちゅうい》しますと、ビルバルは、

「ことわざにも、シーツのそとにまで、足《あし》をのばすべきものではないと、あるではありませんか。」

と、答《こた》えました。

सिगरेट और गधा
煙草《たばこ》とロバ　Chapter 3-11

ムッラー・トピアザ（Mulla Topiaza）とラジャ・ビルバルといえば、アクバル王《おう》の御殿《ごてん》じゅうでの、二人《ふたり》の学者《がくしゃ》であ

り、また有名《ゆうめい》な軽口師《かるくちし》でありました。二人《ふたり》ともそのすぐれたとんちでもって、いつも王《おう》さまをよろこばせておりました。

しかし、智慧《ちえ》の点《てん》では、ムッラー・トピアザもラジャ・ビルバルも、まさりおとりはありませんでしたが、王《おう》さまのお気《き》に入《い》りであったことは、ビルバルの方《ほう》が遥《はる》かに上《うえ》で、王《おう》さまの前《まえ》での勝手気《かってき》ままといってはありませんでした。

ある日《ひ》、アクバル王《おう》とビルバルとが、王宮《おうきゅう》の丘《おか》の上《うえ》に、腰《こし》をかけておりましたが、その前《まえ》に煙草畑《たばこばたけ》があって、ロバがたたずんでおりました。ビルバルは、ふだん煙草《たばこ》を吸《す》ったり、噛《か》み煙草《たばこ》をかんだりするのが好《す》きでしたから、王《おう》さまは畑《はたけ》の方《ほう》にビルバルの注意《ちゅうい》をむけさせて、わざとあてつけにこう申《もう》しました。

「どうだな、煙草《たばこ》というものは、ロバもたべたがらないような、悪《わる》いものだぞ。」

すると、ビルバルはにこにこ笑《わら》いながら、お答《こた》えしました。

「ロバのような人間《にんげん》にかぎって、あの香《かお》りの高《たか》い葉《は》をきらうのでございます。」

सबसे महत्वपूर्ण पत्ती
もっとも重要《じゅうよう》な木《き》の葉《は》　Chapter 3-12

ある時《とき》、宴会《えんかい》のご馳走《ちそう》がおわって、王《おう》さまが家来《けらい》たちに取《と》りまかれておられた時《とき》に、王《おう》さまは家来《けらい》たちにむかい、この世《よ》のなかでもっとも重要《じゅうよう》な木《き》の葉《は》はなんであるかと、おたずねになりました。

家来《けらい》たちは、おたがいにこそこそささやきあっておりましたが、やがて、芭蕉《ばしょう》の葉《は》こそ、形《かたち》が大《おお》きいだけに、もっとも重要《じゅうよう》な木《き》の葉《は》だと存《ぞん》じますと、申《もう》しあげました。

この答《こた》えは、王《おう》さまのお気《き》に入《い》りませんでした。すると、おそばにひかえていたビルバルが、

「パンの木《き》の葉《は》こそ、すぐれた木《き》の葉《は》かと存《ぞん》じます。なぜかと申《もう》せば、陛下《へいか》のお唇《くちびる》にあまいかおりをさしあげますからでございます。」

と、申《もう》しあげました。家来《けらい》たちは、ビルバルがうまいことを申《もう》しあげたので、手《て》をたたいて喝采《かっさい》いたしました。王《おう》さまもまた、たいそうご機嫌《きげん》がよろしゅうございました。

कई तरह के अंधत्व हैं

盲目《もうもく》にもいろいろある　Chapter 3-13

ある日《ひ》、アクバル王《おう》が、ビルバルの過《あやま》ちをしたのに対《たい》して、盲目《もうもく》と罵《ののし》って、しかりつけました。

「失礼《しつれい》ながら陛下《へいか》、盲目《もうもく》にもいろいろ種類《しゅるい》がございます。一体《いったい》わたくしは、いかなる種類《しゅるい》の盲目《もうもく》でございましょうか。」

と、ビルバルが申《もう》しました。

王《おう》さまは、ちょっと出鼻《でばな》をくじかれて、

「盲目《もうもく》に種類《しゅるい》があるとは、どんな種類《しゅるい》があるのか、いってみよ。」

と、たずねられました。

「大別《だいべつ》して二《ふた》つの種類《しゅるい》がございます。すなわち眼《め》のある盲目《もうもく》と、眼《め》のない盲目《もうもく》でございますが、いずれにせよ、盲目《もうもく》であることに変《か》わりはございません。眼《め》があって盲目《もうもく》である方《ほう》を、さらに小分《こわ》けいたしますと、三《さん》とおりになります。第一《だいいち》は、眼《め》があっても役《やく》に立《た》たぬもの、第二《だいに》は、金《かね》のために盲目《もうもく》にされているもの、第三《だいさん》は、身体《からだ》のある部分《ぶぶん》、たとえば足《あし》といったようなものが盲目《もうもく》なものと、こうございます。このほかにも、盲目《もうもく》の種類《しゅるい》はいろいろあると存《ぞん》じますが、ただ今《いま》は記憶《きおく》しておりません。」

と、ビルバルが答《こた》えますと、王《おう》さまは、それではそれらの例《れい》を、一々《いちいち》示《しめ》して見《み》せてくれとおっしゃいました。

それから四《し》、五日《ごにち》たって後《のち》のこと、ビルバルは街《まち》のにぎやかなところへ出《で》かけて行《い》って、往来《おうらい》に肩掛《かたか》けをひろげ、その上《うえ》にすわって、紙《かみ》と硯《すずり》を出《だ》して、何《なに》やら書《か》いておりました。王《おう》さまのご家来《けらい》が何人《なんにん》か、そこを通《とお》りかかって、何《なに》をしているのかと、ビルバルを見《み》とがめて、たずねました。ビルバルは、その家来《けらい》たちの名《な》まえをきいて、書《か》きとめておきました。

次《つぎ》の日《ひ》、ビルバルは見《み》すばらしい着物《きもの》を着《き》て、身分《みぶん》のたかいお役人《やくにん》たちのところへ、出《で》かけてゆきました。その人《ひと》たちは、ビルバルのなりを見《み》て、王《おう》さまのご機嫌《きげん》を損《そん》じて来《き》たのかも知《し》れないとおもい、中《なか》には、口《くち》をきかない者《もの》すらありました。中《なか》にはまた、

「あなたはどなたですか、知《し》りません。」

という者《もの》もありました。

そこで、ビルバルは、その人《ひと》たちの名《な》を、金《かね》のために盲目《もうもく》にされたものの種類《しゅるい》のうちにつけこみました。そうしておいて、ビルバルは、ある日《ひ》これらの二種類《にしゅるい》の人《ひと》たちに、御殿《ごてん》へ出頭《しゅっとう》するようにと、通知《つうち》しました。

その日《ひ》、彼《かれ》は御殿《ごてん》へ行《い》って、まずそれらの人《ひと》たちにあった上《うえ》、後《のち》にまた沙汰《さた》のあるまで、待《ま》っているようにといいわた

し、じぶんは王《おう》さまにお目《め》どおりして、二種《にしゅ》の盲目《もうもく》をつれてまいりましたので、お望《のぞ》みならばお目《め》にかけましょうと、申《もう》しあげました。

王《おう》さまは、それならば、目《め》どおりへつれてまいれと、おっしゃいました。そこでビルバルは、その人々《ひとびと》をつれて来《き》たうえ、王《おう》さまに表《ひょう》をさし出《だ》しました。

「この表《ひょう》に、部類《ぶるい》わけがいたしてございます。とくとご覧《らん》をねがいます。」

と、ビルバルは申《もう》しました。

まず王《おう》さまは、眼《め》があって盲目《もうもく》だというのは、誰《だれ》かと、おたずねになりました。ビルバルが、その部類《ぶるい》に入《い》れた人《ひと》たちを指《さ》し示《しめ》しますと、王《おう》さまは、

「これらの者《もの》が盲目《もうもく》だとは、そういう者《もの》こそ盲目《もうもく》だ。」

と、ご立腹《りっぷく》になって、おっしゃいました。

「おそれながら陛下《へいか》、ある日《ひ》わたくしは、街《まち》の往来《おうらい》に肩掛《かたか》けをひろげ、その上《うえ》にすわって、文字《もじ》を書《か》いておりました。その時《とき》、この人《ひと》たちは、わたくしのしていることを見《み》ながら、何《なに》をしているのかと、たずねました。それゆえわたくしは、眼《め》があって盲目《もうもく》の部類《ぶるい》に書《か》きいれたのでございます。」

と、ビルバルが申《もう》しました。

王《おう》さまは、それをきいて、可笑《おか》しさに噴《ふ》き出《だ》しまして、それでは、金《かね》のために盲目《もうもく》にされている者《もの》たちとは、誰《だれ》かとおたずねになりました。ビルバルは、じぶんがみすぼらしいなりをしてたずねた時《とき》に、相手《あいて》にされなかった人《ひと》たちを指《さ》し示《しめ》して、申《もう》しました。

「陛下《へいか》、どうぞこの人《ひと》たちに、わたくしが誰《だれ》だか知《し》っているかどうかを、おたずねになって頂《いただ》きとう存《ぞん》じます。」

王《おう》さまが、それらの者《もの》たちをご覧《らん》になると、みな恥《は》じいって、いうべき言葉《ことば》を知《し》りませんでした。ビルバルが、言葉《ことば》をそえて申《もう》しました。

「わたくしは、いやしい身《み》なりをして、この人々《ひとびと》の家《うち》へまいりました。ところが、わたくしを知《し》らないと申《もう》して、相手《あいて》にしてくれませんでした。ですから、わたくしは富《とみ》というものが、この人々《ひとびと》の視力《しりょく》をうばったものと存《ぞん》じました。」

王《おう》さまは、再《ふたた》びお笑《わら》いになって、それでは、今度《こんど》は足《あし》が盲目《もうもく》だという者《もの》を、見《み》せてくれとおっしゃいました。つきることを知《し》らないとんちをもったビルバルは、いずれ近《ちか》いうちにまた、それをもお目《め》にかけましょうと誓《ちか》いました。

四《し》、五日《ごにち》たった後《あと》、王《おう》さまの御殿《ごてん》で宴会《えんかい》が開《ひら》かれて、おびただしい人《ひと》があつまりました。日《ひ》が暮《く》れてから、ビルバルがいく人《にん》かの同僚《どうりょう》といっしょに、御殿《ごてん》へ入《はい》ってきました。そして入《はい》りかけた同僚《どうりょう》たちが、突然《とつぜん》、御殿《ごてん》が火事《かじ》だと、さけびました。人々《ひとびと》はおどろいて外《そと》へ飛《と》びだしましたが、あわてたあまりに、まちがえて、他人《たにん》の靴《くつ》をはいたりしました。外《そと》へ出《で》てみると、どこにも火事《かじ》のけはいはありませんので、すぐと、ビルバルとその仲間《なかま》たちが、たくらんだことだと、気《き》がつきました。

大臣《だいじん》が、アクバル王《おう》に、嘘《うそ》をついて大騒《おおさわ》ぎをさせたことについて、ビルバルを罰《ばっ》せねばなりますまいと、申《もう》しあげました。王《おう》さまがお気《き》に入《い》りのビルバルをお召《め》しになって、なぜあのようなことをいたしたか、申《もう》しわけをせよとおっしゃいますと、ビルバルは答《こた》えました。

「陛下《へいか》、わたくしは、人々《ひとびと》の足《あし》が盲目《もうもく》であるかどうかを、ためしたいと存《ぞん》じたのでございます。じぶんの靴《くつ》をはいたものといっては、実《じつ》にわずかであったのをご覧《らん》くださいまし。その他《ほか》の人《ひと》たちは、たがいに他人《ひと》の靴《くつ》をはきあいましたので、彼《かれ》らこそ足《あし》の盲目《もうもく》な者《もの》と存《ぞん》じます。」

ビルバルを恥《は》ずかしめようとした宮臣《きゅうしん》たちは、これを聴《き》いて、かえって恥《は》じ入《い》りました。王《おう》さまは、お腹《なか》をかかえておよろこびになり、厚《あつ》くビルバルを賞《しょう》しました。

बीरबल एक बच्चा होने का दिखावा करता है
ビルバルが子供《こども》になって見《み》せる　Chapter 3-14

アクバル王《おう》が、臣下一同《しんかいちどう》を宮中《きゅうちゅう》にあつめて、大謁見《だいえっけん》の式《しき》をあげられたことがありました。大臣《だいじん》たち、将軍《しょうぐん》たちをはじめとして、地方《ちほう》の諸侯《しょこう》、貴族《きぞく》たちまで、ずらり王《おう》をかこんで居並《いなら》びました。ところが、この宮中《きゅうちゅう》での大立者《おおだてもの》、すなわち軽口師《かるくちし》の長《ちょう》であると同時《どうじ》に、王《おう》さまのお気《き》に入《い》りであるビルバルの姿《すがた》が見《み》えないので、列席《れっせき》の臣下《しんか》たちの眼《め》は、いずれもそれをしきりとさがし求《もと》めておりました。王《おう》さまも、ビルバルの来《く》るのを待《ま》ちくたびれて、すぐに御殿《ごてん》へ出《で》て来《く》るよう、使《つか》いの者《もの》をさしたてました。

ほどなくビルバルがやって来《き》ましたので、なぜこんなにおくれたのかと、王《おう》さまがおたずねになりますと、

「陛下《へいか》、誠《まこと》に申《もう》しわけございません。わたくしは、もっと早《はや》くまいりたかったのでございましたが、家《うち》の小《ちい》さいせがれが、むつかりだして、なんのわけとも知《し》れず、泣《な》いて泣《な》いてしかたがありませんでした。そのために、今《いま》までぐずぐずと、それをなだめておったのでございます。」

と、答《こた》えました。

「ふうん、子供《こども》をなだめるということは、そんなにむつかし

いことなのか?」

　と、王《おう》さまがおたずねになりました。

「陛下《へいか》は、さようなことは、少《すこ》しもご存《ぞん》じございますまい。お子《こ》さんがおありにならないし、またおありになったとしても、それをお守《まも》りする義務《ぎむ》は、陛下《へいか》にはございませんのですから。」

　と、ビルバルは答《こた》えました。

「いや、いや、わしはそのような子供《こども》をなだめることはやったことはないけれど、かりにわしがお前《まえ》の場合《ばあい》であったなら、わけなく子供《こども》をすかしてみせることとおもう。」

　と、王《おう》さまがおおせられましたので、それに対《たい》して、ビルバルはお答《こた》えしました。

「陛下《へいか》、陛下《へいか》のいやしき臣下《しんか》は、とりもなおさず陛下《へいか》の子供《こども》も同様《どうよう》でございます。今臣下《いましんか》の一人《ひとり》としてわたくしが、子供《こども》

Chapter 3

のように陛下《へいか》にすねてみようと存《ぞん》じますゆえ、それをなだめるのに、陛下《へいか》がどれほどの腕前《うでまえ》をお持《も》ちでいらっしゃいますか、お示《しめ》しくださいませんでしょうか？」

王《おう》さまは、すぐとそれに同意《どうい》しましたので、ビルバルは子《こ》供《とも》のように、いかにも悲《かな》しそうに泣《な》きはじめました。

王《おう》さまは玉座《ぎょくざ》から降《お》りて来《き》て、じぶんの役目《やくめ》を果《は》たすために、やさしい、なだめるような調子《ちょうし》で、子供《こども》にたずねました。

「ねえ坊《ぼう》や、なにか悲《かな》しいことがあるのかい？　なんでそんなに泣《な》くの？　なにか欲《ほ》しいものでもあるのかい？　おもちゃが欲《ほ》しいの？　それとも果物《くだもの》？　花《はな》？　ねえ坊《ぼう》や、欲《ほ》しいものをいってごらん、なんでもすぐにあげるから。」

こう申《もう》しましたが、すかせばすかすほど赤《あか》ん坊《ぼう》はますます激《はげ》しく、泣《な》きさけびました。

いろいろとなだめすかしたあげく、やっとのことで、

「パパ、砂糖《さとう》の棒《ぼう》が欲《ほ》しい。」

と、これだけのことを、片言《かたこと》まじりで赤《あか》ん坊《ぼう》になっているビルバルに、いわせることができました。

アクバル王《おう》は、ほっと息《いき》をついて、家来《けらい》に、砂糖《さとう》の棒《ぼう》を何本《なんぼん》か持《も》って来《く》るように命《めい》じ、それを自由《じゆう》に、子供《こども》に選《えら》ばせました。赤《あか》ん坊《ぼう》になっているビルバルは、その一《ひと》つを手《て》にとりましたが、また腸《はらわた》がちぎれるように声《こえ》をしぼって、泣《な》きだしました。

王《おう》さまは、何《なに》を赤《あか》ん坊《ぼう》が欲《ほ》しいのかわからないで、またなだめかかりました。そしていろいろ骨《ほね》を折《お》った後《のち》、やっと赤《あか》ん坊《ぼう》が、今度《こんど》は砂糖《さとう》の棒《ぼう》を、うまくきれいに切《き》ってもらいたいのだということがわかりました。けれど家来《けらい》が、その砂糖《さとう》の棒《ぼう》をうすく切《き》ってやると、また子供《こども》があるたけの声《こえ》をだして泣《な》きたてましたので、王《おう》さまの驚《おどろ》きは一《ひと》とおりでありませんでした。

王《おう》さまは、じぶんでそばへ寄《よ》って、子供《こども》をなだめました。そして、赤《あか》ん坊《ぼう》が今度《こんど》はまた、せっかく薄《うす》く切《き》った砂糖菓子《さとうがし》を、もとのとおり棒《ぼう》の形《かたち》にしろとせがんでいるのだと知《し》って、実《じっ》にあきれはてました。この最後《さいご》のだだで、とうとう王《おう》さまは根気負《こんきま》けがして、さじをなげてしまい、ビルバルの勝《か》ちだとおっしゃいました。

बिरबल और तानसेन

ビルバルとタンゼン　Chapter 3-15

ビルバルがアクバル王《おう》のお気《き》に入《い》りであったところから、

自然宮中《しぜんきゅうちゅう》にいるマホメット教《きょう》の貴族《きぞく》たちが、それを妬《ねた》むようになりました。王《おう》さまが、政治《せいじ》のことに関《かん》して、すべてビルバルにご相談《そうだん》なさるのが、彼《かれ》らには不平《ふへい》でありました。この不平《ふへい》の気持《きも》ちが次第次第《しだいしだい》に強《つよ》くなって、みながいっしょに、このことについて、王《おう》さまに訴《うった》えようということになりました。

さてここに、タンゼン（Tansen）という有名《ゆうめい》な音楽家《おんがくか》があって、北《きた》インドの諸侯《しょこう》の御殿《ごてん》に出入《でい》りし、非常《ひじょう》な名声《めいせい》をあげて、いろいろと称号《しょうごう》などを頂《いただ》いておりました。ビルバルがバラモン教徒《きょうと》であるのに対《たい》して、このタンゼンは熱心《ねっしん》なマホメット教徒《きょうと》でありました。それゆえマホメット教徒《きょうと》の貴族《きぞく》たちは団結《だんけつ》して、タンゼンをビルバルの地位《ちい》に代《か》わらせ、タンゼンをビルバルよりも、もっともっと重《おも》く用《もち》いてくださるよう、大王《だいおう》におねがい申《もう》しました。そうして、こうして頂《いただ》けば、マホメット教信者《きょうしんじゃ》が、どんなに喜《よろこ》ぶかわかりませんと、申《もう》しあげました。

この思《おも》いがけない願《ねが》いをきいて、アクバル王《おう》は少《すく》なからず驚《おどろ》かれ、

「わしは、タンゼンをよく知《し》っておる。彼《かれ》は単《たん》に音楽《おんがく》に秀《ひ》いでているというだけで、政治《せいじ》の手腕《しゅわん》については、なに事《ごと》も知《し》らぬ。かつ、ビルバルのようなすぐれた智慧《ちえ》を持《も》っておらぬ。」

と、仰《おお》せられました。

計画《けいかく》がみごとにはずれて、貴族《きぞく》たちは王《おう》さまの御前《ごぜん》を退出《たいしゅつ》しましたが、お腹《なか》のなかでは、ますます嫉妬心《しっとしん》が強《つよ》くなり、どこまでも、ビルバルをアクバル王《おう》のご寵愛《ちょうあい》から引《ひ》きはなそうとする計画《けいかく》を、すてませんでした。

ある晩《ばん》、ビルバルを陥《おとしい》れようとしている人《ひと》たちが、一人《ひとり》の宮臣《きゅうしん》の家《いえ》に会合《かいごう》して、おたがいに一生懸命《いっしょうけんめい》になって、その

方法《ほうほう》を講《こう》じました。

「明晩《みょうばん》、私《わたし》の家《うち》に音楽《おんがく》の会《かい》を開《ひら》いて、そこでタンゼンに、妙技《みょうぎ》を振《ふ》るってもらおうと思《おも》う。むろん王《おう》さまをお招《まね》きして、タンゼンの音楽《おんがく》を聴《き》いて頂《いただ》くのだが。」

と、連中《れんちゅう》の一人《ひとり》がいいますと、

「おお、それはすばらしい考《かんが》えだ。」

と、みな一同《いちどう》に叫《さけ》びました。

「これでうまく行《ゆ》かなければ、我々《われわれ》マホメット教信者《きょうしんじゃ》の運命《うんめい》は、もうおしまいだ。」

と、一人《ひとり》の貴族《きぞく》がまた叫《さけ》びました。

そこで、その貴族《きぞく》の家《いえ》で、大音楽会《だいおんがくかい》が開《ひら》かれることになり、アクバル王《おう》も出席《しゅっせき》なさいました。タンゼンは、あらんかぎりの腕《うで》をふるいましたので、王《おう》さまは充分《じゅうぶん》その音楽的《おんがくてき》の才能《さいのう》をみとめて、おほめになりました。

「おそれながら陛下《へいか》よ、今《いま》こそ陛下《へいか》は、タンゼンの技量《ぎりょう》をおみとめになられました。どうぞお引《ひ》き立《た》てのうえ、ビルバル以上《いじょう》の名誉《めいよ》を加《くわ》えられんことをお願《ねが》い申《もう》します。」

と、客《きゃく》に招《まね》かれて来《き》た一人《ひとり》の貴族《きぞく》が、そばから言葉《ことば》をそえますと、

「おまえのいうことは、非常《ひじょう》にまちがっている。タンゼンとビルバルとでは、比較《ひかく》にはならぬ。くだらぬ蚊《か》が、ゾウをねたむのと同《おな》じようなものだ。わしの助言者《じょげんしゃ》の地位《ちい》にタンゼンを引《ひ》きあげるという、そんな理屈《りくつ》にあわぬことはない。」

と、王《おう》さまは答《こた》えられました。

しかし、アクバル王《おう》はしばらくしてから、ビルバルの智慧《ちえ》がどんなにすぐれているか、一度家来《いちどけらい》たちに見《み》せておくのが一《いち》ばんよいと考《かんが》えました。そこで、ビルマの王《おう》さまに二本《にほん》の手紙《てがみ》を書《か》き、この手紙《てがみ》の持参者《じさんしゃ》を、どうぞ死刑《しけい》に処《しょ》してもら

いたいとしたためました。その手紙《てがみ》の一本《いっぽん》はビルバルに渡《わた》し、他《た》の一本《いっぽん》はタンゼンにあたえて、それをビルマの王《おう》さまのもとに、届《とど》けてくれとおっしゃいました。

ビルバルは、王《おう》さまのなさることを、不思議《ふしぎ》におもいました。今《いま》までに、ついぞこんなことはなかったからであります。しかし悪《わる》いことをした覚《おぼ》えはないし、またビルマに行《い》ったところで、きっとよいぐあいに、よい智慧《ちえ》がうかんで、じぶんを助《たす》けてくれるにちがいないと信《しん》じて、安心《あんしん》しておりました。

ビルバルとタンゼンとは、いよいよ旅《たび》に出発《しゅっぱつ》いたしました。そしていろいろと艱難辛苦《かんなんしんく》をして、ビルマの都《みやこ》に着《つ》きました。着《つ》いたのは、ちょうど日《ひ》の暮《く》れきったちょっと後《のち》のこと、市《まち》の城門《じょうもん》の戸《と》はすでにとざされていましたから、かたわらの宿屋《やどや》に、その夜《よ》をすごさなければなりませんでした。

夜《よ》が明《あ》けると、二人《ふたり》は御殿《ごてん》の役人《やくにん》のところへ出《で》かけてゆき、やがてしばらくして、王《おう》さまの前《まえ》につれてゆかれました。王《おう》さまは、書面《しょめん》を読《よ》んで、なぜ聡明《そうめい》で正義《せいぎ》のうわさが高《たか》いアクバル王《おう》が、この見《み》たところ、なんの罪《つみ》もなさそうな二人《ふたり》の人間《にんげん》をよこして、死刑《しけい》に処《しょ》してくれと頼《たの》むのか、少《すこ》しもわかりませんでした。そのような罰《ばつ》を二人《ふたり》に加《くわ》えるべき理由《りゆう》といっては、どこにもみとめられないのでした。

どうしたものかと、王《おう》さまが総理大臣《そうりだいじん》に相談《そうだん》いたしますと、大臣《だいじん》は、一週間以内《いっしゅうかんいない》に、彼《かれ》らがなんの罪《つみ》を犯《おか》したかそのわけをいわなければ、死刑《しけい》に処《しょ》するということをいいわたして、牢《ろう》に入《い》れておくのが、よい考《かんが》えでございましょうと、申《もう》しあげました。王《おう》さまは、この大臣《だいじん》の考《かんが》えに賛成《さんせい》なさって、ビルバルとタンゼンとにむかい、

「これ、よく聴《き》けよ。皇帝《こうてい》は、おまえたちを、死刑《しけい》に処《しょ》してくれといって来《こ》られたのだ。たしかにおまえたちは、憎《にく》むべ

き罪《つみ》を犯《おか》したので、皇帝《こうてい》は、死刑《しけい》に処《しょ》した後《のち》の骨《ほね》までも、おまえたちの生《う》まれ故郷《こきょう》に、とどめておきたくないと思《おも》わせられるのだ。しかし、わしはおまえたちを、死刑《しけい》に処《しょ》してもさしつかえない悪人《あくにん》だとは思《おも》っているが、なんの罪《つみ》を犯《おか》したか知《し》らずして、刑罰《けいばつ》を行《おこな》うことはできない。それゆえ、一週間《いっしゅうかん》のあいだ入牢《にゅうろう》を申《もう》しつけるによって、よく考《かんが》えてから白状《はくじょう》いたせ。」

と、申《もう》しました。

ビルバルは、おじぎをしました。タンゼンは、おそろしさにまったく感《かん》じを失《うしな》ってしまって、ただビルバルのするとおり、じぶんもおじぎをしました。それから、二人《ふたり》ともつれてゆかれて、牢《ろう》に入《い》れられました。タンゼンはビルバルにむかっていいました。

「私《わたし》の命《いのち》が助《たす》かる助《たす》からないは、まったくあなた次第《しだい》です。

あなたのような賢《かしこ》い人《ひと》なら、きっとうまく逃《に》げる工夫《くふう》がある
でしょう。」
するとと、ビルバルが答《こた》えました。
「そうです、こうなっても、逃《に》げようと思《おも》えば逃《に》げられない
ことはありません。まあ気《き》をとりなおして、げんきにしてお
いでなさい。いよいよ引《ひ》きだされて、刑罰《けいばつ》に処《しょ》せられる時《とき》に
なったら、お互《たが》いに、じぶんを先《さき》に死《し》なしてくれといって、
先《さき》を争《あらそ》うようにしましょう。それから後《あと》は、私《わたし》におまかせな
さい。殺《ころ》されないように、よいぐあいにとり計《はか》らいますから。」
「ほんとにそうできたら、お礼申《れいもう》します。」
タンゼンは、頼《たの》むようにいいました。
八日目《ようかめ》の朝《あさ》になって、ビルバルとタンゼンは、刑場《けいじょう》へひき
出《だ》されました。が、なんということでしょう、この二人《ふたり》は、
お互《たが》いに、じぶんを先《さき》に死刑《しけい》にしてくれと、いい争《あらそ》いますの

で、刑場《けいじょう》の役人《やくにん》たちがおどろきました。そして、これには何《なに》かわけがあるにちがいないと考《かんが》えて、王《おう》さまの御前《ごぜん》へつれて行《い》って、その不思議《ふしぎ》なようすを申《もう》しあげました。

王《おう》さまはその話《はなし》をきいて、

「これ、インドの人《ひと》たちよ、おまえ方《がた》が死刑《しけい》を恐《おそ》れないというのは、誠《まこと》に不思議《ふしぎ》なことだ。さあ、今《いま》こそ、なんの罪《つみ》を犯《おか》したのか、話《はな》してくれ。そうすれば、死刑《しけい》の罰《ばつ》はゆるしてやろう。」

と、申《もう》しました。そこで、ビルバルが答《こた》えました。

「陛下《へいか》、アクバル王《おう》が、私《わたし》どもの命《いのち》をたつについては、重大《じゅうだい》な理由《りゆう》があるのでございます。それゆえ、ここでおあかし申《もう》すわけにはまいりません。」

「ええ、狂《くる》った者《もの》め！　なんという馬鹿《ばか》なのか？　みすみす助《たす》かるかも知《し》れないものを、じぶんから進《すす》んで死《し》のうという奴《やつ》があるか。その上《うえ》、わしとして見《み》れば、罪《つみ》もわからぬ者《もの》を、死刑《しけい》に処《しょ》すということは、仏《ほとけ》の道《みち》にもたがうことになる。」

すると、ビルバルが答《こた》えました。

「では、陛下《へいか》の好奇心《こうきしん》を満《み》たすために、大秘密《だいひみつ》をおあかしいたしましょう。わたしどもは、いずれも死《し》などを、おそれはいたしません。我《わ》がムガル帝国《ていこく》の皇帝《こうてい》たるアクバルは、永年《ながねん》の間《あいだ》、陛下《へいか》のご領地《りょうち》を、じぶんの所有《しょゆう》にしたいという野心《やしん》を抱《いだ》いておりました。しかしながら、陛下《へいか》と兵《へい》を交《まじ》えることは、得策《とくさく》だとは思《おも》っておりません。ところで近頃《ちかごろ》ベナレスからまいったある占星学者《ほしうらないしゃ》が、星《ほし》を観測《かんそく》して占《うらな》った結果《けっか》を、王《おう》さまに申《もう》しあげていうには、この賢人《けんじん》の国《くに》に多《おお》くの平和《へいわ》をもたらした我《わ》が皇帝《こうてい》は、東海《とうかい》の果《は》てまでも勢力《せいりょく》をのばされる運命《うんめい》をもっていらっしやると、こういうのです。それでは、その予言《よげん》を実現《じつげん》させるために、どういう方法《ほうほう》をとったらばよいかと、王《おう》さまがおたずねになると、先頃《さきごろ》さしあげた手紙《てがみ》を、私《わたし》どもが二人《ふたり》にもたして、陛下《へいか》のところへやらせるようにと申《もう》しました。そして真先《まっさき》きに殺《ころ》された者《もの》は、再《ふたた》びこの世《よ》に生《う》まれかわって、このビルマの国王《こくおう》の地位《ちい》を、陛下《へいか》から奪《うば》うことになり、次《つぎ》に死《し》んだ者《もの》は、大臣《だいじん》となるということで、私《わたし》ども二人《ふたり》は、いずれもアクバル王《おう》のお気《き》に入《い》りであるゆえ、やがてそうなった暁《あかつき》には、領土《りょうど》をあげて、アクバル王《おう》にさしあげるものと、我《わ》が国王《こくおう》は考《かんが》えておられるのでございます。」

この話《はなし》をきいて、ビルマ王《おう》は申《もう》しました。

「南無阿弥陀仏《なむあみだぶつ》、南無阿弥陀仏《なむあみだぶつ》！　危《あや》うく無実《むじつ》の者《もの》を二人《ふたり》、死刑《しけい》に処《しょ》せんとした罪《つみ》をおゆるし下《くだ》さい。わしは、ムガル国王《こくおう》の支配《しはい》を受《う》けている大名《だいみょう》ではないから、その命令《めいれい》に従《したが》わねばならぬわけはない。ブッダの国《くに》に生《う》まれたおまえがた、どこへなりと自由《じゆう》に行《い》ってくれ。またこの国《くに》に滞在《たいざい》しているかぎりは、これまで荒《あら》く取《と》りあつかったつぐないに、せいぜい丁重《ていちょう》にしてつかわそう。」

ビルバルとタンゼンとは、四《し》、五日《ごにち》ビルマ王《おう》の客《きゃく》となった後《のち》に、本国《ほんごく》へ帰《かえ》ることになりました。王《おう》さまは、二人《ふたり》のために、充分《じゅうぶん》な旅《たび》の用意《ようい》をしてやりましたので、ほどなく無事《ぶじ》に、インドに着《つ》きました。

ビルバルは、すぐと王《おう》さまのお目《め》どおりへ出《で》ましたが、タンゼンは恥《は》ずかしくて、御前《ごぜん》へ出《で》ることができませんでした。アクバル王《おう》は、その時《とき》ちょうど、家来《けらい》たちに謁見《えっけん》を賜《たま》うておられましたので、ビルバルは、デリーを立《た》ってから、ここへ帰《かえ》って来《く》るまでに、じぶんとタンゼンの身《み》の上《うえ》におこったことを、王《おう》さまに物語《ものがた》りました。

そこで、王《おう》さまはマホメット教《きょう》の貴族《きぞく》たちに、今《いま》こそ、ビルバルがタンゼンより賢《かしこ》いということが、わかったであろう、どうじゃと、たずねられました。

「はい、いかにもビルバルは、世《よ》にもまれな智慧者《ちえしゃ》でございます。しかし、この異教者《いきょうしゃ》が、メッカ（マホメット教《きょう》の霊地《れいち》）の方《ほう》へむかって頭《あたま》を下《さ》げ、マホメット教信者《きょうしんじゃ》にならないかぎりは、陛下《へいか》のご寵愛《ちょうあい》をうける資格《しかく》はございません。」

貴族《きぞく》のうちでも、もっとも頑固屋《がんこや》の一人《ひとり》が、こう答《こた》えましたので、王《おう》さまは再《ふたた》びおっしゃいました。

「我《わ》がインド人《じん》の臣下《しんか》のことで、わしにとやかくいわないでくれ。信仰《しんこう》の点《てん》で、他人《たにん》をさしずする権利《けんり》などが、おまえにあるか。わしにだとて、そのような権利《けんり》があろうか。人間《にんげん》の信仰《しんこう》というものは、その人《ひと》の良心《りょうしん》と、神《かみ》さまとの間《あいだ》の問題《もんだい》だ。じぶんの信仰《しんこう》もしっかりしていないのに、他人《たにん》の信仰《しんこう》のさしずをしなければならないという理由《りゆう》が、どこにあろう。たとえ信仰《しんこう》はちがっても、道《みち》すじを異《こと》にするというだけで、行《ゆ》きつく目的地《もくてきち》は、同《おな》じではないか。」

マホメットの貴族《きぞく》たちは、王《おう》さまからこう説《と》き諭《さと》されて、もはやそれ以上《いじょう》、ビルバルのことでとやかくいうものはありませんでした。

त्वरित बुद्धि का उपयोग करना
機転《きてん》を用《もち》いる　Chapter 3-16

ある日《ひ》、王《おう》さまがビルバルに、人《ひと》は戦《たたか》いに臨《のぞ》んで、何《なに》を用《もち》いなければならぬかと、おたずねになりました。ビルバルが、それは機転《きてん》を用《もち》いなければなりませんと、答《こた》えますと、

「おまえは、なんという馬鹿《ばか》だ！　武器《ぶき》の前《まえ》に、機転《きてん》がなん

の役《やく》に立《た》つ。」

と、王《おう》さまが叫《さけ》ばれました。

「では、それを試《ため》してみようではございませんか。」

と、ビルバルが申《もう》しました。

その翌日《よくじつ》、ビルバルは、じぶんのいったことを、証拠立《しょうこだ》てるに機会《きかい》に出《で》あいました。がっしりと肥《ふと》ったゾウが、どこからか逃《のが》れて、ビルバルの方《ほう》へ駆《か》けって来《き》ました。ビルバルは、猛《たけ》りくるった獣《けもの》が、じぶんの方《ほう》へ来《く》るのを見《み》た時《とき》、それを防《ふせ》ぐ手《て》だてがなかったので、ちょっとおどろきました。しかし、そばに犬《いぬ》の死骸《しがい》がころがっているのを見《み》つけて、すぐに勇気《ゆうき》を取《と》りかえしました。

彼《かれ》はその死骸《しがい》をとって、ゾウの顔《かお》になげつけました。ゾウはびっくりして、後返《あとがえ》りして逃《に》げてゆきました。ちょうどそこへ、王《おう》さまがお出《い》でになりました。ビルバルは、じぶんがゾウに出《で》あって、無手《むて》でありながら、とっさにどうして難《なん》をのがれたか、それを物語《ものがた》りました。王《おう》さまが、ビルバルの策略《さくりゃく》を、たいそうおほめになりましたので、ビルバルは、

「機転《きてん》が、いかに戦《たたか》いに役《やく》に立《た》つか、これで明《あき》らかでございましょう。」

と、申《もう》しました。

गार्ड को फँसाने की कहानी
番兵《ばんぺい》をこらしめる　Chapter 3-17

ある日《ひ》、ラジャ・ビルバルが、王宮《おうきゅう》の入口《いりぐち》に来《き》て、中《なか》へ通《とお》してもらおうとしますと、番兵《ばんぺい》がそれを拒《こば》みました。そこで

ラジャ・ビルバルは、もしじぶんを通《とお》してくれれば、その日《ひ》王《おう》さまから何《なに》か頂《いただ》いた時《とき》には、その半分《はんぶん》を一人《ひとり》の番兵《ばんぺい》にあたえ、四分《よんぶん》の一《いち》をもう一人《ひとり》の番兵《ばんぺい》に分《わ》けてやろうと、誓《ちか》いました。そのために、番兵《ばんぺい》は彼《かれ》を通《とお》しました。

ビルバルは王《おう》さまの御前《ごぜん》に出《で》て、さまざまの珍《めずら》しい物語《ものがたり》をおきかせしました。王《おう》さまはたいそう喜《よろこ》ばれて、何《なん》なりと褒美《ほうび》をのぞめとおっしゃいました。

ビルバルは、どうぞ靴《くつ》をもって、一千度《いっせんたび》打《う》って頂《いただ》きとうございますと、お願《ねが》い申《もう》しました。王《おう》さまは、妙《みょう》なことを望《のぞ》むとお思《おも》いになりましたが、それにはなにかたくらみのあることだろうと考《かんが》え、お付《つ》きの一人《ひとり》に、ビルバルのさしずする方法《ほうほう》で、打《う》ってやれとお命《めい》じになりました。

ビルバルは、王宮《おうきゅう》から外《そと》へ出《で》て行《い》って、番兵《ばんぺい》の一人《ひとり》に、ご褒美《ほうび》の半分《はんぶん》の五百《ごひゃく》打《う》ちをやり、もう一人《ひとり》に四分《よんぶん》の一《いち》の二百五十打《にひゃくごじゅう》ちをやり、それから残《のこ》りの二百五十打《にひゃくごじゅう》ちは、しばらくそのままあずかっておいてもらいたいと、お付《つ》きの家来《けらい》に頼《たの》みました。

चालाक उत्तर
賢《かしこ》い返答《へんとう》 Chapter 3-18

アクバル王《おう》が、ビルバルに対《たい》してご機嫌《きげん》をそこねた時《とき》に、ビルバルが国《くに》をぬけ出《だ》して、どこかへ姿《すがた》をかくしたことがありました。王《おう》さまは、ビルバルがいなくなってみると、非常《ひじょう》にさびしく思《おも》われましたので、その行方《ゆくえ》をたずねたいと考《かんが》えられました。それで諸国《しょこく》の大名《だいみょう》たちに手紙《てがみ》を送《おく》って、「今度《こんど》我《わ》が娘《むすめ》の大海《たいかい》が結婚《けっこん》することになったについて、諸大名《しょだいみょう》の大海《たいかい》も、このめでたい機会《きかい》に出席《しゅっせき》されるように」と、いってやりました。

海《うみ》が結婚《けっこん》するなどということがあるはずはなし、あまりに奇抜《きばつ》な手紙《てがみ》なので、この使《つか》いを受《う》けとった諸侯《しょこう》は、どう返事《へんじ》をしたらよいか、わかりませんでした。しかしビルバルのかくれていた国《くに》の領主《りょうしゅ》は、「結婚式場《けっこんしきじょう》に大海《たいかい》を送《おく》りましょうほどに、陛下《へいか》の井戸《いど》をもってお受《う》けとり下《くだ》さいまし」という返事《へんじ》を出《だ》しました。これは海《うみ》の水《みず》が蒸発《じょうはつ》して雨《あめ》となり、地上《ちじょう》に降《ふ》ってやがて井戸《いど》にためられることをいったのでありました。

アクバル王《おう》はこの返事《へんじ》を得《え》て、かような賢《かしこ》い返答《へんとう》をする者《もの》は、ビルバルをおいて他《ほか》にあるはずがないと考《かんが》えて、すぐさまビルバルを迎《むか》えにやり、再《ふたた》びビルバルをそば近《ちか》くよんで、もとどおり寵愛《ちょうあい》してやりました。

तीन सवाल
三《みっ》つの問題《もんだい》 Chapter 3-19

ある時《とき》、アクバル王《おう》のお気《き》に入《い》りのご家来《けらい》の一人《ひとり》であるカージャ・サラ（Khaja Sara）が、ビルバルを妬《ねた》んで、これをおとしいれようとしました。そして次《つぎ》の三《みっ》つの問題《もんだい》を、ビルバルに解《と》かせてごらんなさいましと、王《おう》さまにすすめました。その問題《もんだい》というのは、

（一）地上《ちじょう》の真《ま》ん中《なか》はどこであるか。

（二）宇宙《うちゅう》にある星《ほし》の数《かず》はどれほどであるか。
（三）世界中《せかいじゅう》の男女《だんじょ》の正確《せいかく》な数《かず》はいくらか。

王《おう》さまはビルバルをお召《め》し出《だ》しになって、カージャ・サラの出《だ》した問題《もんだい》を解《と》いてみよと、おっしゃいました。

ビルバルは、すぐと地上《ちじょう》に杖《つえ》を立《た》てて、この杖《つえ》の立《た》っているところが、地上《ちじょう》の中央《ちゅうおう》である。もしカージャ・サラが、疑《うたが》わしく思《おも》うなら、じぶんで地上《ちじょう》を計《はか》ってみれば、よくわかると申《もう》しました。

次《つぎ》に、彼《かれ》は一頭《いっとう》の牡羊《おひつじ》を持《も》って来《こ》させ、

「空《そら》には、この獣《けもの》の身体《からだ》にある毛《け》の数《かず》と同《おな》じだけの星《ほし》がある。カージャ・サラ自身《じしん》で、暇《ひま》の時《とき》にそれを数《かぞ》えたらよい。」

と、叫《さけ》びました。

三番目《さんばんめ》の問題《もんだい》については、彼《かれ》は正確《せいかく》な答《こた》えをあたえることはできないが、あらゆる男《おとこ》と女《おんな》が殺《ころ》されさえすれば、その正確《せいかく》な数《かず》を知《し》ることはわけのないことだと、申《もう》しました。

Chapter 4

कोमाती की कहानियाँ

コマチのとんち物語

こまちのとんちものがたり

चौथा अध्याय

【コマチのとんち物語《ものがたり》】

コマチ（Komati）とは、インド人《じん》のある一種《いっしゅ》の階級《かいきゅう》で、彼《かれ》らはマドラス（Madras）州《しゅう》、ハイデラバード（Hyderabad）、マイソール（Mysore）の地方《ちほう》に住《す》み、主《おも》に商売《しょうばい》、金貸《かねか》し、両替屋《りょうがえや》、雑貨商《ざっかしょう》などを営《いとな》んでいるので知《し》られている。もとはペヌコンダ（Penukonda）の地方《ちほう》――現在《げんざい》のグンツール州《しゅう》――に住《す》んでいた同性《どうせい》の一族《いちぞく》であったが、十一世紀《じゅういっせいき》のはじめ頃《ころ》から諸方《しょほう》にひろがり、今日《こんにち》のごとくなったらしい。商売《しょうばい》にかけてはすぐれた手腕《しゅわん》を持《も》っている。彼《かれ》らのとんち談《だん》については、一般《いっぱん》に南《みなみ》インドの家庭《かてい》の間《あいだ》に有名《ゆうめい》で、上下《じょうげ》を通《つう》じ、子供《こども》にも老人《ろうじん》にも広《ひろ》く伝《つた》えられ、喜《よろこ》んで語《かた》られている。

चतुर अंधा आदमी

ぬけめのないコマチ　Chapter 4-1

眼《め》の悪《わる》いコマチが、ヴィシュヌ（Vishnu）の神《かみ》さまに、どうぞ眼《め》がよくなるようにしてくださいましと、願《がん》をかけました。何年《なんねん》か願《がん》をかけた後《のち》に、神《かみ》さまがあらわれて、その方《ほう》は何《なに》を望《のぞ》むかと、おたずねになったところ、

「ああ神《かみ》さま、わたくしは、七階建《ななかいだ》てのじぶんの家《いえ》の上《うえ》から、ひ孫《まご》たちが、街《まち》で遊《あそ》んでいる有様《ありさま》、そして金《きん》の壺《つぼ》からお菓子《かし》をだして食《た》べている有様《ありさま》を、見《み》えるようにして頂《いただ》きたいと存《ぞん》じます。」

と、コマチが申《もう》しました。

ヴィシュヌの神《かみ》さまは、富《とみ》と、子供《こども》と、眼《め》をなおすのとを、一《ひと》つに結《むす》びつけたコマチの願《ねが》いをきいて、その欲《よく》のふかさに

あきれましたが、望《のぞ》みどおり、すべてそれをかなえてやりました。

कोमती और बिच्छू
コマチとサソリ　Chapter 4-2

コマチの一団《いちだん》が、ある日《ひ》、お寺《てら》へ参詣《さんけい》をしました。そのうちの一人《ひとり》が、入口《いりぐち》にあるヴィナヤカン（Vinayakan）の神《かみ》さまのおへそに、右《みぎ》の人《ひと》さし指《ゆび》を突込《つっこ》んだところが、その中《なか》にいたサソリが、ちくりと刺《さ》しました。けれどそのコマチは、痛《いた》いのをがまんして指《ゆび》を鼻《はな》さきにあて、匂《にお》いをかいで、

「ああ、なんというよい匂《にお》いだろう！　こんなよい匂《にお》いは、

Chapter 4

生《う》まれてはじめてかいだ！」

と、いいました。

これをきいた他《ほか》のコマチが、

「どれ、それじゃおれもかいで見《み》よう。」

と、指《ゆび》を突込《つっこ》んでみて、またサソリに刺《さ》されました。この男《おとこ》もやはり、知《し》らぬ顔《かお》をして前《まえ》の男《おとこ》と同《おな》じようなことをいいましたので、順々《じゅんじゅん》にみんなが指《ゆび》を突込《つっこ》んでみて、サソリに指《ゆび》を刺《さ》され、その後《あと》でもって、お互《たが》いに仲《なか》よくいたわりあいました。

कोमाती और सास

コマチと姑《しゅうと》さん　Chapter 4-3

結婚《けっこん》したてのコマチが、ある時《とき》お嫁《よめ》さんの家《うち》へ行《い》って、たいそうご馳走《ちそう》になりました。翌朝《よくあさ》早《はや》く起《お》きると、お母《かあ》さんがお婿《むこ》さんにむかって、昨晩《ゆうべ》こしらえた水漬《みずづ》けの冷《つめ》たいご飯《はん》をあげましょうか、それともお菓子《かし》がよいか、また昼《ひる》まで待《ま》って、お父《とう》さんがお店《みせ》から帰《かえ》った時《とき》に、暖《あたた》かいお食事《しょくじ》をあがりますか、どれでもよいものをあげましょうといいました。

ずるい婿《むこ》さんは、しずかにいいました。

「はい、ではただ今《いま》は、お心《こころ》こめた冷《つめ》たいご飯《はん》を頂《いただ》きましょう。そしてお父《とう》さんのお帰《かえ》りになるまで、お菓子《かし》を頂《いただ》いて、お待《ま》ちいたしましょう。そうすれば、ちょうど暖《あたた》かいお食事《しょくじ》を頂《いただ》く時《とき》になりますから。」

कोमती और ब्राह्मणों

コマチとバラモンの坊《ぼう》さん　Chapter 4-4

年《とし》よりのコマチが、じぶんで飲《の》もうとおもって貯《たくわ》えておいた乳《ちち》を、猫《ねこ》がしじゅう飲《の》んでしまうからといって、おこったあまり、その猫《ねこ》を殺《ころ》しました。しかしインド教《きょう》では、猫《ねこ》を打《う》ってさえ、おそろしい罪《つみ》だとしてありましたから、後《のち》になって、悪《わる》いことをしたと後悔《こうかい》しました。

それでコマチは、気《き》になって、バラモンの坊《ぼう》さんをよび、人《ひと》が猫《ねこ》を殺《ころ》した時《とき》には、何《なに》かその罪《つみ》ほろばしをするようなことはないかと、たずねました。

「はい、金《きん》でその動物《どうぶつ》の型《かた》をつくり、それをバラモンの坊《ぼう》さんにおあげなさい。」

と、坊《ぼう》さんがいいました。

「もし貧乏《びんぼう》で、金《きん》の模型《もけい》がつくれないとしたら、そのかわりになにをしたらよいでしょうか？」

と、コマチがたずねると、

「それなら、銀《ぎん》でこしらえてやるのですね。」

と、いいました。

「もしその人《ひと》が、それもつくれないような貧乏人《びんぼうにん》だとしたら、どうでしょう？」

と、またコマチがたずねますと、

「それなら、砂糖《さとう》でこしらえた猫《ねこ》でもよいでしょう。」

と、坊《ぼう》さんがいいました。

「それがちょうどわしによい。」

と、コマチは口《くち》のなかでつぶやきながら、おかみさんを呼《よ》んで、わきへ連《つ》れてゆき、すっかり話《はなし》をして、おはらいのお祈《いの》りをする支度《したく》を、いいつけました。それから彼《かれ》は身体《からだ》を浄《きよ》め、坊《ぼう》さんに、お祈《いの》りをたのみました。

「金《きん》の猫《ねこ》を持《も》って来《き》てください。」

と、坊《ぼう》さんがいいますと、コマチは、

「今《いま》は、この砂糖《さとう》の猫《ねこ》で、お祈《いの》りをしてください。」

と、答《こた》えました。

「あなたは、貧乏《びんぼう》でもないのに、こんなつまらぬお礼《れい》で、わしを追《お》っぱらおうとするのですか？」

と、坊《ぼう》さんがせめますと、

「私《わたし》は、金《きん》の猫《ねこ》をさしあげられるような、金持《かねも》ちではありません。」

と、コマチが言《い》いました。おかみさんはおかみさんで、そばから、

「さあさあ、早《はや》くお祈《いの》りをおはじめなさい。そんなことは後《あと》で好《よ》うございますよ。」

と、せきたてました。

もうこうなっては、今更《いまさら》やめるわけにもゆかず、坊《ぼう》さんはしかたなしにお祈《いの》りをはじめ、砂糖《さとう》でこしらえた猫《ねこ》にそえて、コマチのおかみさんの取《と》りなしで一《いち》ルピーのお金《かね》をもらい、家《うち》へ帰《かえ》ってゆきました。

कोमाती के स्थायी दृष्टिकोण

コマチのていねいな挨拶《あいさつ》 Chapter 4-5

永《なが》いことある商店《しょうてん》の監督《かんとく》をたのまれていた年《とし》よりのコマチが、ある日《ひ》その店《みせ》の資本主《しほんぬし》にあいました。この資本主《しほんぬし》は、ふだんコマチが法外《ほうがい》な給金《きゅうきん》をとっているというのでたいそう

怒《おこ》っていましたから、彼《かれ》にあうといきなり、

「この欲張《よくば》り男《おとこ》め！　どこまで欲《よく》の皮《かわ》が突張《つっぱ》っているのか、わかりやしない。おまえなんか、早《はや》く疫病《えきびょう》にでもかかって、死《し》んでしまうがよいのだ！」

　と、どなりつけました。

　けれど、辛抱《しんぼう》づよいコマチは、おちついて、「ほしぶどうがお入用《にゅうよう》なのですか？　杏仁《あんず》でもさしあげましょうか？　それとも氷砂糖《こおりざとう》がよろしいのでございますか？　何《なに》か舌《した》に甘《うま》いものを欲《ほ》しくていらっしゃるのではございませんか？」

　と、実《じつ》に商売上手《しょうばいじょうず》な態度《たいど》で、やりましたので、資本主《しほんぬし》は感心《かんしん》してしまい、心《こころ》がやわらいで、じぶんの怒《おこ》った言《い》いわけをして、家《うち》へ帰《かえ》ってゆきました。

कोमाती और पंडियन का राजा

コマチらとパンディアンの王《おう》 Chapter 4-6

昔《むかし》、パンディアン（Pandyan）の王《おう》さまが、すこぶる大《おお》きな銀《ぎん》の壺《つぼ》をおこしらえになって、それを御殿《ごてん》でご使用《しよう》なさろうとなさいました。ところが、王《おう》さまは、その中《なか》へ最初《さいしょ》に水《みず》を入《い》れては、縁起《えんぎ》がわるいという迷信《めいしん》を抱《いだ》いておりました。そこで、大臣《だいじん》に命《めい》じて、国中《くにじゅう》の人民《じんみん》たちに、じぶんの家《うち》にある小《ちい》さな壺《つぼ》に、いっぱいずつ乳《ちち》を入《い》れて持《も》って来《こ》させ、それを御殿《ごてん》の壺《つぼ》に入《い》れるようにと、おふれを出《だ》させました。

倹約家《けんやくか》のコマチたちは、これをきいて、めいめい、お腹《なか》のなかで考《かんが》えました。

「よしよし、そんな大《おお》きな壺《つぼ》のなかへ、大勢《おおぜい》が乳《ちち》を入《い》れるのだから、一人《ひとり》ぐらい水《みず》を持《も》って行《い》って入《い》れたところが、色《いろ》も変《か》わらないだろうし、わかるまい。」

どのコマチもどのコマチも、こう考《かんが》えて、めいめい他人《たにん》には明《あ》かさず、じぶん独《ひと》りのつもりで、いずれも乳《ちち》の代《か》わりに、水《みず》を持《も》ってゆきました。

ところが、あいにくのことに、御殿《ごてん》へ行《い》ったのは、コマチたちが一《いち》ばんはじめでありました。でも彼《かれ》らは、他《ほか》の人《ひと》たちはすでにもう来《き》て、帰《かえ》った後《あと》だとばかり考《かんが》えていました。

壺《つぼ》は、幕《とばり》のかげにおいてあるので、誰《だれ》にも見《み》られる心配《しんぱい》がありませんでした。コマチは、一人《ひとり》ずつ中《なか》に入《はい》って、持《も》って来《き》た水《みず》を、壺《つぼ》のなかにあけました。みな大急《おおいそ》ぎであけて帰《かえ》ってきて、うまく行《い》ったと、喜《よろこ》んでおりました。こんなぐあいで、御殿《ごてん》の壺《つぼ》のなかには、水《みず》のほか、なんにも入《はい》ってはおりませんでした。

さて、王《おう》さまが、まず初《はじ》めに、この新《あたら》しい壺《つぼ》のなかに入《い》れられた物《もの》を、検査《けんさ》することになりました。そして壺《つぼ》のおいてある部屋《へや》に入《はい》って、その中《なか》をのぞいた時《とき》、水《みず》しか入《はい》っていないのを見《み》て、びっくりいたしました。王《おう》さまは、まっかになってお怒《いか》りになり、コマチどもを、厳《きび》しく罰《ばっ》せよと、大臣《だいじん》にお命《めい》じになりました。

しかし、とんちのあるコマチが、落《お》ちつき払《はら》って進《すす》み出《い》で、声《こえ》をあげて申《もう》しました。

「恵《めぐ》みふかき王《おう》よ！　どうぞお怒《いか》りをしずめられ、我々一同《われわれいちどう》の申《もう》さんとすることを、お聴《き》き下《くだ》さいまし。我々一同《われわれいちどう》は、陛下《へいか》の貴《とうと》き銀《ぎん》の壺《つぼ》に、何杯《なんばい》ほどの量《りょう》が入《はい》りますか、それを知《し》るために、仮《かり》に水《みず》を持《も》ってまいったのでございます。今《いま》や、分量《ぶんりょう》を測《はか》り終《お》えてございますゆえ、これから帰宅《きたく》いたして、いるだけの乳《ちち》を持《も》ってまいろうとぞんじます。」

王《おう》さまは、その言葉《ことば》を聴《き》いて、怒《いか》りをやわらげられ、一同《いちどう》を家《うち》へおかえしになりました。

चीजें जो कि कोमती चोरी हुई थीं
盗《ぬす》まれたコマチの財産《ざいさん》 Chapter 4-7

金持《かねも》ちのコマチの家《うち》へ、強盗《ごうとう》の一団《いちだん》が入《はい》って来《き》て、家《うち》をこわし、あるかぎりの金目《かねめ》の物《もの》を、みんなさらって行《い》ってしまいました。

夜《よ》が明《あ》けてから、警官《けいかん》がやって来《き》て、何《なに》が失《な》くなったかと、訊問《じんもん》しました。

「失《な》くなった、ですって? めっそうもない、失《な》くなったのは、家《うち》の裏《うら》にあった、古《ふる》い箒《ほうき》の柄《え》だけでございますよ。」

コマチが、こういって叫《さけ》びましたので、警官《けいかん》は不思議《ふしぎ》におもいながら、問《と》いかえしました。

「なに？　なんにも失《な》くさないって？　でも市《まち》じゅうの者《もの》が、みな金目《かねめ》のものを、ねこそぎさらってゆかれたといっているぞ。」

　すると、コマチはおちつきかえって、

「市《まち》の人《ひと》たちは、多分私《たぶんわたし》よりも、よく知《し》っているのかもわかりません。けれど、泥棒《どろぼう》たちは、きっと後《あと》になって、もっと金持《かねも》ちの家《うち》に入《はい》ればよかったと、後悔《こうかい》しているにちがいありません。」

　と、いいました。

（コマチは、じぶんの財産《ざいさん》を人《ひと》に知《し》られるのがきらいで、「コマチの秘密《ひみつ》」ということわざがあるくらいです。そのために、ほんとのことをいわないのです。）

लगभग जलने से मारे गए

火《ひ》あぶりにされようとしたコマチ　Chapter 4-8

昔《むかし》、立派《りっぱ》な家《うち》に住《す》んでいたコマチがありました。塀《へい》が泥《どろ》でつくってあったために、ところどころに穴《あな》があいて、手入《てい》れをしなければならなくなりました。そこで、コマチは職人《しょくにん》に壁《かべ》のこわれを、なおさせました。

手入《てい》れをした晩《ばん》のこと、一人《ひとり》の泥棒《どろぼう》がやって来《き》て、塀《へい》の上《うえ》の方《ほう》がつぎたしたばかりだとは知《し》らず、そこに穴《あな》をあけて、首《くび》を突込《つっこ》んだところが、不幸《ふこう》にも、全体《ぜんたい》の塀《へい》がくずれてきて、死《し》にました。

しばらくして、仲間《なかま》の泥棒《どろぼう》が、塀《へい》にぶらさがっている彼《かれ》の死骸《しがい》を見《み》つけて、警察《けいさつ》へ訴《うった》え出《い》で、警察《けいさつ》の手《て》を経《へ》て、王《おう》さまの前《まえ》で、お裁《さば》きをうけることになりました。しかしこの王《おう》さまは、たいそう未熟《みじゅく》でありましたから、コマチが、泥棒《どろぼう》の死《し》んだのは、まったく天罰《てんばつ》であると説明《せつめい》しても、それを承知《しょうち》しませんでした。そして、コマチが肥《ふと》っているので、火《ひ》あぶりの刑《けい》に処《しょ》したら、さぞ気《き》もちがよかろうといって、コマチを、火《ひ》あぶりの刑《けい》に処《しょ》すよう、宣告《せんこく》を下《くだ》しました。

けれど、コマチはこんな馬鹿《ばか》の王《おう》さまのために、死《し》にたくはないと考《かんが》えて、何事《なにごと》でもできぬことはないといわれている、二人《ふたり》の賢《かしこ》い人《ひと》に贈《おく》りものをして、じぶんの災難《さいなん》を救《すく》ってくれるように頼《たの》みました。そこで、二人《ふたり》はいよいよ刑罰《けいばつ》が行《おこ》なわれるという日《ひ》に、王《おう》さまの御前《ごぜん》に出《で》て、まず一人《ひとり》が、

「陛下《へいか》よ！　今日死刑《きょうしけい》に処《しょ》せられる者《もの》は、再《ふたた》びこの世《よ》に生《う》まれて、この国《くに》の王《おう》となる運命《うんめい》を持《も》っております。わたくしは、この罪人《ざいにん》に代《か》わって処刑《しょけい》をうけ、この国《くに》の王《おう》に生《う》まれ代《か》わりたいと存《ぞん》じます。」

と、申《もう》しました。もう一人《ひとり》の者《もの》も同《おな》じく、次《つぎ》の世《よ》には王《おう》さまになりたいから、コマチの代《か》わりに死刑《しけい》にして頂《いただ》きたいと、頼《たの》みました。

愚《おろ》かな王《おう》さまは、じぶんの国《くに》を奪《うば》われてはならないとおもいましたので、

「何《なに》を申《もう》す、この悪漢《あっかん》め！　わしはおまえらに、王《おう》の位《くらい》をわたすことはできんのだ。コマチをば放《はな》してしまえ。わしがじぶんで、火《ひ》あぶりの刑《けい》をうけて、再《ふたた》びこの国《くに》の王《おう》として生《う》まれかわるのだ。」

と叫《さけ》んで、じぶんで火《ひ》あぶりの刑《けい》につき、無罪《むざい》のコマチをゆるしてやりました。

एक कोमाती जो साक्षी बन गया

馬《うま》の持《も》ち主《ぬし》を裁《さば》いたコマチ　Chapter 4-9

　インド教信者《きょうしんじゃ》と、マホメット教信者《きょうしんじゃ》とが、一頭《いっとう》の馬《うま》を、互《たが》いにじぶんの物《もの》だといい張《は》って法廷《ほうてい》で争《あらそ》いました。しかも、いずれも一人《ひとり》の同《おな》じコマチを引《ひ》きあいに出《だ》して、じぶんの証人《しょうにん》に立《た》てようとしました。

　インド教《きょう》の信者《しんじゃ》は、コマチにむかって、馬《うま》がこの何年間《なんねんかん》も、じぶんの物《もの》であったのを、知《し》っているだろうといいました。

「そうだ、知《し》っている。」

　と、コマチが答《こた》えました。

　すると、マホメット教《きょう》の信者《しんじゃ》が、

「私《わたし》が、あの馬《うま》に乗《の》って、峠道《とうげみち》を登《のぼ》りかけていたのを、おまえさん見《み》かけたことがあるだろう?」

と、コマチにたずねました。コマチは、

「そうだ、見《み》た。」

と、答《こた》えました。

そこで裁判官《さいばんかん》が、

「おまえは、この馬《うま》が、二人《ふたり》の物《もの》だとでもいうのか？」

と、問《と》いただしました。

「まあ、そう思《おも》います。前《まえ》の方《ほう》は、マホメット教徒《きょうと》の馬《うま》のように見《み》えますし、後《うし》ろの方《ほう》は、インド教徒《きょうと》の馬《うま》のように見《み》えますから。」

こういわれて、判断《はんだん》に迷《まよ》った裁判官《さいばんかん》は、その馬《うま》を没収《ぼっしゅう》して、ご領主《りょうしゅ》の厩《うまや》に入《い》れることにしました。

दो भिखारी और कोमाती

物乞《ものご》いの喧嘩《けんか》を見《み》たコマチ　Chapter 4-10

一人《ひとり》は生《う》まれながらの物乞《ものご》いであり、一人《ひとり》は飢僅《ききん》で物乞《ものご》いするようになった二人《ふたり》の者《もの》が、同《おな》じ一軒《いっけん》の家《うち》へ、続《つづ》いて入《はい》ってゆきましたが、やがて出《で》て来《く》ると、互《たが》いにあくたいをついて、とうとう、なぐりあいをはじめました。その時《とき》、そばに立《た》っていた一人《ひとり》のコマチが、後《あと》になって法廷《ほうてい》へ証人《しょうにん》によびだされました。

裁判官《さいばんかん》がコマチに、どっちが先《さき》に手《て》を出《だ》したかと、たずねますと、どちらにも罪《つみ》をきせたく思《おも》いませんでしたから、

「私《わたし》の見《み》た時《とき》には、二人《ふたり》が向《む》きあって立《た》っておりました。その時《とき》私《わたし》はそばにいましたけれど、互《たが》いにあくたいをつきあっているのを見《み》ているうちに、急《きゅう》にひどい風《かぜ》が吹《ふ》いてきたので、

私《わたし》は眼《め》を閉《と》じてしまいました。ところがその後《あと》で、ぶちあう音《おと》がきこえました。だから、そばにおりながら、どっちが先《さき》に手《て》をだしたか、わかりませんでした。」

と、答《こた》えました。

裁判官《さいばんかん》は、将来《しょうらい》を戒《いまし》めて、物乞《ものご》いを放《はな》してやりました。

भिखारी और डाकू

コマチと強盗《ごうとう》　Chapter 4-11

今《いま》から百年《ひゃくねん》も前《まえ》の、南《みなみ》インドの国道《こくどう》には、よく強盗《ごうとう》が出没《しゅつぼつ》して、道《みち》ゆく人《ひと》をおびやかしました。あるコマチの夫婦者《ふうふもの》が、ティルパティ（Tirupati）へ巡礼《じゅんれい》に出《で》かけて、家《うち》まで七十《ななじゅう》マイルほどの道《みち》を、また帰《かえ》って来《き》ました。

もうほどなく村《むら》へつくというところで、強盗《ごうとう》の一団《いちだん》が、牛《うし》の首《くび》にむすびつけた鈴《すず》の音《おと》をきいて、コマチ夫婦《ふうふ》の車《くるま》を、州《しゅう》の税金《ぜいきん》を積《つ》んだ役人《やくにん》の車《くるま》とまちがえ、仲間《なかま》のうち一人《ひとり》だけ見張《みは》りに、大《おお》きな樹《き》のかげに立《た》たせておき、他《ほか》の者《もの》はみな、あちこちに散《ち》らばってかくれていました。

見張《みは》りの泥棒《どろぼう》は、コマチのしゃがれ声《ごえ》で、その車《くるま》が収税夫《しゅうぜいり》の車《くるま》でないのを知《し》り、そこにあらわれて、車《くるま》を呼《よ》びとめました。

御者《ぎょしゃ》が車《くるま》を止《と》めると、泥棒《どろぼう》はコマチのそばへやって来《き》て、金袋《かねぶくろ》をよこせといいました。

「いや、よいところであいました。あなた方《がた》は、いく人《にん》いるのですか？　皆《みな》さんおたっしゃですか？」

と、コマチがいいますと、

「いや、ありがとう、みんなで九人《きゅうにん》だ。それよりかおれは、金袋《かねぶくろ》がほしいのだ。」

と、泥棒《どろぼう》が答《こた》えました。

「金袋《かねぶくろ》だけで、ほかの物《もの》はいらないとおっしゃるんですか？」

「そうだ、金袋《かねぶくろ》がほしいんだ。」

泥棒《どろぼう》がまた言葉《ことば》をつぎました。

「それはなんでもないことだ。さあ、ここに九《きゅう》ルピーあるから、おまえさんの分《ぶん》だけ取《と》りなさい。そしてあとは、みんなに、わしの店《みせ》へとりに来《き》てくれるよういって下《くだ》さい。そうすれば、渡《わた》してあげるから。」

といって、コマチは、一《いち》ルピーだけ、その泥棒《どろぼう》に、手《て》わたししました。馬鹿《ばか》な泥棒《どろぼう》は、その金《かね》をうけとって、仲間《なかま》のところへ行《い》き、その次第《しだい》を話《はな》しました。

強盗《ごうとう》の一団《いちだん》は、それからまもなく、党《とう》を組《く》んで、コマチの店《みせ》へ出《で》かけて行《い》ったところが、コマチの手《て》で、警察《けいさつ》へ引《ひ》きわたされました。こうして、人《ひと》をだます者《もの》が、かえってコマチのために、だまされました。

कोमाती और एक दान के रूप में गाय

コマチとお布施《ふせ》の牛《うし》　Chapter 4-12

あるところに、金持《かねも》ちのコマチ夫婦《ふうふ》がありまして、お互《たが》いに慈善《じぜん》ということで、意見《いけん》があいませんでした。奥《おく》さんは、人《ひと》には恵《めぐ》むという心《こころ》がけがなくてはならぬといって、絶《た》えずあきずに夫《おっと》を説《と》いておりましたが、夫《おっと》は相変《あいか》わらず、無慈悲《むじひ》な心《こころ》をすてませんでした。

ところが、ある日夫《ひおっと》の方《ほう》から奥《おく》さんのところへやって来《き》て、一《ひと》つ坊《ぼう》さんにお布施《ふせ》をしようと思《おも》うと、話《はな》しました。奥《おく》さんはそれをきいて、きっと神《かみ》さまのお恵《めぐ》みで、善心《ぜんしん》にかえったにちがいないと喜《よろこ》んで、何《なに》をお布施《ふせ》にあげるつもりですかと、たずねました。

「家《うち》の赤牛《あかうし》をさ。」

と、夫《おっと》がいいましたので、奥《おく》さんはいよいよ大《おお》よろこびしました。というのは、牛《うし》のお布施《ふせ》は、インド教《きょう》では、最上《さいじょう》のお布施《ふせ》とされていたからであります。

ところが夫《おっと》のお布施《ふせ》にする牛《うし》というのは、年《とし》をとって、もう弱《よわ》りきっているのを、奥《おく》さんは知《し》りませんでした。コマチは、その牛《うし》を持《も》っているうちに死《し》なれると、葬式《そうしき》の費用《ひよう》がかかるうえに、国法《こくほう》によって、王《おう》さまに罰金《ばっきん》までも取《と》られなければならないので、その負担《ふたん》をのがれようと思《おも》ったのでありました。そこで彼《かれ》は、坊《ぼう》さんが来《き》たらば、牛《うし》をやろうと思《おも》って、見張《みは》っておりました。

ちょうどそこへ、銅《どう》の鉢《はち》を手《て》に持《も》った一人《ひとり》の坊《ぼう》さんがやって来《き》て、一《ひと》にぎりの施物《せもつ》を乞《こ》いました。コマチが、うやうやしく迎《むか》えて、施物《せもつ》をさしあげたいと思《おも》っているといいますと、坊《ぼう》さんは喜《よろこ》んで、頂戴《ちょうだい》いたしますと申《もう》しました。そして、牛《うし》が死《し》にかかっているとは夢《ゆめ》にも知《し》らず、するだけのお勤《つと》めをして、牛《うし》の施物《せもつ》をもらいました。

坊《ぼう》さんが牛《うし》をひいて、一《いち》、二丁《にちょう》行《い》った時《とき》に、急《きゅう》に牛《うし》は倒《たお》れて、死《し》にました。巡査《じゅんさ》がコマチのところへやって来《き》て、罰金《ばっきん》を出《だ》させようとしますと、コマチは、

「いえいえ、それは私《わたし》の家《うち》のではございません。坊《ぼう》さんにきいてごらんなさい。」

といいました。

坊《ぼう》さんは、今施物《いませもつ》にもらったばかりの牛《うし》だから、罰金《ばっきん》は当然《とうぜん》コマチが払《はら》わねばならないと、いい張《は》りました。けれども、コマチは承知《しょうち》しませんでした。いったん施物《せもつ》にやって、坊《ぼう》さんが連《つ》れて行《い》ったからには、法律上《ほうりつじょう》じぶんに責任《せきにん》はないといいました。

「私《わたし》は、罰金《ばっきん》を出《だ》したいにも、出《だ》すお金《かね》がありませんよ。」

と、坊《ぼう》さんがいいますと、そばからコマチが口《くち》を出《だ》して、

「そんなことは関係《かんけい》ないことです。銅《どう》の鉢《はち》を出《だ》したらよいでしょう。」

と、いいました。

托鉢《たくはつ》の坊《ぼう》さんは、コマチの掛《か》け引《ひ》きにかかって、とうとうじぶんの持《も》ちものまで失《な》くしてしまいました。

कोमाती के विवाहित जोड़े और एक आदमी जो छुपा रहा है

コマチ夫婦《ふうふ》と梁《はり》の上《うえ》の男《おとこ》 Chapter 4-13

あるコマチの夫婦《ふうふ》が、寝室《しんしつ》に入《はい》って、寝床《ねどこ》のなかに横《よこ》になると、ふとだんなさんの方《ほう》が、天井裏《てんじょううら》の梁《はり》の一《ひと》つに、一人《ひとり》の泥棒《どろぼう》がこっそりひそんでいるのを見《み》つけました。奥《おく》さんが、ちょうどお腹《なか》に子供《こども》をもっていましたので、だんなさんは小《ちい》さい声《こえ》で、

「おまえは、男《おとこ》の児《こ》を授《さず》けられるとおもうかね、それとも女《おんな》の児《こ》を授《さず》けられるとおもうかね？」

と、たずねました。

「女《おんな》の児《こ》ですよ、きっと。そうしたら、シータという名《な》をつけますわ。」

と、奥《おく》さんがいいました。

「いや、いや、男《おとこ》の児《こ》にちがいない。そうしたら、ラーマという名《な》をつけてやろう。」

だんなさんは、こういいました。

そこで、しばらくの間《あいだ》、どっちが生《う》まれそうかということについて、夢中《むちゅう》になって議論《ぎろん》をしていましたが、しまいにだんなさんは、もうそうときまってしまったように、

「わしは、『おお、ラーマよ！　おお、ラーマよ！』と、子供《こども》の名《な》を呼《よ》ぶのだ。」

と、大声《おおごえ》でどなりたてました。

ところが、このコマチは、村長《そんちょう》さんをつとめている男《おとこ》で、ラーマという名《な》のお抱《かか》え巡査《じゅんさ》が、じぶんの家《うち》のベランダに寝《ね》ていることを知《し》っていたから、わざとこうどなりたてたのでした。

ご主人《しゅじん》の呼《よ》ぶ声《こえ》をきいて、巡査《じゅんさ》のラーマが、何事《なにごと》かとおもっ

て、戸《と》を激《はげ》しくたたきますと、それをまた聴《き》きつけて、大勢《おおぜい》の人《ひと》が、ぞくぞくまわりへ集《あつ》まって来《き》ました。そこで、コマチは寝室《しんしつ》から出《で》て行《い》って、大勢《おおぜい》の人《ひと》を寝室《しんしつ》に入《い》れ、

「いや、別《べつ》に何《なに》があったというわけでもありませんよ。男《おとこ》の児《こ》が生《う》まれるか、女《おんな》の児《こ》が生《う》まれるかという問題《もんだい》で、ほんのちょっと夫婦《ふうふ》の間《あいだ》で、いいあいをしただけですよ。私《わたし》が、男《おとこ》の児《こ》が生《う》まれるにちがいないとおもって、その名《な》をラーマとつけると、いったのにすぎないのです。私《わたし》が女房《にょうぼう》をぶったというわけではないのですが、女房《にょうぼう》が騒《さわ》がしくわめいたものですから、皆《みな》さんに思《おも》いちがいをさせしてしまいました。私《わたし》のいうことを嘘《うそ》だと思召《おぼしめ》しだったら、天井裏《てんじょううら》の梁《はり》の上《うえ》にいる、あの方《かた》に聴《き》いてください。何《なに》もかもよく見《み》ていて、ご存知《ぞんじ》ですから。」

と、いいました。

そこで、「夜中《よなか》のお客《きゃく》」さんは天井《てんじょう》からおろされて、棒《ぼう》にゆわえつけられ、手近《てぢか》の町《まち》の交番《こうばん》へ、送《おく》られました。

चौकस कोमाती
用心《ようじん》ぶかいコマチの策略《さくりゃく》　Chapter 4-14

あるコマチの夫婦《ふうふ》が、隣《とな》り村《むら》へ用《よう》たしに行《い》った帰《かえ》りに、途中《とちゅう》で日《ひ》が暮《く》れました。もう一足《ひとあし》も進《すす》めぬくらいに、あたりが暗《くら》くなりましたので、ちょうど通《とお》りかかったそこの村《むら》に、宿《やど》をとることにきめました。

彼《かれ》らは、たまたまある一軒《いっけん》の見苦《みぐる》しくない建物《たてもの》に入《はい》って行《い》ったところ、それは村長《そんちょう》さんの家《うち》で、快《こころよ》く宿《やど》をしてくれました。用心《ようじん》ぶかいコマチは、たくさん宝石《ほうせき》を持《も》っているため、じぶんらの身《み》にまちがいがあってはいけないと考《かんが》え、ちょうど泊《と》まったその家《いえ》の向《む》こうがわに仲間《なかま》のコマチが住《す》んでいましたから、それと話《はなし》をして夜《よ》をあかそうとしました。それはうまいぐあいにいって、やがて仲間《なかま》のコマチが、やって来《き》ました。ところが、すぐと二人《ふたり》の間《あいだ》に大議論《だいぎろん》がおこりました。村長《そんちょう》さんやその他年《たとし》よりの人《ひと》たちが、仲《なか》に入《はい》っていろいろ取《と》りなしましたけれど、だめでした。

喧嘩《けんか》は夜《よ》どおしつづきました。そして夜《よ》が明《あ》けると、コマチは家《うち》の人《ひと》たちに挨拶《あいさつ》をして、帰《かえ》ってゆきました。村《むら》じゅうの人《ひと》たちは、コマチがじぶんの大事《だいじ》な宝石《ほうせき》を泥棒《どろぼう》に盗《ぬす》まれないために、わざとあんな風《ふう》なことをして、みんなを夜《よる》じゅう寝《ね》かさなかったのだということがわかって、おどろきました。

कैसे स्वर्ग जाने के लिए
天国《てんごく》へ行《ゆ》く早道《はやみち》　Chapter 4-15

あるコマチが、死《し》んでからチトラ（Chitra）とグプタ（Gupta）につれられて、ヤマ（Yama死《し》と罰《ばつ》を司《つかさど》るインドの神《かみ》で閻魔《えんま》のごときもの）の前《まえ》に引《ひ》きだされました。

チトラとグプタは、人間《にんげん》がどんなよい行《おこな》いをし、どんな悪《わる》い行《おこな》いをしたか記《しる》してある帳簿《ちょうぼ》をあずかっている、記録係《きろくがか》りでありましたが、帳簿《ちょうぼ》を引《ひ》っくりかえして調《しら》べてみると、コマチは天国《てんごく》へ送《おく》られるようなよい行《おこな》いを、一《ひと》つもしておりませんでした。しかし、時《とき》おり旅行者《りょこうしゃ》に、食《た》べものをくれるか、お金《かね》をめぐんでくれそうな紳士《しんし》の家《うち》を、指《ゆび》さして教《おし》えたことはあると、いいました。ヤマはそれをきいて、それではコマチの手《て》だけは天国《てんごく》へさわらせ、身体《からだ》は地獄《じごく》へ追《お》いおろすようにせよと、おっしゃいました。

ところが、その時《とき》チトラとグプタは、帳簿《ちょうぼ》にまちがいがあるのを発見《はっけん》しました。というのは、コマチはまだ死《し》ぬはずでないのを、死《し》んで来《き》ていたのでありました。そのためにヤマは、もう一度《いちど》コマチを娑婆《しゃば》におくりかえして、残《のこ》っている寿命《じゅみょう》だけ活《い》かしてやれと、いいつけました。

コマチは、こうしてもう一度生《いちどい》きかえってきましたが、そのために、天国《てんごく》へ行《い》くうまい簡単《かんたん》な方法《ほうほう》をおもいつきました。それはどういうことかというに、ヤマが、彼《かれ》の手《て》だけを、ちょっとの間天国《あいだてんごく》へやらせようとした理屈《りくつ》を、よく覚《おぼ》えていたからであります。そこで、今度《こんど》いよいよ娑婆《しゃば》の寿命《じゅみょう》がつきた時《とき》には、身体全体《からだぜんたい》を天国《てんごく》へやってもらおうと思《おも》って、それ以来《いらい》、旅人《たびびと》に慈善家《じぜんか》の家《うち》を教《おし》えるのに、いつも身体《からだ》を左右《さゆう》にふって示《しめ》しました。

Chapter 5

बेवकूफ पति

馬鹿婿さんの話その他

ばかむこさんのはなしその他

पांचवां अध्याय

【馬《ば》鹿《か》婿《むこ》さんの話《はなし》その他《た》】

दूल्हा जो सूरज के बच्चे को चुरा लिया
太陽《たいよう》の子《こ》を盗《ぬす》んだ婿《むこ》さん

Chapter 5-1

昔《むかし》、お婿《むこ》さんが、へんぴな田舎《いなか》から、町《まち》にあるお嫁《よめ》さんの里《さと》へ、はじめて訪《たず》ねてゆきました。その頃《ころ》は、まだ灯《あか》りのめずらしい大昔《おおむかし》のことで、町《まち》でも灯《あか》りをつけている家《いえ》は少《すく》なく、まして田舎《いなか》では、見《み》たこともありませんでした。ですからお婿《むこ》さんは、日《ひ》が暮《く》れてから、その家《いえ》に灯《あか》りがついて、まるで昼間《ひるま》のようなのを見《み》ると、不思議《ふしぎ》におもいました。そこで、お嫁《よめ》さんの弟《おとうと》にあたるいたずらっ子《こ》に、この小《ちい》さな、きらきらしたものは何《なに》かと、たずねました。

「これかい？　これは太陽《たいよう》の子供《こども》さ。海《うみ》をこえた向《む》こうの方《ほう》から、やっとこさと持《も》って来《き》たもので、これだけに育《そだ》てるのは、ずいぶん大変《たいへん》なんだよ。その代《か》わり、飼《か》い主《ぬし》のいうことをよくきいて、それは役《やく》に立《た》つのさ。」

いたずらっ子《こ》は、こういってからかいましたが、まさかこのお婿《むこ》さんが、それをすっかりほんとにするほど馬鹿《ばか》だとは、おもいませんでした。

ところが、お婿《むこ》さんはその話《はなし》をきいて、この太陽《たいよう》の子供《こども》がほしくなり、どんなことでもして、一《ひと》つだけじぶんの物《もの》にしたいと考《かんが》えました。

その晩《ばん》、みなの者《もの》がじぶんの部屋《へや》に入《はい》って床《とこ》につき、あたりがまったくしずかになると、彼《かれ》は寝床《ねどこ》からはい出《だ》して、しのび足《あし》で灯《あか》りのそばへ近《ちか》づきました。そして燃《も》えている心《しん》をとって、翌日《よくじつ》こっそり家《うち》へ持《も》って帰《かえ》ろうと考《かんが》え、部屋《へや》の天井《てんじょう》にそれを隠《かく》しました。あいにくと家《いえ》のつくりは草《くさ》ぶきでしたから、火《ひ》はたちまち燃《も》え移《うつ》って、家《いえ》じゅうにひろがりました。

人々《ひとびと》は目《め》をさまして飛《と》びおきると、夢中《むちゅう》になって、まず大事《だいじ》な物《もの》を、外《そと》へ運《はこ》びだそうとしました。その中《なか》にまじって、お婿《むこ》さんは天井《てんじょう》の草《くさ》ぶきのなかを、あちこちと、しきりに竿《さお》で突《つ》ついていました。何《なに》をさがしているのかと問《と》われると、彼《かれ》は正直《しょうじき》に、まじめな顔《かお》をして、

「なに、天井《てんじょう》に太陽《たいよう》の子供《こども》をかくしておいたので、それをさがしているのですよ。」

と、答《こた》えました。

これでとうとう火事《かじ》の原因《げんいん》がわかって、お婿《むこ》さんはみなにさんざ馬鹿《ばか》にされ、そこからおい出《だ》されました。

दुल्हा जो दुल्हन थप्पड़ मार दिया

お嫁《よめ》さんを打《う》ったお婿《むこ》さん　Chapter 5-2

なんでもよく物《もの》の名《な》を忘《わす》れるくせのある、うっかりやのお婿《むこ》さんが、ある時旅《ときたび》さきからの帰《かえ》り道《みち》、たったひとりで、お嫁《よめ》さんの里《さと》に寄《よ》りました。お嫁《よめ》さんのお母《かあ》さんはたいそうよろこんで、いつものとおりご馳走《ちそう》をだしたりして、お婿《むこ》さんをもてなしました。

ご馳走《ちそう》には、種々《しゅじゅ》さまざまのお菓《か》子《し》が出《で》ましたので、お婿《むこ》さんは大《おお》よろこびでした。中《なか》にもサンドウイッチが大《おお》気《き》に入《い》りで、こんなうまいものは、今《いま》までに食《た》べたことがないゆえ、帰《かえ》ったらじぶんの家《うち》でも、奥《おく》さんにこしらえさせようと考《かんが》えました。

彼《かれ》は、家《うち》へ帰《かえ》って奥《おく》さんに話《はな》すために、お菓《か》子《し》の名《な》を聴《き》きましたが、家《うち》へ帰《かえ》りつかないうちに、お菓子《かし》の名《な》をわすれてしまってはならないとおもい、みちみち「サンドウィッチ、サンドウィッチ」と、口《くち》のなかでいいつづけながら、家《うち》へ帰《かえ》りました。

すると途中《とちゅう》に、小《ちい》さな流《なが》れがあって、大勢《おおぜい》の子供《こども》たちがそこを飛《と》びこしながら、「ハセリ王《おう》さま、ハセリ王《おう》さま」と、意味《いみ》のない言葉《ことば》を呼《よ》んでいました。この言葉《ことば》が、お婿《むこ》さんの耳《みみ》に入《い》ると、今《いま》まで「サンドウィッチ、サンドウィッチ」と、口《くち》のなかでいっていたのが、急《きゅう》に「ハセリ王《おう》さま、ハセリ王《おう》さま」と変《か》わってしまい、それをいいつづけて家《うち》へ帰《かえ》りました。

家《うち》へ着《つ》くと、彼《かれ》は、今日《きょう》お母《かあ》さんに、ハセリ王《おう》さまというすてきなおいしいご馳走《ちそう》をこしらえてもらって、食《た》べてきたから、これから家《うち》でもこしらえてくれと話《はな》しました。もともとハセリ王《おう》さまなどという名《な》は、料理《りょうり》のなかにあるはずはありませんから、奥《おく》さんは、そんな物《もの》は知《し》らない。一体《いったい》どういうものですかと、たずねました。お婿《むこ》さんは、奥《おく》さんがじぶんをからかって、馬鹿《ばか》にしているのだとおもいましたから、腹《はら》をたてて、奥《おく》さんをポカポカと打《う》ちました。

奥《おく》さんは、だんなさんに打《う》たれて、身体《からだ》じゅう腫《は》れあがったところを見《み》せて、

「こんなに、私《わたし》をサンドウィッチのように打《う》ちのめすなんて、あなたはひどいじゃありませんか。」

といいますと、

「ああ、そのサンドウィッチだよ。おまえにこしらえてもらいたいというのは。」

と、馬鹿婿《ばかむこ》さんがいいました。

दुल्हा जो अपनी मां को पानी में फेंक दिया था

お母《かあ》さんを水《みず》に入《い》れたお婿《むこ》さん Chapter 5-3

近《ちか》ごろお嫁《よめ》さんをもらいたての、お馬《ば》鹿《か》なお百姓《ひゃくしょう》さんが、あつい日中《にっちゅう》、畑《はたけ》で草《くさ》を刈《か》っておりました。気《き》がつくと、鎌《かま》の刃《は》が、ながいこと日《ひ》にあたって、やけていました。お馬《ば》鹿《か》なお百姓《ひゃくしょう》さんは、きっと、鎌《かま》が熱病《ねつびょう》にかかったにちがいないとおもいました。それで、早《はや》くなおしてやらなければいけないと考《かんが》え、心配《しんぱい》そうな顔《かお》をして家《うち》へ帰《かえ》ってゆきました。

途中《とちゅう》でなさけ深《ぶか》い人《ひと》が通《とお》りすがって、お百姓《ひゃくしょう》さんのお馬《ば》鹿《か》なのを察《さっ》し、河《かわ》のふちにつれて行《い》って、鎌《かま》を水《みず》のなかにつけて冷《ひ》やさせました。お百姓《ひゃくしょう》さんが水《みず》のなかから鎌《かま》を引《ひ》きあげてみますと、すっかり冷《つめ》たくなっていましたから、よいことを教《おし》えてくだすってありがとうございますと、お礼《れい》をいって、お腹《なか》のなかで感心《かんしん》しながら、帰《かえ》ってゆきました。

家《うち》へ着《つ》くと、おかみさんが出《で》て来《き》て、お母《かあ》さんがひどい熱《ねつ》を出《だ》しましたから、すぐになんとか手《て》あてをしなければなりませんと、いいました。彼《かれ》は、鎌《かま》を水《みず》でなおした不思議《ふしぎ》な療治《りょうじ》のことを、お腹《なか》のなかで考《かんが》えました。そして死《し》にかけている可哀《かわい》そうなお母《かあ》さんを、井戸端《いどばた》へつれて行《い》って、ざぶんとばかり、井戸《いど》の中《なか》へ投《な》げこんでしまいました。むろん、こんな乱暴《らんぼう》なことをしたために、お母《かあ》さんは死《し》にました。顔《かお》を上《うわ》むけて、気味《きみ》わるく歯《は》をむき出《だ》して、浮《う》いていました。

お婿《むこ》さんは、すこぶるうまいぐあいに行《い》ったとおもいました。そしてすっかり快復《かいふく》したから、喜《よろこ》んであんなに笑《わら》っているのだと考《かんが》え、上《うえ》から、

「ああ、お母《かあ》さんが笑《わら》っている。熱《ねつ》がとれたのだから、遠慮《えんりょ》なくお笑《わら》いなさい。」

Chapter 5

と、どなりました。

कमबीन दूल्हा की विफलता
近眼《きんがん》のお婿《むこ》さんの失敗《しっぱい》 Chapter 5-4

結婚《けっこん》をする時《とき》には、眼《め》の悪《わる》いのを気《き》づかれなかったお婿《むこ》さんが、初《はじ》めてお祭《まつ》りのご馳走《ちそう》で、お嫁《よめ》さんの里《さと》によばれました。このお婿《むこ》さんは、いわゆる鳥目《とりめ》というので、昼間《ひるま》はなんでもよく見《み》えますが、夜《よる》になると、眼《め》が見《み》えなくなるのでした。

お嫁《よめ》さんの家近《いえちか》くまで来《く》ると、ちょうど暗《くら》くなりだして、もうはっきりと足《あし》もとを見《み》ることができなくなりました。人《ひと》

にたずねるのも恥《は》ずかしいとおもっているうち、家に接《へいせつ》して
つくってある穀類《こくるい》の穴《あな》に、ころげこみました。
手《て》さぐりでそこらじゅうなぜまわして、這《は》いあがろうとも
がきましたが、どうしても上《あが》れませんでした。そこへお嫁《よめ》さ
んの弟《おとうと》がやって来《き》て、手《て》を貸《か》してくれたので、やっと穴《あな》から
出《で》ることができました。
「どうしたのですか?」
と聴《き》かれて、じぶんの醜態《しゅうたい》をかくすために、
「こちらの穴《あな》と、私《わたし》のところの穴《あな》と較《くら》べて、どれくらい深《ふか》さ
がちがうか、計《はか》っていたのです。」
と、いいわけしました。
その次《つぎ》に、お婿《むこ》さんは家《いえ》の柱《はしら》につなぎ放《ぱな》しになっていた、
慰《なぐさ》み用《よう》の牡羊《おひつじ》に出《で》くわして、家《うち》へ入《はい》る拍子《ひょうし》に突《つ》きあたり、い
やというほど羊《ひつじ》の頭《あたま》で膝《ひざ》をぶたれました。その時《とき》、牡羊《おひつじ》は角《つの》

に鉄《てつ》の輪《わ》をつけ、首《くび》に鈴《すず》をつけていましたから、角《つの》で彼《かれ》を突《つ》っかけながら、カランカランカランと音《おと》を立《た》てました。それで、彼《かれ》は「ハハァ、羊《ひつじ》がいたのだな」と思《おも》いました。

やがて、家族《かぞく》の者《もの》や親類《しんるい》たちが、酒宴《しゅえん》にあつまりますと、腕輪《うでわ》や、指環《ゆびわ》や、足輪《あしわ》で飾《かざ》ったお嫁《よめ》さんのお母《かあ》さんが出《で》て来《き》て、バターの溶《と》かしたものを持《も》って、みなの間《あいだ》をついで歩《ある》きました。ところが身《み》についている装飾品《そうしょくひん》が、お婿《むこ》さんに突《つ》っかかって傷《きず》をつけた牡羊《おひつじ》の鈴《すず》の音《おと》に、ちょっと似《に》ていました。気《き》の毒《どく》に、お婿《むこ》さんはさっきの牡羊《おひつじ》が紐《ひも》を切《き》ってやって来《き》たのだと思《おも》い、拳固《げんこ》をかためてふりまわし、お母《かあ》さんの鼻《はな》のあたまを、ひどくぶんなぐりました。

しかしお婿《むこ》さんの失敗《しっぱい》は、まだまだこれだけではありませんでした。夜《よる》、床《とこ》に入《はい》ると、奥《おく》さんに頼《たの》んで、夜《よ》なかに案内《あんない》なしで、寝室《しんしつ》から外《そと》へ出《で》たり入《はい》ったりすることができるよう、何《なに》かよい方法《ほうほう》をこしらえておいてくれといいました。そこで、奥《おく》さんは縄《なわ》を持《も》って来《き》て、一方《いっぽう》の端《はし》を中庭《なかにわ》の柱《はしら》にむすびつけ、他《た》の端《はし》を、寝床《ねどこ》の脚《あし》に結《むす》びつけてやりました。

さて、夜《よ》なかにこの眼《め》の見《み》えないお婿《むこ》さんが、縄《なわ》にすがって外《そと》へ出《で》てゆきました。それで行《い》きはよいぐあいでしたが、さて帰《かえ》ろうとすると、いつの間《ま》にか、牡羊《おひつじ》が縄《なわ》を食《た》べてしまいましたから、道《みち》がわからなくなりました。お婿《むこ》さんはしかたがなしに手《て》さぐりでやって来《く》ると、あいにくお母《かあ》さんの寝室《しんしつ》に来《き》かかり、まちがえて、そこへ入《はい》ってしまいました。

お母《かあ》さんはびっくりして、大声《おおごえ》をあげて叫《さけ》びました。灯《あか》りをつけてみると、娘《むすめ》のお婿《むこ》さんが、妙《みょう》なかっこうをしていますので、一層《いっそう》おどろきました。しかし、お婿《むこ》さんは即座《そくざ》の機転《きてん》をきかし、なぜこんなところへ入《はい》って来《き》たかと、問《と》いつめられると、

「先《さき》ほど、酒宴《しゅえん》の時《とき》にたいそう失礼《しつれい》をいたしましたから、そのお詫《わ》びにうかがったのでございます。」

と、すぐに答《こた》えました。

दूल्हा जो रो रहा है जब उसने पत्र देखा
字《じ》を見《み》て泣《な》いたお婿《むこ》さん　Chapter 5-5

あるところにお婿《むこ》さんがありました。子供《こども》の時《とき》学校《がっこう》へあがったことはありますけれど、先生《せんせい》が黒板《こくばん》に一《ひと》つ二《ふた》つ大《おお》きな字《じ》を書《か》いたのを習《なら》ったきりで、急《きゅう》にやめてしまいましたから、よく字《じ》が読《よ》めませんでした。

ところが、ある時《とき》お嫁《よめ》さんの里《さと》をたずねると、お父《とう》さんもお母《かあ》さんも、また長男《ちょうなん》の息子《むすこ》も、商売《しょうばい》の用《よう》で遠方《えんぽう》へ出《で》かけて、留守《るす》でありました。旅《たび》に出《で》てからいく日《にち》もたよりがないといって、留守《るす》の人《ひと》たちはたいそう心配《しんぱい》しておりました。殊《こと》に出《で》かけた先《さき》に、わるい病気《びょうき》がはやっているといううわさがありますので、よけい気《き》をもんでおりました。

すると、ある朝《あさ》、門口《かどぐち》に郵便配達《ゆうびんはいたつ》の声《こえ》がきこえて、久《ひさ》しぶりで、旅先《たびさき》からたよりがありました。家《うち》には誰《だれ》も字《じ》の読《よ》める者《もの》がありませんでしたから、まず読《よ》めそうに見《み》えるお婿《むこ》さんのところへ、手紙《てがみ》をもって来《き》ました。

お婿《むこ》さんは手紙《てがみ》を開《ひら》いてみて、中《なか》の字《じ》に眼《め》を通《とお》すか通《とお》さないかに、急《きゅう》にオイオイと泣《な》きだしました。それを見《み》た家《うち》の人《ひと》たちは、きっと主人《しゅじん》たちの身《み》の上《うえ》に、何《なに》か悪《わる》いことがおこって、その知《し》らせがあったにちがいないと考《かんが》えて、たちまち家《うち》じゅうの者《もの》が泣《な》き出《だ》しました。

この騒《さわ》ぎを聴《き》きつけて、近所《きんじょ》の人《ひと》たちが、何事《なにごと》がおこったのかと、集《あつ》まって来《き》ましたが、そのうち一人《ひとり》が、騒《さわ》ぎの原因《げんいん》をたしかめるために、お婿《むこ》さんの手《て》から手紙《てがみ》をとって、中《なか》を読《よ》んでみました。ところが、それには、旅先《たびさき》でみな無事《ぶじ》だということと、商売《しょうばい》がうまいぐあいに行《い》ったということ、および近《ちか》いうちには帰《かえ》られるだろうということが書《か》いてあるだけで、何《なに》も悲《かな》しむべきことは、一《ひと》つも書《か》いてありませんでした。

そこで、その事《こと》を家《うち》の者《もの》たちに話《はな》しましたので、家《うち》の者《もの》たちはやっと安心《あんしん》し、それをまだ悲《かな》しがって泣《な》きつづけているお婿《むこ》さんに告《つ》げました。ところが、お婿《むこ》さんは他《ほか》の者《もの》がなんといってきかせても承知《しょうち》しないで、手紙《てがみ》の書《か》きだしに「ア」と書《か》いてあるのを指《ゆび》さし、

「ああ、おまえは、こんなになってしまったのか。可哀《かわい》そうに、滋養《じょう》もろくろくとらせられなかったため、こんな風《ふう》に小《ちい》

さくなってしまったのだろう。わしが学校《がっこう》ではじめておまえにあった時《とき》には、黒板《こくばん》や石盤《せきばん》に大《おお》きく書《か》いてあったものだが、こんなハエほどの小《ちい》ささになるまで虐待《ぎゃくたい》されるなんて、なんということだろう。」

と、泣《な》き声《ごえ》を出《だ》して叫《さけ》びました。

これで、お婿《むこ》さんがろくに字《じ》を知《し》らないため、子供《こども》の時分《じぶん》に黒板《こくばん》や石盤《せきばん》に書《か》いた字《じ》よりも小《ちい》さいこの手紙《てがみ》の字《じ》を見《み》て、育《そだ》て方《かた》が悪《わる》いために小《ちい》さくなったのだと考《かんが》えたとわかりました。

बहिरा पति

会話《かいわ》を考《かんが》えて行《い》った耳《みみ》の悪《わる》い婿《むこ》さん　Chapter 5-6

お婿《むこ》さんが耳《みみ》が悪《わる》くなってから、まだ一度《いちど》もお嫁《よめ》さんの里《さと》へ行《い》ったことがありませんでした。それで、今度《こんど》お嫁《よめ》さんのお父《とう》さんが病気《びょうき》で寝《ね》ているからお見舞《みま》いに行《い》こうとおもいましたが、耳《みみ》の悪《わる》いことは知《し》られたくありませんでした。そこで、いろいろ考《かんが》えた末《すえ》、よいことをおもいつきました。それは、お舅《しゅうと》さんにあった時《とき》に、こちらからたずねる言葉《ことば》と、それに対《たい》して向《む》こうから答《こた》えそうな返事《へんじ》とを、前《まえ》もって考《かんが》えて、話《はなし》の順序《じゅんじょ》を立《た》てておくことでありました。

「まず、お父《とう》さんにあったら、最初《さいしょ》に、ご病気《びょうき》はいかがですかとたずねよう。そうすればきっと、少《すこ》しはよい方《ほう》だというにちがいないから、それは結構《けっこう》でございますといおう。それから次《つぎ》に、薬《くすり》は何《なに》を召《め》しあがっておいでですかと、たずねよう。それに対《たい》して、何々《なになに》の薬《くすり》を飲《の》んでいると答《こた》えるにちがいないから、それは何《なに》よりよい薬《くすり》でございますといおう。そして最後《さいご》に、お医者《いしゃ》さまはどなたにおかかりですかと、たずねよう。お父《とう》さんは、誰々《だれだれ》にかかっていると、答《こた》えるにちがいないから、そうしたら、あの方《かた》なら申《もう》し分《ぶん》はありませんといおう。」

お婿《むこ》さんは、こういって、ひとりでお腹《なか》のなかで、会話《かいわ》の手順《てじゅん》をこしらえあげてみました。しかし、物《もの》ごとはじぶんひとりできめたとおりに、よいぐあいにはこぶものではなく、時《とき》には意外《いがい》な結果《けっか》になることがあるということを、考《かんが》えに入《い》れませんでした。

さて、お婿《むこ》さんはお舅《しゅうと》さんをたずねて、

「ご病気《びょうき》はいかがですか?」

と、第一《だいいち》に質問《しつもん》を発《はっ》しました。それに対《たい》して、老人《ろうじん》は近頃《ちかごろ》とても気《き》むつかしくなっていましたから、うるさそうに、

「もう永《なが》いことはあるまいよ。」

と、返事《へんじ》しました。

お婿《むこ》さんには、むろんなんといったか言葉《ことば》がきこえませんから、たぶんだんだんよいと答《こた》えたのだろうと想像《そうぞう》して、

「それは何《なに》より結構《けっこう》でございます。」

といいました。

病人《びょうにん》はそれを聴《き》くと、腹《はら》にすえかねたほど怒《おこ》りましたが、お婿《むこ》さんはそれに気《き》がつかず、なおも、

「薬《くすり》は何《なに》をあがっていらっしゃいますか?」

と、たずねました。

腹《はら》を立《た》てている病人《びょうにん》は、

「煉瓦《れんが》のかけらを飲《の》んでいますよ。」

と、突《つ》っけんどんに答《こた》えました。

「へえ、さようでございますか。それはよいものをあがっていらっしゃいます。このご病気《びょうき》には、あれほどよくきく薬《くすり》は他《ほか》にございません。」

お婿《むこ》さんがさもさも感心《かんしん》したような顔《かお》つきで、こういいましたから、病人《びょうにん》はもう我慢《がまん》ができなくなりました。けれど、お婿《むこ》さんは平気《へいき》で、もう一《ひと》つ残《のこ》った問題《もんだい》を持《も》ちだしました。

「お医者《いしゃ》さんはどなたにおかかりでございますか？」

ところが、それに対《たい》して病人《びょうにん》は、

「死《し》の神《かみ》のヤマ（日本《にっぽん》でいえば閻魔《えんま》）に、すっかりまかしてありますよ。」

と、答《こた》えました。

すると、お婿《むこ》さんは、

「いや、それは実《じつ》によい方《かた》にお願《ねが》いしましたな。あの方《かた》におまかせしてあれば、きっとよいようになりますよ。」

と、うれしそうにいいましたので、さすがの病人《びょうにん》もとうとうたまりかね、かんしゃく玉《だま》を破裂《はれつ》させて、立《た》ちあがりざま、お婿《むこ》さんを梯子《はしご》だんから下《した》へ、蹴《け》おとしました。

पति जो एक पगड़ी उधार ली थी
頭巾《ずきん》を借《か》りたお婿《むこ》さん　Chapter 5-7

お婿《むこ》さんが結婚後初《けっこんごはじ》めて、ポンガル（Pongal）のお祭《まつ》りに、お嫁《よめ》さんの里《さと》へよばれてゆくことになりましたので、少《すこ》しお馬鹿《ばか》な人間《にんげん》を、付《つ》き添《そ》い人《にん》にえらびました。ところが、それに被《かぶ》ってゆく気《き》のきいた頭巾《ずきん》がありませんでしたから、一時《いちじ》隣《とな》り村《むら》の洗濯夫《せんたくふ》から借《か》りました。けれど、頭巾《ずきん》を借《か》りたことが、このお馬鹿《ばか》な友《とも》だちからあらわれては困《こま》るとおもいました。それで前《まえ》もって友《とも》だちに、先方《せんぽう》へ行《い》ったら、決《けっ》して誰《だれ》にもそれをもらさないようにと、よくいいきかせておきました。

ところが、その事《こと》を何度《なんど》も何度《なんど》も、くりかえして注意《ちゅうい》したために、かえってそれが友《とも》だちの頭《あたま》にこびりつき、先方《せんぽう》へ行《い》ってから、お婿《むこ》さんの家《うち》の話《はなし》が出《で》るたびに、友《とも》だちは他《ほか》のことは答《こた》えずに、ただただ、

「この人《ひと》の頭巾《ずきん》は、たしかにじぶんの物《もの》で、決《けっ》して人《ひと》から借《か》りたのではありません。」

とばかり、いいました。いやそればかりか、時《とき》をえらばず、折《お》りさえあれば、その言葉《ことば》をくりかえしましたから、とうとう家《うち》の人《ひと》たちは、お婿《むこ》さんの頭巾《ずきん》が実《じっ》は借《か》り物《もの》だということを、察《さっ》しました。そしてお婿《むこ》さんはすっかり面目《めんもく》をつぶして、

家《うち》へ帰《かえ》りました。

ਹਾਂ ਆਪ ਸਹੀ ਹੈ

「たしかにそう」　Chapter 5-8

ある手品師《てじなし》が一羽《いちわ》のオウムを持《も》って、旅《たび》から旅《たび》を、かせぎ歩《ある》いておりました。この手品師《てじなし》は、オウムに「たしかにそう」という言葉《ことば》を覚《おぼ》えさせて、なにか話《はな》しかければ、それに対《たい》して、必《かなら》ず、「たしかにそう」と、返事《へんじ》させるよう、教《おし》えこんでおきました。そして、どこかこれはとおもう場所《ばしょ》に、あらかじめこっそり、お金《かね》をうずめておき、後《あと》でそこへ大勢《おおぜい》の見物人《けんぶつにん》をあつめ、皆《みな》の見《み》ている前《まえ》で、オウムにむかい、

Chapter 5

「この辺《へん》に、お金《かね》が隠《かく》してあるだろうか？」

とたずね、オウムが、

「たしかにそう。」

と答《こた》えると、そこを掘《ほ》ってお金《かね》を取《と》りだし、いかにもオウムの占《うらな》いがあたったという風《ふう》に見《み》せかけ、見物人《けんぶつにん》を感心《かんしん》させておりました。

「どうです。このオウムは、こんな不思議《ふしぎ》な力《ちから》をもっているので、このオウムさえあれば百万二百万《ひゃくまんにひゃくまん》の金持《かねも》ちになることは、わけのないことです。」

手品師《てじなし》は、見物人《けんぶつにん》のうらやましそうな顔《かお》つきを見《み》て、たきつけるような調子《ちょうし》で、こういいました。こんな見《み》えすいた詐欺《さぎ》にも、わけなく引《ひ》っかかる者《もの》が少《すく》なくないと見《み》えて、みなぽかんと口《くち》を開《あ》けて、感心《かんしん》してました。そのうちにも一人《ひとり》、熱心《ねっしん》に鳥《とり》をながめて、一《ひと》つこの不思議《ふしぎ》な鳥《とり》をじぶんのものにして、大金持《おおがねも》ちになりたいと、考《かんが》えた男《おとこ》がありました。

そしてその男《おとこ》はとうとう莫大《ばくだい》なお金《かね》を払《はら》い、その鳥《とり》を買《か》いうけて、大得意《だいとくい》で帰《かえ》ってゆきました。

この馬鹿者《ばかもの》は、家《うち》に帰《かえ》るが早《はや》いか、早速見《さっそくみ》て来《き》たとおりの方法《ほうほう》で、鳥《とり》をためしてみました。鳥《とり》は、前《まえ》から教《おし》えられてあるとおり、人《ひと》に話《はな》しかけられると、

「たしかにそう。」

と答《こた》えました。そこで、馬鹿者《ばかもの》はすぐとそこの地《じ》めんを掘《ほ》ってみました。しかし、どこからも宝物《たからもの》らしい物《もの》は出《で》てきませんでした。何度《なんど》も何度《なんど》もやってみましたが、やはり同《おな》じことでありました。とうとう彼《かれ》は手品師《てじなし》にだまされたのだということがわかって、失望《しつぼう》のあまり、

「こんな見《み》えすいた詐欺《さぎ》にかかるなんて、ほんとにおれは馬鹿者《ばかもの》だ！」

と、どなりたてますと、すぐにオウムは、

「たしかにそう。」

と、返事《へんじ》をしました。まったく、今度《こんど》くらいオウムの言葉《ことば》があたったことは、今《いま》までにありませんでした。

जादू करके चोर को पकड़ो
おまじないで泥棒《どろぼう》を捕《とら》える話《はなし》 Chapter 5-9

ある家《いえ》の主人《しゅじん》が、夜《よる》になって寝《ね》ようとすると、天井《てんじょう》に一人《ひとり》の泥棒《どろぼう》がかくれているのに、気《き》づきました。

そこで主人《しゅじん》は考《かんが》えまして、長持《ながもち》の錠《じょう》がみんなおりているかどうか、しらべるふりをして、一《ひと》つ一《ひと》つ長持《ながもち》を見《み》て歩《ある》き

ました。そのうちだしぬけに、ひどい叫《さけ》び声《ごえ》をあげて、手《て》を引《ひ》っこませ、

「痛《いた》い、痛《いた》い、痛《いた》い！　サソリに刺《さ》された！」

といって、とても痛《いた》そうにわめきたてましたので、隣《とな》りの人《ひと》がやって来《き》ました。この人《ひと》は、サソリに刺《さ》されたのを癒《なお》すよいおまじないを知《し》っていて、樗《おうち》の樹《き》の枝《えだ》を束《たば》にしたものを、傷《きず》のうえでふりまわしふりまわし、ながいこと、おまじないをしてくれました。

しばらくたって、痛《いた》みが止《と》まりましたかと、隣《とな》りの人《ひと》がたずねますと、そこの家《いえ》の主人《しゅじん》は、

「おかげさまで、腕《うで》を刺《さ》されたサソリの毒《どく》はとれましたが、天井《てんじょう》の梁《はり》に、窮屈《きゅうくつ》そうにへばりついている変《へん》な男《おとこ》は、まだとれません。」

と、答《こた》えました。

隣《とな》りの人《ひと》が、天井《てんじょう》を見《み》あげると、そこに泥棒《どろぼう》がいましたので、すぐと手《て》つだって、その泥棒《どろぼう》をつかまえました。

एक पागलपन का नाटक करके चोर को पकड़ा
お馬鹿《ばか》をまねて泥棒《どろぼう》を捕《とら》える話《はなし》 Chapter 5-10

ある晩《ばん》、一人《ひとり》の泥棒《どろぼう》が、商人《しょうにん》の家《うち》の豆小屋《まめごや》の中《なか》に、かくれていました。商人《しょうにん》は、食後《しょくご》手《て》と口《くち》を洗《あら》いに中庭《なかにわ》に出《で》た時《とき》、それをかぎつけましたが、手近《てぢか》に手《て》を貸《か》してもらうような者《もの》がいませんでしたから、うっかり声《こえ》をたててはいけないと考《かんが》え、気《き》づかぬふりをして、おかみさんに水《みず》を一《いっ》ぱい持《も》って来《こ》させました。

おかみさんが水《みず》を持《も》って来《く》ると、彼《かれ》はそれで口《くち》をすすぎ、ガラガラいわせては、何《なん》べんも何《なん》べんも、泥棒《どろぼう》のかくれている方《ほう》を目《め》がけて、水《みず》を吐《は》きかけました。壺《つぼ》の水《みず》がなくなると、もう一杯《いっぱい》水《みず》を、おかみさんに持《も》って来《こ》させました。そしてまた同《おな》じことをし、その水《みず》もなくなると、三杯四杯《さんばいよんはい》と、水《みず》をかえました。おかみさんは、妙《みょう》なことをするとおもって、

「なぜそんなことばかり、しているのですか？」

と、たずねました。それでもまだ、ご亭主《ていしゅ》が同《おな》じことをいっているものですから、とうとうおかみさんは、ご亭主《ていしゅ》がお馬鹿《ばか》になったのだと、おもいこみました。近所《きんじょ》の人《ひと》たちを呼《よ》びに行《い》って、どうか家《うち》の人《ひと》の気《き》をしずめて下《くだ》さいといいました。

近所《きんじょ》の人《ひと》たちがやって来《き》て、なぜそんな馬鹿《ばか》なまねをしているのかと、主人《しゅじん》にたずねますと、似《に》せお馬鹿《ばか》は、みんなに

むかい、

「まあ、ご近所《きんじょ》の方々《かたがた》、どうぞ聴《き》いてください。こういうわけなんですよ。私《わたし》は、この女房《にょうぼう》が五《いっ》つになる時結婚《ときけっこん》しまして、それ着物《きもの》だ、それ宝石《ほうせき》だと、ほしい物《もの》は何《なん》でも買《か》ってやって来《き》ましたのに、たった一口《ひとくち》の水《みず》を吐《は》きかけられたからといって、腹《はら》にすえかねて、それを私《わたし》がお馬鹿《ばか》になったせいでもあるようにいいふらし、みなさんにお手数《てすう》をかけるなんて、けしからんことです。それに引《ひ》きかえ、あすこの豆小屋《まめこや》のうしろにかくれている、辛抱《しんぼう》づよい方《かた》を、ちょっとまあご覧《らん》ください。何一《なにひと》つ、私《わたし》の世話《せわ》になったというわけではないのに、大《おお》きな壺《つぼ》に入《い》れた四杯《よんはい》の水《みず》を、ガアガア私《わたし》に吐《は》きかけられながら、じっとその場所《ばしょ》にがまんをして、動《うご》かないでいるなんて、感心《かんしん》じゃありませんか。私《わたし》の申《もう》すことが、少《すこ》しでも疑《うたが》わしいとおもうなら、どうぞあの方《かた》にきいてください。」

と、いいました。

近所《きんじょ》の人《ひと》たちが、主人《しゅじん》の指《ゆび》す方《ほう》をふりむきますと、そこには、ずぶぬれになって、みじめなようすをした泥棒《どろぼう》がおりました。人々《ひとびと》は、すぐに、これは主人《しゅじん》がわざとお馬鹿《ばか》をよそおって、人《ひと》の助《たす》けをよび、泥棒《どろぼう》をつかまえようとたくらんだのだと、分《わ》かりまして、みなで力《ちから》をあわせ、泥棒《どろぼう》を捕《つか》まえました。

अचानक से दोस्ती के बारे में बात करना शुरू कर देना
突然友情《とつぜんゆうじょう》のことをいいだす　Chapter 5-11

ある小商人《こあきんど》が、夜《よる》、店《みせ》をしめようとして、その日《ひ》の売上高《うりあげだか》を勘定《かんじょう》していると、そこへ友《とも》だちが話《はな》しこみに入《はい》りこんで来《き》

ました。主人《しゅじん》はしかたなしに、相手《あいて》になって話《はなし》をしていまし
たが、にわかに強《つよ》い風《かぜ》が吹《ふ》いてきて、灯《あか》りを吹《ふ》き消《け》しました。
すると、彼《かれ》は急《きゅう》に、友《とも》だちが暗《くら》いのを幸《さいわ》いに、金《かね》をぬすみは
すまいかと心配《しんぱい》になりだしました。そして、やにわに両手《りょうて》で
友《とも》だちをおさえつけ、
「ね、おまえさんとは、子供《こども》の時《とき》から仲《なか》がよかったのだね。
これからも死《し》ぬまで、親《した》しくしてくれるんだろうね。」
と、おもいがけないことをくどくどしゃべりだしました。
「今《いま》すぐ灯《あか》りが来《く》るからね。」
といいながら、おかみさんに、早《はや》く灯《あか》りをもって来《こ》いと、
どなる一方《いっぽう》、友《とも》だちの両腕《りょううで》をしっかりつかんで動《うご》かさず、
「おたがいに親友《しんゆう》だということを、誓《ちか》ってくれるだろうね。」
と、灯《あか》りの来《く》るまでその手《て》を放《はな》しませんでした。
友《とも》だちは、なぜ主人《しゅじん》が突然《とつぜん》そんなことをいいだしたかわか

らないで、妙《みょう》におもいながらも、いわれるままに、

「むろん誓《ちか》うとも、誓《ちか》って親友《しんゆう》だよ。」

と、相手《あいて》の手《て》をにぎって振《ふ》りながら、誓《ちか》いました。

एक आँख मारने से मर गया

瞬《まばた》きして命《いのち》を失《な》くしかける　Chapter 5-12

金貸《かねか》しを商売《しょうばい》にしている、なまけ者《もの》の青年《せいねん》がありました。この男《おとこ》は、じぶんの顔《かお》の少《すこ》しきれいなのがじまんで、ことに女《おんな》のまえでは、そう思《おも》って気《き》どっていました。ある時《とき》、王《おう》さまの御殿《ごてん》のまえを、ぶらぶら歩《ある》いていますと、お妃《きさき》が、往来《おうらい》に面《めん》した窓《まど》ごしに、じっとこちらを、ながめておられるのを

見《み》つけました。今《いま》もいったとおり、この青年《せいねん》は、うぬぼれの強《つよ》い男《おとこ》でしたから、お妃《きさき》がじぶんを見《み》ていらっしゃるのだと勘《かん》ちがいをし、おそれおおくも、お妃《きさき》にむかって、じろり横目《よこめ》をつかって、まばたきをして見《み》せました。

お妃《きさき》は、それに気《き》がついて、青年《せいねん》の無礼《ぶれい》をたいそうお怒《いか》りになりました。それで夜王《よるおう》さまにそのことを物語《ものがた》り、

「明日《あした》、町《まち》じゅうの金貸《かねか》しを、御殿《ごてん》にお呼《よ》びだしくださいまし。無礼《ぶれい》をはたらいた男《おとこ》を、すぐ見《み》つけだしとうございますから。」

と、申《もう》しあげました。王《おう》さまは早速《さっそく》町《まち》じゅうにおふれを出《だ》して、金貸《かねか》しを商売《しょうばい》にしている者《もの》で男《おとこ》の大人《おとな》は、午後三時《ごごさんじ》までに、残《のこ》らず王宮《おうきゅう》の門前《もんぜん》にあつまるよう、きっと厳《きび》しい刑罰《けいばつ》を加《くわ》えてやるからと、命《めい》じました。

このおふれを聴《き》いた金貸《かねか》し仲間《なかま》の者《もの》は、こっそり寄《よ》りあい

をして、誰《だれ》が王《おう》さまをそのように怒《おこ》らせたのだろうと、いろいろしらべました。そしてそのあげく、うぬぼれ男《おとこ》が、前《まえ》の日《ひ》の夕方《ゆうがた》、お妃《きさき》に目《め》くばせをしたのだということを知《し》って、みなびっくりいたしました。そこで、この問題《もんだい》についてとくと評議《ひょうぎ》しましたが、この青年《せいねん》の命《いのち》を救《すく》う道《みち》は、王《おう》さまの御前《ごぜん》に出《で》て、無事《ぶじ》に帰《かえ》されるまで、青年《せいねん》に、絶《た》えずパチパチとまばたきをさせておくより外《ほか》はないということになりました。

さて、一同御殿《いちどうごてん》に出《で》ますと、お妃《きさき》は、すぐと青年《せいねん》を見《み》つけて、あの男《おとこ》こそ、じぶんに無礼《ぶれい》をはたらいた者《もの》だと、指《ゆび》さしをされました。王《おう》さまは、彼《かれ》をそば近《ちか》く呼《よ》びつけて、前《まえ》の日《ひ》の夕方《ゆうがた》、なぜあのような無礼《ぶれい》なことをしたかと、きびしくたずねました。ところが、青年《せいねん》はいかにも腑《ふ》におちないという顔《かお》つきをして、ただしきりなしに、まばたきばかりしておりました。王《おう》さまが、集《あつ》まった金貸《かねか》したちの方《ほう》をむいて、この

青年《せいねん》のふしぎなまばたきはどうしたことかと、おたずねになりますと、一同《いちどう》はうやうやしく、

「この男《おとこ》は、時《とき》おりまばたきをする病《やまい》がありまして、一度《いちど》発作《ほっさ》がおきると、少《すく》なくも三日間《みっかかん》くらいそれが止《と》まりません。」

と、申《もう》しあげました。

これは、王《おう》さまをだますのに充分《じゅうぶん》でありました。そして、そのおかげで馬鹿者《ばかもの》の青年《せいねん》は、危《あやう》く命《いのち》を失《うしな》いかけるところを、無事《ぶじ》に助《たす》かりました。

बहुत ज्यादा सावधान रहना

用心《ようじん》がもとであらわれる　Chapter 5-13

泥棒《どろぼう》が警官《けいかん》につけられて、つかまりそうになりましたから、「嵐《あらし》の時《とき》にはどこの港《みなと》へでも」ということわざがあるからと思《おも》って、じぶんの家《うち》の穀倉《こくぐら》にかくれました。かくれる前《まえ》に、六《むっ》つばかりになるじぶんの子供《こども》に、もし誰《だれ》かやって来《き》て、お父《とう》さんはどこにいるかと聴《き》いても、決《けっ》して隠《かく》れ場所《ばしょ》を教《おし》えてはいけないよと、かたくいいきかせました。子供《こども》は、承知《しょうち》したとうなずきました。

お父《とう》さんがかくれるか、かくれないに、そこへ警官《けいかん》たちがあらわれて、

「お父《とう》ちゃんはいるかい？」

と、たずねました。

「ううん、」と、たのもしい子供《こども》は答《こた》えました。

「お父《とう》ちゃんはね、穀倉《こくぐら》にかくれていないよ。うそだとおもったら、見《み》てごらん。」

返事《へんじ》がおかしいので、警官《けいかん》はあやしんで、穀倉《こくぐら》をさがしたところ、犯人《はんにん》は穀物《こくもつ》の底《そこ》の方《ほう》に、もぐりこんでおりました。

युद्ध की आख्या
戦《たたか》いの報告《ほうこく》 Chapter 5-14

敵軍《てきぐん》が、こちらの都《みやこ》をさして進撃《しんげき》して来《く》るという知《し》らせをうけて、王《おう》さまは総大将《そうたいしょう》をおやりになり、敵《てき》が市《まち》に近《ちか》づかぬうち、これを追《お》い散《ち》らさせようとしました。

ところが、ここに王《おう》さまの軍隊《ぐんたい》について行《い》って、さまざまの品物《しなもの》を商《あきな》い、それで莫大《ばくだい》な利益《りえき》を得《え》ていた旅商人《たびあきんど》がありました、味方《みかた》が敵軍《てきぐん》に打《う》ち負《ま》かされ、さんざんになって逃《に》げかえって来《く》るのを見《み》ると、じぶんも足《あし》のつづくかぎり走《はし》って、町《まち》の方《ほう》へ逃《に》げて来《き》ました。

その時《とき》、王《おう》さまは御殿《ごてん》のバルコニーにお出《で》ましになって、誰《だれ》かが、戦場《せんじょう》からの知《し》らせをもって来《き》はせぬかと、見張《みは》っておりました。そこへ旅商人《たびあきんど》が急《いそ》いで走《はし》って来《き》ましたので、そば近《ちか》く呼《よ》びよせ、戦《たたか》いの様子《ようす》はどうであるかと、たずねました。

「我《わ》が軍《ぐん》は、陛下《へいか》よ、勝利《しょうり》でございます。」

敗北《はいぼく》のいやな知《し》らせをしたくないばかりに、商人《あきんど》はついこういってしまいました。けれど、その後《あと》でこまかに戦争《せんそう》の様子《ようす》を説明《せつめい》しなければならなくなりましたので、次《つぎ》のような実《じつ》にうまい返事《へんじ》をしました。

「敵軍《てきぐん》は、我《わ》が兵《へい》に追《お》いつこうと、全力《ぜんりょく》を出《だ》しておりましたが、我《わ》が兵《へい》の方《ほう》が勝《か》ちぬいておりまして、距離《きょり》がだんだん離《はな》れるばかりでございます。それゆえ、競争《きょうそう》はたしかに味方《みかた》の勝《か》ちでございます。」

王《おう》さまは、味方《みかた》の敗北《はいぼく》に気《き》をもみながらも、この男《おとこ》のとんちには感服《かんぷく》せずにはいられませんでした。


Oh! Oh!

おのれに出《い》でておのれに返《かえ》る　Chapter 5-15

わずかばかりの財産《ざいさん》で、小《ちい》さな商売《しょうばい》を営《いとな》んでいた市場《しじょう》商人《しょうにん》が、一《ひと》つ大《おお》いに資本《しほん》をふやして、店《みせ》を大《おお》きくしたいと考《かんが》え、十人《じゅうにん》の人《ひと》から千円《せんえん》の金《かね》を借《か》りました。ところが、後《あと》になって、このお金《かね》で店《みせ》を大《おお》きくするよりは、お金《かね》を借《か》り倒《たお》した方《ほう》が、金持《かねも》ちになる早道《はやみち》だと気《き》がつきました。

ですから、彼《かれ》は財産《ざいさん》を全部《ぜんぶ》かくしておいて、強盗《ごうとう》に入《はい》られたから、今《いま》は一文《いちもん》なしになったという風《ふう》に、いいふらしました。

ところが、ここに貸《か》し手《て》のうちでも、もっとも頑固《がんこ》で、ぬけめがなく、向《む》こう見《み》ずの男《おとこ》がありまして、この強盗《ごうとう》の噂《うわさ》を少《すこ》しも信用《しんよう》せず、何《なん》とかして貸金《かしきん》を取《と》りかえそうと考《かんが》え、いかにもなれなれしく、彼《かれ》の家《うち》を訪《たず》ねました。そしてじぶんの貸《か》した金《かね》だけ返《かえ》してくれるなら、うまくほかの者《もの》の借金《しゃっきん》を踏《ふ》みたおすことのできる方法《ほうほう》を、教《おし》えようといいだしました。

それをきいて、相手《あいて》は非常《ひじょう》に喜《よろこ》んで承諾《しょうだく》しましたので、

「それではお馬鹿《ばか》のまねをして、他《ほか》の貸《か》し手《て》がやって来《き》たら、何《なん》といわれても、ただ笑《わら》っては、『ベイ！　ベイ！』とどなっていなさい。」

と、教《おし》えてやりました。

借《か》り手《て》の商人《しょうにん》は、これはうまい方法《ほうほう》だと思《おも》いました。そしてむやみやたらとその手《て》をやって成功《せいこう》しました。あげくの果《は》ては、そのやり方《かた》を教《おし》えてくれた貸《か》し手《て》にまでやりました。彼《かれ》が訪《たず》ねて来《く》ると、眼《め》を見《み》はって、お馬鹿《ばか》じみた笑《わら》い方《かた》をし、その後《あと》で「ベイ！　ベイ！」と、なんとも意味《いみ》のわからない叫《さけ》び声《ごえ》をだしました。

相手《あいて》はびっくりして、

「おいおい、ベイベイというのは、他《ほか》の者《もの》にやることだよ。それを教《おし》えた本人《ほんにん》にやるということがあるかい。」

といいましたが、

「教《おし》えようが教《おし》えまいが、とにかくベイベイだよ。ベイベイ！ベイベイ！」

といって、どうしても相手《あいて》になりませんでした。

ईमानदार चोर और बेईमान मंत्री
正直《しょうじき》な泥棒《どろぼう》と不正直《ふしょうじき》な大臣《だいじん》　Chapter 5-16

あらゆる悪《わる》いことをしつくした泥棒《どろぼう》が、坊《ぼう》さんのところへ行《い》って、解脱《げだつ》をもとめました。坊《ぼう》さんが、悪《わる》いことをぷっつりやめなさいと申《もう》しますと、泥棒《どろぼう》は、それはできませんといいました。それでは、せめて嘘《うそ》をつくことだけはやめなさいと、坊《ぼう》さんが申《もう》しましたので、泥棒《どろぼう》は承知《しょうち》しました。

その晩《ばん》、泥棒《どろぼう》は王《おう》さまの御殿《ごてん》にしのびこみました。王《おう》さまがおしのびの姿《すがた》で、庭《にわ》を歩《ある》いていると、泥棒《どろぼう》に出《で》あいましたので、どこへ行《ゆ》くのかとたずねました。泥棒《どろぼう》は、

「これから王《おう》さまの御殿《ごてん》に、泥棒《どろぼう》しに入《はい》るので、誓《ちか》って嘘《うそ》ではありません。」

と、答《こた》えました。

「それでは、わしもつれて行《い》ってくれぬか。手《て》つだってやるから。」

と、王《おう》さまがおっしゃると、泥棒《どろぼう》は承諾《しょうだく》しました。

王宮《おうきゅう》の前《まえ》に来《く》ると、泥棒《どろぼう》は王《おう》さまを外《そと》に立《た》たせておいて、見張《みは》り番《ばん》をさせ、じぶんだけ中《なか》に入《はい》りました。王《おう》さまの机《つくえ》の上《うえ》を見《み》ると、立派《りっぱ》なルビーが三《みっ》つおいてありましたが、泥棒《どろぼう》は、これを二人《ふたり》で分《わ》けるのには、数《かず》が半端《はんぱ》だとおもいましたから、二《ふた》つだけとって、あとの一《ひと》つは残《のこ》しておきました。そ

して外《そと》へ出《で》て来《き》て、その一《ひと》つを王《おう》さまに分《わ》けてやり、一《ひと》つをじぶんでとりました。

王《おう》さまは、後《あと》でごじぶんの部屋《へや》に入《はい》ってみると、机《つくえ》の上《うえ》に、ルビーが一《ひと》つ残《のこ》してあるのを見《み》つけました。翌朝《よくあさ》、王《おう》さまは大臣《だいじん》を招《まね》いて、昨夜《ゆうべ》御殿《ごてん》に泥棒《どろぼう》が入《はい》ったから、何《なに》か失《な》くなったものはないか、しらべてくれと申《もう》しました。

大臣《だいじん》が、王《おう》さまのお部屋《へや》をしらべると、ルビーが一《ひと》つおいてありましたから、それをじぶんのかくしにしまいこみ、王《おう》さまには、机《つくえ》の上《うえ》にあったルビーを、全部泥棒《ぜんぶどろぼう》に盗《ぬす》まれましたと、報告《ほうこく》しました。

王《おう》さまはその言葉《ことば》をきいて、泥棒《どろぼう》の方《ほう》が大臣《だいじん》よりも正直《しょうじき》だとおっしゃって、大臣《だいじん》を追《お》いだし、泥棒《どろぼう》の正直《しょうじき》をほめて、褒美《ほうび》をおやりになりました。

चोटा ब्राह्मण जो एक नाव को उलटया

船《ふね》をひっくりかえした小坊主《こぼうず》　Chapter 5-17

国道《こくどう》を横《よこ》ぎって、一《ひと》つの深《ふか》い河《かわ》が流《なが》れていまして、そこを渡《わた》るのには、渡船《わたしぶね》に乗《の》らなければなりませんでした。ある日《ひ》のこと、船《ふね》がお客《きゃく》をいっぱい乗《の》せて、岸《きし》をはなれようとしているところへ、売《う》り物《もの》の箒《ほうき》の束《たば》をかついだ女《おんな》と、毒蛇《どくじゃ》を箱《はこ》に入《い》れた蛇使《へびつか》いと猿《さる》をつれた猿《さる》まわしとが来《き》て、乗《の》りこみました。すると、またじきに後《あと》から小坊主《こぼうず》がやって来《き》て、ぜひじぶんも乗《の》せてくれと、頼《たの》みました。

船《ふね》のお客《きゃく》たちは、この小坊主《こぼうず》がいたずらっ子《こ》だということを知《し》っていましたから、それを乗《の》せることはあくまで反対《はんたい》しましたけれど、欲張《よくば》りの船頭《せんどう》は、とうとう乗《の》せてしまいました。その代《か》わり、いたずらをさせないようにと、小坊主《こぼうず》の手《て》と足《あし》とを、しっかりしばっておきました。

しかし船《ふね》が中流《ちゅうりゅう》に出《で》ると、小坊主《こぼうず》はもうがまんができなくなりました。そこで、蒂《ほうき》の束《たば》のなかから、蒂《ほうき》を二《に》、三本《さんぼん》、歯《は》でくわえだし、それでもって、猿《さる》を突《つ》つきました。猿《さる》がとびあがって、蛇《へび》の入《はい》っている箱《はこ》の上《うえ》にかけあがると、蓋《ふた》が飛《と》んで、中《なか》に眠《ねむ》っていた蛇《へび》がびっくりして、首《くび》をニュッともたげ、おどかすようなようすをしました。蛇《へび》の一番近《いちばんちか》くにいた人《ひと》たちは、肝《きも》をつぶして、蛇《へび》に噛《か》みつかれまいと、いっしょになって船《ふね》の反対《はんたい》がわの方《ほう》によりました。そのために、船《ふね》は平均《へいきん》を失《うしな》って、にわかにひっくりかえり、乗客《じょうきゃく》は一人《ひとり》のこらずおぼれました。「たった一人《ひとり》の小坊主《こぼうず》のいたずらは、百匹《ひゃっぴき》の猿《さる》のいたずらに匹敵《ひってき》する」ということわざがありますが、ちょうどこれがそうであります。

एक गार्ड कुत्ता जो छाल नहीं करता था और गधा

ほえなかった番犬《ばんけん》とロバ　Chapter 5-18

ある田舎《いなか》の洗濯屋《せんたくや》が、一頭《いっとう》のロバと一匹《いっぴき》の番犬《ばんけん》を飼《か》っておりました。ある晩《ばん》のこと、大勢《おおぜい》の泥棒《どろぼう》が入《はい》って来《き》ましたけれど、いつも人《ひと》を見《み》るとほえて、ご主人《しゅじん》の目《め》をさまさせる犬《いぬ》が、今夜《こんや》にかぎって黙《だま》っておりました。

ロバが、なんで黙《だま》っているのかと注意《ちゅうい》しますと、犬《いぬ》は、今《いま》まで再三《さいさん》ほえて、物《もの》を盗《ぬす》まれないようにしてあげたのに、ご主人《しゅじん》はちっともじぶんの忠義《ちゅうぎ》をみとめてくれず、あたりまえのことのように思《おも》っているからだといって、

「今日《きょう》は、泥棒《どろぼう》のするようにさせておこう。おれはもう、声《こえ》をだして知《し》らせなんかしないぞ。」

と、叫《さけ》びました。

ロバは、犬《いぬ》よりもやさしい心《こころ》をもっていましたから、それではじぶんが犬《いぬ》のかわりになってやろうと考《かんが》え、声《こえ》をあげて鳴《な》きました。その声《こえ》で、ご主人《しゅじん》は目《め》をさましましたので、泥棒《どろぼう》たちは、物陰《ものかげ》に身《み》をかくしました。主人《しゅじん》は起《お》きてきて、別状《べつじょう》のないのを見《み》て、ロバのそばへやって来《き》、

「なんでやたらに鳴《な》いたりして、人《ひと》の眠《ねむ》りのじゃまをするのか。」

と、ビシビシ打《う》っておいて、また家《うち》のなかに入《はい》って寝《ね》てしまいました。

そこへまた泥棒《どろぼう》があらわれて、あるかぎりの物《もの》を盗《ぬす》んで、行《い》ってしまいました。

これらのようすを、だまってのこらず見《み》ていた犬《いぬ》は、ロバの方《ほう》をふりかえっていいました。

「どうだね、家《うち》のご主人《しゅじん》は、じぶんのために忠実《ちゅうじつ》に働《はたら》いてく

れたものに、どんなご褒美《ほうび》をくれたかね。じぶんに関係《かんけい》のないことに首《くび》を突《つ》っこむと、とんだことになるよ。君《きみ》は、今夜《こんや》知《し》らん顔《かお》さえしていれば、痛《いた》い思《おも》いなんかしないですんだのさ。」

Chapter 6

नई भारतीय लोककथाएँ

新インド民話《しんいんどみんわ》

छठा अध्याय

【新《しん》インド民話《みんわ》】

दो कटोरे की कहानी

二《ふた》つのお椀《わん》の話《はなし》 Chapter 6-1

子供《こども》をたくさん持《も》ったある貧乏《びんぼう》の男《おとこ》が、毎日毎日《まいにちまいにち》おかみさんから、どうぞよその国《くに》へ行《い》って、何《なに》か金儲《かねもう》けをして来《き》てくれと、せがまれました。それで、とうとう彼《かれ》はおかみさんのいうことをきいて、長《なが》い旅《たび》に立《た》つことになりました。

この決心《けっしん》をきいて、おかみさんはたいそう喜《よろこ》び、彼《かれ》のためにいろいろ考《かんが》えて、凝乳《ぎょうにゅう》とご飯《はん》のご馳走《ちそう》をこしらえ、それをもたしてやりました。そしてそれは川岸《かわぎし》で食《た》べるように、また眠《ねむ》くなったら、大《おお》きな樹《き》の下《した》の涼《すず》しいところで寝《ね》るようにと、注意《ちゅうい》してやりました。

貧乏《びんぼう》な男《おとこ》は、このご馳走《ちそう》をもって、日《ひ》ざかりの間《あいだ》じゅう、トコトコ歩《ある》いて、ついに川《かわ》の岸《きし》に来《き》ました。川《かわ》を見《み》ると、彼《かれ》はおかみさんの注意《ちゅうい》してくれたことをおもいおこしました。どこかに樹《き》はないかと、あたりを見《み》まわすと、ちょっと離《はな》れたところに、こんもりした木立《こだち》がありましたので、重《おも》い足《あし》を引《ひ》きずって、そこへ行《ゆ》きました。

彼《かれ》は木《き》の枝《えだ》にご馳走《ちそう》をぶらさげて、その下《した》に横《よこ》になって、休《やす》みました。旅《たび》をしつけない彼《かれ》は、つかれて、すぐに寝《ね》こんでしまい、後《あと》のことは何《なに》も知《し》りませんでした。

日《ひ》の暮《く》れかかる頃《ころ》、旅行《りょこう》の好《す》きな、パールヴァティー（Parvati）とパーラメシュヴァル（Paramesvar）の双子《ふたご》の神《かみ》が、ちょうどそこを通《とお》りかかりました。柔《やわ》らかい風《かぜ》におくられて来《く》るなんともいえぬご馳走《ちそう》の匂《にお》いに、パールヴァティーの神《かみ》は、一体何《いったいなに》があるのだろう、下界《げかい》におりて、さがしてみようと、いいだしました。パーラメシュヴァルの神《かみ》も、それに賛成《さんせい》して、早速空《さっそくそら》からおりて来《き》ますと、貧乏《びんぼう》な旅人《たびびと》が、樹《き》の蔭《かげ》で寝《ね》こんでおりました。そして食《た》べものが匂《にお》って来《く》るのも、そこからでありました。

パールヴァティーの神《かみ》が、このご馳走《ちそう》を食《た》べようじゃないか、それにたいそう疲《つか》れたから、その後《あと》で休《やす》もうじゃないかといいますと、パーラメシュヴァルの神《かみ》も賛成《さんせい》して、そのご馳走《ちそう》をきれいに平《たい》らげ、その後《あと》でゆっくり休《やす》みました。それからご馳走《ちそう》になったお礼《れい》に、男《おとこ》の持《も》っている青銅《せいどう》のお椀《わん》と、魔法《まほう》の力《ちから》を持《も》った黄金《おうごん》のお椀《わん》と取《と》りかえておき、再《ふたた》び空《そら》に飛《と》んで立《た》ち去《さ》りました。

まもなく男《おとこ》は目《め》をさまして、空腹《くうふく》をおぼえると同時《どうじ》に、樹《き》につるした食《た》べ物《もの》のことを思《おも》いだしました。そこでまず川《かわ》のなかに入《はい》って、身体《からだ》を洗《あら》い、その後《あと》でご馳走《ちそう》を川岸《かわぎし》にもって行《い》って、芭蕉《ばしょう》の葉《は》の上《うえ》で中《なか》をあけました。ところが、じぶんの青銅《せいどう》のお椀《わん》はなくて、代《か》わりに、神《かみ》さまのおいて行《い》った

黄金《おうごん》のお椀《わん》が入《はい》っていましたから、

「おやッ！　どうしたのだろう？　誰《だれ》がこんなことをしたのだろう？　それとも夢《ゆめ》かしら？」

と叫《さけ》んで、お椀《わん》を手《て》にとり、ひっくりかえしてよくよく見《み》まわしてから、芭蕉《ばしょう》の葉《は》のうえに、さかさにおきますと、思《おも》いがけなくもその上《うえ》に、選《え》りに選《え》ったおいしいお菓子《かし》が、いっぱいあらわれました。

「これは、神《かみ》さまが恵《めぐ》んでくだすったのだ。」

彼《かれ》は口《くち》のなかでこういいながら、やがて食事《しょくじ》を終《お》えると、その黄金《おうごん》のお椀《わん》をもって家《うち》へ駆《か》けもどって来《き》ました。

彼《かれ》が、青銅《せいどう》のお椀《わん》と黄金《おうごん》のお椀《わん》とを、取《と》りかえて来《き》たことを、おかみさんに話《はな》しますと、おかみさんは、いよいよ運《うん》が開《ひら》けて来《き》たのだといって、大《おお》よろこびでした。そしてこのお礼心《れいごころ》をあらわすために、村《むら》じゅうの人《ひと》を招《まね》いて、ご馳走《ちそう》をしました。村《むら》の人《ひと》たちは、魔法《まほう》のお椀《わん》の話《はなし》を聴《き》き、それによって欲《ほ》しい物《もの》は、何《なん》でも出《だ》してもらえると聴《き》いて、たいそう驚《おどろ》きました。

ところが、隣《とな》りに住《す》んでいるおかみさんが、それをうらやましがって、ご亭主《ていしゅ》を突《つ》つき、あなたも旅《たび》に出《で》て、あれと同《おな》じお椀《わん》を、もらっておいでなさいとすすめました。ご亭主《ていしゅ》は、おかみさんのいうままに、やはりお椀《わん》をもって旅《たび》に出《で》かけ、隣《とな》りの人《ひと》と同《おな》じように、しばらく歩《ある》いてから、樹《き》の下《した》で眠《ねむ》りました。

ちょうどそこへ、ブラーマ・ラクシャサ（Brahma-Rakshasa）という化物《ばけもの》の夫婦《ふうふ》がとおりかかり、食《た》べもののにおいに引《ひ》きつけられて、空《そら》からおりて来《き》て、お椀《わん》のなかのご馳走《ちそう》を食《た》べてしまってから、じぶんの鉛《なまり》のお椀《わん》と、青銅《せいどう》のお椀《わん》と、取《と》りかえておきました。

しばらくたって、男《おとこ》は目《め》をさまし、お椀《わん》の変《か》わっているのを見《み》て、すぐとおかみさんのところへ、引《ひ》き返《かえ》してきました。おかみさんは、すっかり喜《よろこ》んでしまって、村《むら》じゅうの人《ひと》を、ご馳走《ちそう》によびました。芭蕉《ばしょう》の葉《は》をたくさんひろげておいて、まずその一《ひと》つのうえに、お椀《わん》をさかさにして、載《の》せますと、たちまち二人《ふたり》の化物《ばけもの》が飛《と》びだして、前《まえ》に坐《すわ》っていた男《おとこ》の鼻《はな》を切《き》りとり、続《つづ》いて、片端《かたっぱし》から乱暴《らんぼう》をしてまわりましたので、何《なに》もかもめちゃめちゃになり、人々《ひとびと》はじぶんの家《うち》をさして、逃《に》げかえりました。

——人《ひと》を羨《うらや》めば報《むく》いはたちまちいたる——

दो बेवकूफ आदमी की कहानी
二人《ふたり》の馬鹿者《ばかもの》の話《はなし》 Chapter 6-2

二人《ふたり》の馬鹿者《ばかもの》が、よその人《ひと》の太鼓《たいこ》をたたいているところを見《み》て、きっと太鼓《たいこ》の中《なか》に誰《だれ》かいて、あんな音《おと》をさせるのだと考《かんが》えました。太鼓《たいこ》たたきが火《ひ》を燃《も》やして、その上《うえ》で太鼓《たいこ》を暖《あたた》めようとおもって、たきぎを取《と》りにおもてへ出《で》て行《ゆ》きました。

その後《あと》で、馬鹿者《ばかもの》どもは太鼓《たいこ》のそばにより、じっとそれを眺《なが》めました。そのうち一人《ひとり》が、太鼓《たいこ》の片側《かたがわ》を破《やぶ》って手《て》を突込《つっこ》みますと、もう一人《ひとり》は反対側《はんたいがわ》を破《やぶ》って、同《おな》じく手《て》を突込《つっこ》みました。中《なか》で二人《ふたり》の手《て》がぶつかりましたので、お互《たが》いに、太鼓《たいこ》の中《なか》で音《おと》をたてる男《おとこ》をつかまえたとおもいました。そこでつかみ合《あ》って喧嘩《けんか》をしているところへ、太鼓《たいこ》たたきが帰《かえ》ってきて、この有様《ありさま》をながめ、腹《はら》を立《た》てて、二人《ふたり》をどやして、外《そと》へ追《お》いだしました。

Chapter 6-3 隠《か》くしの中《なか》から聞《き》こえたオウムの声《こえ》

एक तोते की आवाज़ छुपने की जगह से आयी

ある人《ひと》が、一羽《いちわ》のオウムを、大事《だいじ》にして飼《か》っておりました。

そしてしゃべることを教《おし》えて、

「ラム！　ラム！　どこにいるのかい？」

と、彼《かれ》がよびますと、

「ここにおります。」

と、返事《へんじ》をするようにしつけました。

ある日《ひ》、他所《よそ》の男《おとこ》が、大勢《おおぜい》の人《ひと》をつれて、この家《うち》へ訪《たず》ねてきましたが、主人《しゅじん》の席《せき》をはずした隙《すき》をうかがい、鳥《とり》かごをあけて、中《なか》に入《はい》っているオウムを、じぶんの隠《か》くしへ入《い》れてしまいました。

そこへ主人《しゅじん》がやって来《き》て、オウムを見《み》せようとしますと、かごのなかが空《から》でしたから、

「ラム！　ラム！　どこにいるのかい？」

と、呼《よ》びました。すると、

「ここにおります。ここにおります。」

という鳥《とり》の声《こえ》が、今《いま》じぶんの見《み》せようとおもっている男《おとこ》の隠《か》くしから、聞《き》こえてきました。とうとうその男《おとこ》の悪事《あくじ》は露見《ろけん》して、警察《けいさつ》へ引《ひ》きわたされました。

――盗人《ぬすびと》がじぶんでじぶんの罠《わな》をかける――

सात साल की उम्र में एक बूढ़ा आदमी

七歳《ななさい》の老人《ろうじん》　Chapter 6-4

ある年寄《としよ》りが、一生懸命《いっしょうけんめい》畑《はたけ》を耕《たがや》しているところへ、怠《なま》け者《もの》で通《とお》っているその国《くに》の王《おう》さまが、馬《うま》に乗《の》って通《とお》りかかりました。老人《ろうじん》の腰《こし》が弓《ゆみ》なりにまがっている姿《すがた》を珍《めずら》しくおもって、手綱《たづな》をひかえ、馬《うま》の上《うえ》から声《こえ》をかけました。

老人《ろうじん》はすぐと王《おう》さまのそばへ走《はし》ってきて、その前《まえ》に平伏《へいふく》し、何《なに》ご用《よう》でございますかと、うかがいました。王《おう》さまは、老人《ろうじん》の年《とし》を知《し》りたかったので、

「その方《ほう》は、余《よ》の父君《ちちぎみ》たる前《まえ》の国王《こくおう》を存《ぞん》じておるか？」

と、たずねました（インドでは、直接相手《ちょくせつあいて》の年《とし》を聞《き》かない習慣《しゅうかん》であったから、わざとこう聞《き》いたのです）。

「はい、よく存《ぞん》じております。それに前《まえ》の国王《こくおう》の父君《ちちぎみ》たる、

陛下《へいか》の祖父君《そふぎみ》も、また……」

いいかけたのを、王《おう》さまは遮《さえぎ》って、

「それではその方《ほう》は、七十五歳《ななじゅうごさい》を超《こ》しているな。」

と、いわれました。

「たぶんさようでございましょう。しかしまた陛下《へいか》、わずか七歳《ななさい》だとも、いわして頂《いただ》きとうございます。」

老人《ろうじん》が、静《しず》かに申《もう》しましたので、王《おう》さまはびっくりして、

「えッ！　えッ！　その方《ほう》の申《もう》すのは、どういうことじゃ。七歳《ななさい》じゃと？　たった七歳《ななさい》？」

と、思《おも》わず声《こえ》を高《たか》くして、おっしゃいました。

「さようでございます。他人《たにん》の仕合《しあ》わせのために働《はたら》くようになってから数《かぞ》えますと、まだ七年《ななねん》にしかなりません。怠《なま》けて、ぶらぶら生《い》きていることなどは、年《とし》のうちには入《はい》りますまい。」

老人《ろうじん》の、この理屈《りくつ》ある言葉《ことば》をきいて、王《おう》さまはたいそう感動《かんどう》されました。そして、よいことを教《おし》えてくれたと、礼《れい》をのべて立《た》ち去《さ》りましたが、その後王《ごおう》さまは、別人《べつじん》のように変《か》わった、りこうな方《かた》になられたといいます。

新インド民話

Chapter 7

राय और अप्पाजी की कहानियाँ

ラヤとアパジの物語

らやとあぱじのものがたり

सातवाँ अध्याय

【ラヤとアパジの物語《ものがたり》】

クリシュナ・デヴァ・ラヤは、前《まえ》にも述《の》べたごとくヴィジャヤナガラ国《こく》の王《おう》で、アパジ（Appaji）はその大臣《だいじん》である。この二人《ふたり》の間《あいだ》は、単《たん》に王《おう》さまと大臣《だいじん》という関係以上《かんけいいじょう》に親《した》しく、ラヤ王《おう》はアパジをまったく相談相手《そうだんあいて》、友人《ゆうじん》として信用《しんよう》し、アパジはまた王《おう》のために一身《いっしん》をささげて、いく度《たび》か国家《こっか》の危難《きなん》を救《すく》った。ここに集《あつ》めた話《はなし》は、この二人《ふたり》の間《あいだ》におこった意味深《いみぶか》い、また興味《きょうみ》ある物語《ものがたり》である。

कहानी जो कि अप्पाजी राजा राय के मंत्री बने

アパジが総理大臣《そうりだいじん》に出世《しゅっせ》した話《はなし》 Chapter 7-1

ラヤ王《おう》が、政治《せいじ》のことについて相談《そうだん》があるといって、その支配《しはい》の下《もと》にある領主《りょうしゅ》たちを、呼《よ》びあつめたことがありました。領主《りょうしゅ》たちはいずれもみな、命令《めいれい》された日《ひ》にやってまいりましたが、ただ一《いっ》か国《こく》の領主《りょうしゅ》だけは、アパジと呼《よ》ぶ大臣《だいじん》を、代理《だいり》としてよこしました。

諸侯《しょこう》が、代《か》わる代《が》わるご挨拶《あいさつ》を申《もう》しあげると、ラヤ王《おう》は、一々《いちいち》その国《くに》のことについて、何《なに》かとやさしくご下問《かもん》になりました。アパジの番《ばん》になって、彼《かれ》が王《おう》さまの前《まえ》に進《すす》み出《で》ますと、ラヤ王《おう》は、彼《かれ》の名《な》をおたずねになりました。アパジと申《もう》しますとお答《こた》えして、主君《しゅくん》に代《か》わって出仕《しゅっし》したことを述《の》べますと、ラヤ王《おう》は、心中《しんちゅう》その領主《りょうしゅ》の欠席《けっせき》を、不満《ふまん》に感《かん》じましたけれど、

表面《ひょうめん》はわざと穏《おだや》かによそおい、ぜひ領主《りょうしゅ》を呼《よ》びよせるように
と、アパジに命《めい》じました。アパジは、王《おう》さまの命令《めいれい》にしたが
い、主君《しゅくん》に使《つか》いを出《だ》して、都《みやこ》から四《よん》マイルほど離《はな》れたところ
まで来《こ》させて、そこにとまらせておきました。
ある日《ひ》、ラヤ王《おう》は遠乗《とおの》りをして、肉屋《にくや》の前《まえ》を通《とお》りすぎよう
としますと、肉屋《にくや》の主人《しゅじん》が羊《ひつじ》の皮《かわ》を剥《は》いでおりました。ラヤ
王《おう》はそれを眺《なが》めると、急《きゅう》におもいだしたようにアパジの方《ほう》を
ふりかえって、
「その方《ほう》の主人《しゅじん》にすぐ来《く》るよう、呼《よ》びよせよと命《めい》じておいた
が、忘《わす》れはすまいな。」
とおっしゃいました。
アパジはこの言葉《ことば》をきいて、宿《やど》へかえるとすぐさま、主君《しゅくん》
のもとに手紙《てがみ》を出《だ》して、こんどは、「このまま国《くに》へおかえり
になるように」とつげました。そこで、領主《りょうしゅ》はアパジの忠告《ちゅうこく》

どおり、国《くに》へ帰《かえ》りました。

それからいく日《ひ》かたって後《のち》、ラヤ王《おう》は上機嫌《じょうきげん》の時《とき》に、アパジにむかい、主君《しゅくん》を呼《よ》びよせる使《つか》いは出《だ》してあるかどうかと、もう一度《いちど》たずねました。アパジは、出《だ》してありませんと答《こた》えました。

「なに、出《だ》してない？　なぜじぶんの命令《めいれい》をきかぬのか。そのわけを申《もう》せ。」

ラヤ王《おう》がいわれると、アパジは、

「主君《しゅくん》に対《たい》してなんのお咎《とが》めもなさらぬと、お誓《ちか》いくださるなら、お打《う》ちあけ申《もう》しましょう。」

と、答《こた》えました。

「よし、それでは、どんなことがあろうと、決《けっ》して咎《とが》めだてはすまい。申《もう》してみよ。」

「さようなれば申《もう》しあげます。実《じっ》はご主君《しゅくん》には、実際《じっさい》まいったことはまいりましたが、陛下《へいか》に拝謁《はいえつ》をこうて、ご機嫌《きげん》をうかがう前《まえ》に、私《わたし》より国《くに》へもどられるよう、ご注意申《ちゅういもう》しました、と申《もう》すのは、陛下《へいか》が我《わ》がご主君《しゅくん》を、ひどく憎《にく》んでいらっしゃるからでございます。」

「ふーん、それでじぶんの不機嫌《ふきげん》なことが、どうしてわかったかな？」

「さればでございます。肉屋《にくや》の前《まえ》でのご様子《ようす》で、陛下《へいか》がご主君《しゅくん》を、ちょうど肉屋《にくや》の主人《しゅじん》が羊《ひつじ》を殺《ころ》したように、処分《しょぶん》なされようと決心《けっしん》あそばされたことを、おそれながら推察《すいさつ》いたしました。」

これを聴《き》いて、ラヤ王《おう》は、アパジの賢《かしこ》さと、主人《しゅじん》をおもう忠義《ちゅうぎ》の心《こころ》に感心《かんしん》いたしました。そしてアパジの主人《しゅじん》に話《はな》して、彼《かれ》をもらいうけ、ごじぶんの総理大臣《そうりだいじん》に採用《さいよう》されました。

आराम के मानक

安楽《あんらく》と地位《ちい》の標準《ひょうじゅん》はちがう　Chapter 7-2

ある夜《よ》、雨《あめ》が激《はげ》しく降《お》りました。夜《よ》があけて雨《あめ》がやみましたので、ラヤ王《おう》は大臣《だいじん》をつれて、市外《しがい》の野原《のはら》のなかを散歩《さんぽ》し、出水《しゅっすい》の有様《ありさま》を視察《しさつ》し、またあたりの絵《え》のように美《うつく》しい、そして荘厳《そうごん》な景色《けしき》を賞《しょう》しました。

　羊囲《ひつじがこ》いのそばを通《とお》りますと、一人《ひとり》の羊飼《ひつじか》いが、下《した》を流《なが》れる水《みず》のなかに髪《かみ》の毛《け》をぶらさげたまま、ゴロゴロした石《いし》の上《うえ》で、グウグウ寝入《ねい》っておりました。これを見《み》てラヤ王《おう》は、

「この男《おとこ》は、生《い》きているのだろうか、死《し》んでいるのだろうか?」

　と、叫《さけ》ばれました。

「死《し》んではおりません。よい気持《きも》ちに寝入《ねい》っているのでございます。」

と、アパジが申《もう》しました。

「こんな寒《さむ》い日《ひ》に、髪《かみ》の毛《け》を水《みず》にひたしながら、砂利《じゃり》の上《うえ》などで、あんなによく眠《ねむ》れるものなのだろうか？」

と、ラヤ王《おう》がおっしゃいますと、

「それはすべて身分《みぶん》によるのでございます。あの者《もの》とて、もし身分《みぶん》がよくなれば、あのようにはできるものではございません。」

と、アパジが申《もう》しあげました。

王《おう》さまは、アパジのいったことがほんとかどうかを試《ため》そうとおもって、羊飼《ひつじか》いを御殿《ごてん》におつれになり、だんだんとよい地位《ちい》にあげてやって、安楽《あんらく》にくらさせました。

ある日《ひ》、王《おう》さまは羊飼《ひつじか》いに、ぬれた地《じ》めんを歩《ある》かせました。すると、羊飼《ひつじか》いはたちまち風《かぜ》を引《ひ》いて、ひどい熱《ねつ》をだしました。これによって、アパジのいったことがほんとうだということが証明《しょうめい》されました。ラヤ王《おう》はアパジの聡明《そうめい》さを感心《かんしん》なすって、たいそうおほめになりました。

Chapter 7-3

राजा को लात

王《おう》を蹴《け》って悪口《わるくち》いった者《もの》の刑罰《けいばつ》

アパジは、ラヤ王《おう》の総理大臣《そうりだいじん》として、今《いま》や王《おう》さまの寵愛《ちょうあい》をうけ、国内《こくない》での勢力者《せいりょくしゃ》になりましたので、お妃《きさき》がそれをねたんで、王《おう》さまに、じぶんの身内《みうち》の者《もの》を、アパジの代《か》わりに、総理大臣《そうりだいじん》にして下《くだ》さいと、頼《たの》みました。

王《おう》さまが、

「しかし、そなたの身《み》うちの男《おとこ》の才能《さいのう》が、どれほどすぐれているか、疑《うたが》わしいではないか。」

とおっしゃいますと、お妃《きさき》は、

「アパジよりは遥《はる》かにすぐれております。」

と、断言《だんげん》いたしました。王《おう》さまは、それを信《しん》じはしませんでしたが、

「それではとにかく、二人《ふたり》の智慧《ちえ》をためしてみよう。」

と、約束《やくそく》をなさいました。それでお妃《きさき》はたいそう喜《よろこ》びました。

この日《ひ》、王《おう》さまはお妃《きさき》と約束《やくそく》をなさった後《のち》、奥《おく》の間《ま》で王子《おうじ》さまたちと遊《あそ》んでおりましたが、小《ちい》さな王子《おうじ》さまが、父君《ちちぎみ》に対《たい》し足《あし》で蹴《け》ったり、悪態《あくたい》をついたり、その他《た》いろいろと悪《わる》い悪戯《いたずら》をなさいました。次《つぎ》の日《ひ》王《おう》さまは、お妃《きさき》の推薦《すいせん》された男《おとこ》を呼《よ》びだして、王《おう》さまを蹴《け》ったり、その前《まえ》で悪態《あくたい》をついたりした者《もの》は、どのような刑罰《けいばつ》に処《しょ》したものであろうかと、たず

ねられました。その男《おとこ》は、なんの躊躇《ちゅうちょ》もなく、

「さような大胆《だいたん》な奴《やつ》は、直《じか》に両足《りょうあし》を切《き》らせ、口《くち》には鉛《なまり》を熔《と》かしてつぎこませるがよろしゅうございます。」

と、答《こた》えました。

王《おう》さまはその男《おとこ》をさがらせて、今度《こんど》はアパジを呼《よ》び、おなじ質問《しつもん》をいたしました。

アパジは、あはあはと笑《わら》いだして、

「陛下《へいか》を足蹴《あしげ》にいたした足《あし》は、小金《こがね》の脚《あし》かざりをもってかざってやり、悪態《あくたい》をついた口《くち》は、陛下《へいか》のキッスをもって蓋《ふた》をしておやりなさいまし。」

と、申《もう》しあげました。

そこで、ラヤ王《おう》はお妃《きさき》にむかい、

「実《じつ》は、わしに無礼《ぶれい》をはたらいたから罰《ばつ》をくわえようというのは、おまえの王子《おうじ》なのじゃ。おまえはその王子《おうじ》に、いま

二人《ふたり》の申《もう》したうち、どちらの刑罰《けいばつ》をくわえようとおもうか。」

と、たずねられました。

お妃《きさき》は、アパジの智慧《ちえ》がすぐれていることを、充分《じゅうぶん》知《し》っていましたが、

「それでも、まだ一度《いちど》ばかりためしたのでは、よくわかりません。重《かさ》ねておためし下《くだ》さいまし。」

と、申《もう》しました。

ラヤ王《おう》は、二人《ふたり》の智慧《ちえ》は、何度《なんど》ためしてみたところで、比《くら》べものにならないと信《しん》じていましたから、お妃《きさき》の望《のぞ》むとおり、

「それではまたいつかためしてみよう。」

と、約束《やくそく》をなさいました。

गोभी चलाना
動《うご》くキャベツ　Chapter 7-4

アパジの名《な》が遠《とお》く鳴《な》りひびいて、デリーの大皇帝《だいこうてい》の耳《みみ》にまで、それがきこえました。デリーの皇帝《こうてい》は、アパジの智慧《ちえ》をためしてみたいと考《かんが》え、ラヤ王《おう》のもとに、動《うご》くキャベツを送《おく》ってもらいたいと、申《もう》しおくりました。

ラヤ王《おう》は、この難題《なんだい》に頭《あたま》をいためて、アパジに相談《そうだん》をしました。アパジは、

「よろしゅうございます。見《み》つけてさしあげましょう。」

と、申《もう》しました。そして頭《あたま》のなかで、その方法《ほうほう》を考《かんが》えながら、家《うち》へ帰《かえ》りました。

彼《かれ》は百姓《ひゃくしょう》の箱車《はこぐるま》に土《つち》をつめて、そのなかにキャベツの種《たね》を蒔《ま》かせました。種《たね》は芽《め》をだして、やがてたくさんのキャベツ

を作《つく》りました。

約束《やくそく》の日《ひ》の一週間前《いっしゅうかんまえ》に、彼《かれ》はラヤ王《おう》にすすめて、その車《くるま》を皇帝《こうてい》に届《とど》けさせました。皇帝《こうてい》は動《うご》くキャベツを受《う》けとって、アパジの賢《かしこ》いのにたいそう感心《かんしん》せられ、その後莫大《ごばくだい》なご褒美《ほうび》をくださいました。

अप्पाजी ने राजा राया को बचाया
アパジがラヤ王《おう》を救《すく》いだす話《はなし》 Chapter 7-5

デリーの皇帝《こうてい》は、しばしば兵《へい》をおくって、ラヤ王《おう》を征服《せいふく》しようとしましたが、いつも失敗《しっぱい》しました。そこで、アパジがついている以上《いじょう》、戦《たたか》いで破《やぶ》る望《のぞ》みはありませんでしたから、謀《はかりごと》でラヤ王《おう》を、虜《とりこ》にしようと考《かんが》えました。そのために、彼《かれ》は一千《いっせん》の騎兵《きへい》を馬商人《うまあきんど》にしたてて、ラヤ王《おう》を捕虜《ほりょ》にする計略《けいりゃく》をさずけ、敵地《てきち》へ入《はい》りこませました。

やがて騎兵《きへい》たちは、ラヤ王《おう》の城下《じょうか》に入《はい》ると、じぶんらは北《きた》インドから来《き》た商人《あきんど》で、ラヤ王《おう》のごひいきをおねがいするつもりで来《き》たのだと、いいふらしました。ラヤ王《おう》は彼《かれ》らの保護《ほご》を承知《しょうち》して、ある夕方《ゆうがた》、彼《かれ》らの露営《ろえい》している場所《ばしょ》へ、馬《うま》を検査《けんさ》にゆきました。商人《あきんど》の頭《かしら》は、王《おう》さまにむかい、ここにある馬《うま》は、みな一千円《いっせんえん》の値打《ねう》ちがあるもので、どれも同《おな》じようによく訓練《くんれん》されておりますから、陛下《へいか》がどれでもお好《す》きな馬《うま》をお選《えら》びになって、お乗《の》りためしくださいますれば、他《ほか》の者《もの》が必《かなら》ずそれに追《お》いついて、お供申《ともも》うしあげてみますと、話《はな》しました。

ラヤ王《おう》は承諾《しょうだく》されて、馬《うま》にまたがり、高速度《こうそくど》をだして、馬《うま》を駆《か》けさせますと、他《ほか》の乗《の》り手《て》は、その後《あと》について走《はし》りました。町《まち》から、四番目《よんばんめ》の里程標《りていひょう》のところまで来《き》ますと、仮装《かそう》をした皇帝《こうてい》の間諜《かんちょう》が、一度《いちど》に襲《おそ》って、王《おう》さまを虜《とりこ》にし、デリーの皇帝《こうてい》の御前《ごぜん》へ引《ひ》いてゆきました。

やがて、アパジがこの事《こと》を知《し》り、いかがわしい商人《あきんど》の言葉《ことば》に乗《の》せられた、王《おう》さまの軽率《けいそつ》をくやしがり、なんとかして、皇帝《こうてい》の捕虜《ほりょ》となったラヤ王《おう》を、救《すく》いだしたいものだと、心《こころ》をくだきました。そして、やっとよい考《かんが》えが、浮《う》かびました。

アパジは、まず身《み》をやつしてデリーに入《はい》りこみ、それから国《くに》にいる仲間《なかま》の者《もの》に手紙《てがみ》をおくって、貴重《きちょう》な宝石類《ほうせきるい》を船《ふね》につみこみ、皇帝《こうてい》の都《みやこ》にもっとも近《ちか》い港《みなと》へむけて、出帆《しゅっぱん》させました。仲間《なかま》の者《もの》たちは、皇帝《こうてい》にお目《め》どおりして、船《ふね》につんで来《き》たダイヤモンド、エメラルドなどを、ご覧《らん》にいれました。

皇帝《こうてい》は、ダイヤモンドの美《うつく》しさに胸《むね》を打《う》たれて、高《たか》い代金《だいきん》

でそれを買《か》おうと、おっしゃいましたが、商人《あきんど》たちは、法外《ほうがい》に高《たか》い値段《ねだん》を要求《ようきゅう》して、

「決《けっ》して高《たか》いことは申《もう》しません。高《たか》くないことは、ダイヤモンドの目《め》ききに通《つう》じているラヤ王《おう》さまにご相談《そうだん》なさればよくわかります。」

といいました。そして、私《わたし》どもの船《ふね》においで下《くだ》されば、もっともっとたくさんの宝石類《ほうせきるい》をお目《め》にかけますゆえ、ご覧《らん》なさって、好《す》きなのをお選《えら》びくださいましと、さそいました。

翌日《よくじつ》、皇帝《こうてい》は捕虜《ほりょ》のラヤ王《おう》をつれて、商人《あきんど》の船《ふね》をたずねました。船《ふね》には、すでにアパジが乗《の》りこんでいて、時《とき》を見計《みはか》り、船《ふね》の出帆《しゅっぱん》を命《めい》ずると、船《ふね》は動《うご》きだして、まもなくラヤ王《おう》の国境《こっきょう》にある、海岸《かいがん》につきました。ラヤ王《おう》は、皇帝《こうてい》とその家来《けらい》たちを案内《あんない》して御殿《ごてん》につれてゆきましたので、皇帝主従《こうていしゅじゅう》は、そこでラヤ王《おう》のお客分《きゃくぶん》として、しばらく滞在《たいざい》しておりました。

いうまでもなく皇帝《こうてい》は、アパジの計略《けいりゃく》にかかったことを知《し》って、今更《いまさら》ながら、ラヤ王《おう》の大臣《だいじん》の智慧《ちえ》の深《ふか》さに感服《かんぷく》し、口《くち》をきわめてほめそやしました。そしてこれからは決《けっ》してこの国《くに》のことに干渉《かんしょう》はしないと、保証《ほしょう》をして、ラヤ王《おう》に別《わか》れをつげ、デリーへむかって帰《かえ》ってゆきました。

कौन-सा मूर्ति सर्वश्रेष्ठ है?
神《かみ》の像《ぞう》を見《み》わけた話《はなし》 Chapter 7-6

デリーの皇帝《こうてい》が、アパジの才能《さいのう》を一度試《いちどため》してみただけで満足《まんぞく》しないで、もう一度試《いちどため》そうといたしました。皇帝《こうてい》は、あるすぐれた彫刻師《ちょうこくし》のつくった、大《おお》きさも同《おな》じ、形《かたち》も同《おな》じな、三《みっ》つの神《かみ》さまの像《ぞう》をもっておりました。それでラヤ王《おう》のもとにそれを送《おく》り、よくしらべた上《うえ》で、どれがよく、どれが悪《わる》く、またどれがどっちつかずであるか、知《し》らしてくれと、いいおくりました。

ラヤ王《おう》は、その使《つか》いをうけて、群臣《ぐんしん》たちの会議《かいぎ》の席上《せきじょう》で、手紙《てがみ》をうやうやしく読《よ》みました。席上《せきじょう》の人々《ひとびと》は、像《ぞう》をとくと見《み》ましたが、三《みっ》つとも大《おお》きさと、形《かたち》と、美《うつく》しさが同《おな》じで、その間《あいだ》の差別《さべつ》を見出《みいだ》すことができませんでした。

最後《さいご》にアパジがよばれて、王《おう》さまから相談《そうだん》をうけました。アパジは、一日《いちにち》のご猶予《ゆうよ》をくださいましと、王《おう》さまにお願《ねが》いしました。

翌日《よくじつ》、アパジは、

「実《じっ》に微妙《びみょう》な特徴《とくちょう》によって、これらの像《ぞう》を区別《くべつ》いたしました。」

と、王《おう》さまに告《つ》げました。ふだんから、アパジの賢《かしこ》さに感心《かんしん》しているラヤ王《おう》は、それではどういう差別《さべつ》を発見《はっけん》いたしたかと、たずねられました。

そこで彼《かれ》は、

「像《ぞう》をちょっとしらべて見《み》たところ、いずれも像《ぞう》の片耳《かたみみ》に、小《ち》さな穴《あな》のあるのを発見《はっけん》いたしました。」

と、王《おう》さまに申《もう》しあげました。彼《かれ》はこの穴《あな》こそ、三《みっ》つの優劣《ゆうれつ》を区別《くべつ》する鍵《かぎ》だと考《かんが》えて、一《ひと》つ一《ひと》つその穴《あな》に、細《ほそ》い針金《はりがね》をさしこんでみたのでした。すると、一《ひと》つのものでは、針金《はりがね》が口《くち》から出《い》で、他《た》のものでは、反対側《はんたいがわ》の耳《みみ》からぬけ、三番目《さんばんめ》のものでは、どこへもあらわれませんでした。それによって彼《かれ》は、次《つぎ》のように優劣《ゆうれつ》をきめたのでした。

針金《はりがね》がどこへもあらわれない像《ぞう》は、耳《みみ》から聴《き》いたことを、他《た》にもらさない人間《にんげん》のことを意味《いみ》したので、最上《さいじょう》のものです。針金《はりがね》が反対側《はんたいがわ》の耳《みみ》にぬけた像《ぞう》は、聴《き》いたことをすぐに忘《わす》れる人間《にんげん》をあらわしたもので、よくもなければ悪《わる》くもない、中途半端《ちゅうとはんぱ》のものです。針金《はりがね》が口《くち》から出《で》る像《ぞう》は、人《ひと》から聴《き》いたことを、すべて吹聴《ふいちょう》してしまう、おしゃべりの人間《にんげん》をあらわしたもので、もっとも悪《わる》いものです。

こうアパジは、じぶんの見《み》たところを細《こま》かに説明《せつめい》して、そのことを一々《いちいち》の像《ぞう》に書《か》きそえ、皇帝《こうてい》のところへおもどしになったらよろしゅうございましょうと、ラヤ王《おう》に申《もう》しあげました。これを聴《き》いて、ラヤ王《おう》の喜《よろこ》びは、一通《ひととお》りではありませんでした。そしてアパジの注意《ちゅうい》にしたがい、直《ただ》ちにそれを、デリーの皇帝《こうてい》のところに返《かえ》しました。皇帝《こうてい》は像《ぞう》を受《う》けとってみて、大臣《だいじん》の観察《かんさつ》がこまかなのと、判断力《はんだんりょく》のあるのとに、ひどく感心《かんしん》いたしました。

कहानी जो कि उसने एक पापी को दुश्मन के मंत्री को मारने दिया

罪人《ざいにん》に敵《てき》の大臣《だいじん》を討《う》たせた話《はなし》　Chapter 7-7

乱暴《らんぼう》でおまけに高慢《こうまん》なマホメット教徒《きょうと》が、にわかの暴風雨《ぼうふうう》にあって、ある家《いえ》の軒下《のきした》で雨《あめ》をさけていますと、そこへ肺病《はいびょう》の老人《ろうじん》がやって来《き》て、同《おな》じようにそばで雨《あま》やみをしました。老人《ろうじん》がしきりと咳《せき》をしていましたから、マホメット教徒《きょうと》はそれがいやでいやでたまりませんでした。咳《せき》をするなといいましたが、咳《せき》はとまりませんでした。マホメット教徒《きょうと》はかんしゃくをおこして、剣《けん》を引《ひ》きぬき、老人《ろうじん》の首《くび》を打《う》ちおとしました。

何《なに》しろ真《ま》っ昼間《ぴるま》、こんなおそろしい人殺《ひとごろ》しをやったのですから、近所《きんじょ》の人《ひと》たちが怒《おこ》って、マホメット教徒《きょうと》を引《ひ》き捕《と》らえ、ラヤ王《おう》に訴《うった》え出《で》ました。ラヤ王《おう》はマホメット教徒《きょうと》にむかい、なぜ老人《ろうじん》の首《くび》を打《う》ちおとしたのかと、たずねました。マホメッ

ト教徒《きょうと》は、平気《へいき》な顔《かお》をして、

「陛下《へいか》、老人《ろうじん》は、私《わたし》がたびたび注意《ちゅうい》したにもかかわらず、咳《せき》をすることをやめませんでした。私《わたし》は我慢《がまん》ができなくなって、きゃつをあの世《よ》へおくってやったのでございます。」

と申《もう》しました。

この言葉《ことば》をきいて、ラヤ王《おう》は、この男《おとこ》の怒《おこ》りぽくて、頑固《がんこ》なのが、おかしくてたまりませんでした。そして、どういう刑罰《けいばつ》を加《くわ》えたらよいか、アパジに相談《そうだん》されました。アパジはくすくす笑《わら》って、毎日《まいにち》バターを熔《と》かしたご馳走《ちそう》や、そのほかおいしいものをただ食《た》べさせて、見張《みは》っておくだけでよろしゅうございます。そのうち、いつかそれが役《やく》に立《た》つことがございますからと、申《もう》しあげました。ラヤ王《おう》は、ふだんからアパジの思慮《しりょ》ふかいのに信頼《しんらい》していましたから、そのとおり間違《まちが》いなくやるようにと、家来《けらい》に命《めい》じました。

それからしばらくたって後《のち》、デリーの皇帝《こうてい》が、ラヤ王《おう》のじぶんに対《たい》する態度《たいど》について、臣下《しんか》の身《み》でありながら、じぶんの命令《めいれい》したことを即座《そくざ》に守《まも》ろうとはせず、かつまた貢物《みつぎもの》をきちきち納《おさ》めないのは、実《じつ》にけしからんと、会議《かいぎ》の席上《せきじょう》でいいだしました。そしてこれはアパジがそばにおって、入智慧《いれぢえ》するのだと考《かんが》えました。そこで、家来《けらい》のうちで手段《しゅだん》は選《えら》ばないが、誰《だれ》かラヤ王《おう》を討《う》つ者《もの》はないかと、たずねました。声《こえ》に応《おう》じて、家来《けらい》の中《なか》から一人《ひとり》立《た》ちあがって、私《わたし》がやりましょうと、申《もう》し出《で》た者《もの》がありました。それは大臣《だいじん》でありました。そこで皇帝《こうてい》は、彼《かれ》に大勢《おおぜい》の軍隊《ぐんたい》を率《ひき》いさせて、ラヤ王《おう》の国《くに》にむかい出発《しゅっぱつ》させました。

大臣《だいじん》は、ラヤ王《おう》の城下近《じょうかちか》くに陣営《じんえい》を張《は》ってから、王《おう》に使《つか》いを出《だ》し、じぶんの来《き》たことを申《もう》しおくりました。ラヤ王《おう》はいたく狼狽《ろうばい》して、アパジにむかい、

「皇帝《こうてい》の大臣《だいじん》が大軍《たいぐん》を率《ひき》いて来《き》たそうだが、あの大臣《だいじん》は有名《ゆうめい》な乱暴者《らんぼうもの》で、情《なさ》けということを少《すこ》しも知《し》らぬ男《おとこ》だ。彼《かれ》の来《き》たことは、なによりも都合《つごう》がわるい故《ゆえ》、なんとかこれを避《さ》ける工夫《くふう》はあるまいか。」

と、いわれました。

アパジは仰《おお》せにしたがい、ご馳走《ちそう》を食《た》べて肥《ふと》りかえった、例《れい》の乱暴《らんぼう》なマホメット教徒《きょうと》を早速《さっそく》呼《よ》びだし、その者《もの》を使者《ししゃ》として、大臣《だいじん》にあてた手紙《てがみ》をもたしてやるよう、王《おう》さまに説《と》きました。

その手紙《てがみ》のなかには、ラヤ王《おう》がじぶんを卑下《ひげ》して、皇帝《こうてい》にくらべては取《と》るにもたらぬつまらぬものだということが書《か》いてあったり、ご命令次第《めいれいしだい》、いつでもすぐに貢《みつ》ぎ物《もの》を奉《たてまつ》りますということが書《か》いてあったりしました。

マホメット教徒《きょうと》は、手紙《てがみ》をもって大臣《だいじん》のところへ行《い》き、それをわたしました。大臣《だいじん》はそれを読《よ》むと、いかにもいくじのないことが書《か》いてありますので、このような臆病者《おくびょうもの》のラヤ王《おう》に対《たい》して、大軍《たいぐん》を率《ひき》いて来《き》たかとおもうと、じぶんながら腹立《はらだ》たしくなり、ラヤ王《おう》のいくじなさを軽蔑《けいべつ》するつもりで、床《ゆか》の上《うえ》に唾《つば》を吐《は》きかけました。ところがマホメット教徒《きょうと》は、それをじぶんに対《たい》して軽蔑《けいべつ》したものとおもいちがえ、腹立《はらた》ちまぎれに剣《けん》をひきぬき、たちまち大臣《だいじん》を真《ま》っ二《ぷた》つに切《き》りました。大将《たいしょう》を討《う》たれた部下《ぶか》の兵卒《へいそつ》どもは、隊《たい》をみだして逃《に》げ散《ち》りました。

ラヤ王《おう》は、皇帝《こうてい》の軍隊《ぐんたい》がさんざんになって逃《に》げ帰《かえ》ったことを聞《き》き、アパジの深《ふか》い智慧《ちえ》にたいそう感心《かんしん》されました。

लोग खुद को मानक मानते हैं

人《ひと》は自分《じぶん》を標準《ひょうじゅん》として判断《はんだん》する　Chapter 7-8

ある日《ひ》、ラヤ王《おう》が、理髪師《りはっし》に髭《ひげ》をそらせておられる時《とき》、家来《けらい》たちの暮《く》らしむきはどんな風《ふう》だろうかと、理髪師《りはっし》にきかれました。理髪師《りはっし》はにこにこして、

「さようでございます、皆《みな》さまいずれも裕福《ゆうふく》でいらして、一番《いちばん》ご不自由《ふじゆう》な方《かた》でさえ、レモンの実《み》くらいの黄金《おうごん》の玉《たま》をお持《も》ちで、それをご自慢《じまん》なすっていらっしゃいます。」

と、答《こた》えました。

王《おう》さまは、このすばらしい景気《けいき》のよい話《はなし》をきいて、アパジに、ほんとにそうであるかどうかを、しらべさせました。

アパジはかしこまって、まず理髪師《りはっし》の家《うち》へ行《い》きました。衣装袋《いしょうぶくろ》をあけて中《なか》をさがしてみると、レモンの実《み》ほどある大《おお》

きさの黄金《おうごん》の玉《たま》がありましたので、それを隠《か》くしにおさめて、家《うち》のなかは少《すこ》しもしらべず、そのまま御殿《ごてん》へ帰《かえ》りました。そして王《おう》さまに、

「とくと調《しら》べてまいりましたが、それを申《もう》しあげる前《まえ》に、もう一度《いちど》同《おな》じ問題《もんだい》について理髪師《りはつし》の意見《いけん》をおたずね下《くだ》さいまし。」

と、申《もう》しあげました。

翌朝《よくあさ》、理髪師《りはつし》は、袋《ふくろ》をあけてみて、黄金《おうごん》の玉《たま》が紛失《ふんしつ》しているのを発見《はっけん》し、あちこちと夢中《むちゅう》になってさがしましたが、見《み》つかりませんでした。少《すこ》し遅《おそ》くなって、王《おう》さまの御前《ごぜん》に出《で》ますと、王《おう》さまは顔《かお》を剃《そ》らせながら、何《なに》げなく、前《まえ》の日《ひ》の談話《だんわ》の続《つづ》きをはじめて、家来《けらい》たちの暮《く》らしむきのことについて、もう一度《いちど》たずねました。理髪師《りはつし》はちょっといやな顔《かお》をして、ため息《いき》をつきながら、

「昨日《きのう》は、ほんとの事《こと》をよく見《み》ないで申《もう》しあげましたが、たしかに、どなたも暮《く》らしむきがひどく苦《くる》しいようでございます。」

と、申《もう》しあげました。

王《おう》さまには、理髪師《りはつし》の昨日《きのう》いったことと、今日《きょう》いったことが、どうしてこう違《ちが》うのかわかりませんでした。それでそのことをアパジに話《はな》しますと、アパジは笑《わら》いくずれて、じぶんの調《しら》べた方法《ほうほう》をうちあけ、理髪師《りはつし》の意見《いけん》が変《か》わったのは、まったくそのためでございますと申《もう》しあげました。そして、人《ひと》は何《なに》でもじぶんから割《わ》りだして判断《はんだん》するものだということわざの真理《しんり》であることを、王《おう》さまに知《し》らせました。

王《おう》さまは、ごじぶんの大臣《だいじん》が、こうも生《う》まれつき賢《かしこ》いのに、感心《かんしん》しないではいられませんでした。そしてアパジの言葉《ことば》にしたがい、理髪師《りはつし》をよんで、その大事《だいじ》な玉《たま》を返《かえ》してやりました。

चिंता होने पर कोई शक्ति नहीं है
苦労《くろう》は人《ひと》の力《ちから》を殺《そ》ぐ　Chapter 7-9

ある日《ひ》、ラヤ王《おう》がアパジをつれて、夕方《ゆうがた》の散歩《さんぽ》から帰《かえ》られる途中《とちゅう》、一人《ひとり》の頑丈《がんじょう》な青年《せいねん》が、水浴《みずあ》びをして河《かわ》から上《あが》ってくるゾウを、おしもどしているのを見《み》ました。青年《せいねん》はゾウのまえに立《た》ちふさがり、牙《きば》をつかんでやすやすとおしもどしていました。

ラヤ王《おう》は、そのおそろしい力《ちから》を見《み》て驚嘆《きょうたん》され、人間《にんげん》にそんな力《ちから》が出《で》せるのだろうかと、アパジにたずねました。アパジは、すぐと答《こた》えました。

「そのような技《わざ》や力《ちから》は、人間《にんげん》に心配事《しんぱいごと》さえなければ、出《で》せるものでございます。」

王《おう》さまは、なるほどとは思《おも》いましたが、まだどうもアパジ

の言葉《ことば》が腑《ふ》におちませんので、証拠《しょうこ》を見《み》せてくれとおっしゃいました。アパジはかしこまって、

「この次《つぎ》あの青年《せいねん》にあう時《とき》は、ゾウをおしもどすことができなくなっているところをお目《め》にかけましょう。」

と、受《う》けあいました。

アパジは、それから青年《せいねん》の母親《ははおや》をたずねあてて、じぶんの屋敷《やしき》に呼《よ》びよせ、いろいろ身《み》の上《うえ》を聴《き》きただしました。その語《かた》るところによると、母親《ははおや》は後家《ごけ》さんで、青年《せいねん》はひとり息子《むすこ》でありました。母親《ははおや》は暮《く》らしむきの心配《しんぱい》を、一切《いっさい》息子《むすこ》にさせないようにしておったし、また心配事《しんぱいごと》は隠《かく》すようにしておりました。

アパジはこの話《はなし》をきいて、

「そのように子供《こども》をむだに遊《あそ》ばせて、何《なん》の仕事《しごと》もなくぶらぶらさせておくことは、決《けっ》して息子《むすこ》のために幸福《こうふく》な途《みち》ではない。

少《すこ》しずつじぶんの責任《せきにん》を、感《かん》じさせるようにしなければいけない。」

と、母親《ははおや》にすすめました。そしてこの目的《もくてき》を果《は》たすために、今夜息子《こんやむすこ》が夕食《ゆうしょく》を食《た》べに帰《かえ》って来《き》たら、お米《こめ》が足《た》りなくなった故《ゆえ》、お前《まえ》がなんとかして手《て》に入《い》れなければ、明日《あす》から食《た》べることができないとおいいなさいと、教《おし》えました。正直《しょうじき》な後家《ごけ》さんは、アパジの忠告《ちゅうこく》を感謝《かんしゃ》して帰《かえ》ってゆきましたが、夕方息子《ゆうがたむすこ》が帰《かえ》って来《く》ると、アパジに教《おし》えられたとおりに話《はな》しました。青年《せいねん》は、思《おも》いがけないことを聴《き》いてびっくりしました。そして、なんとかして食《た》べものを手《て》に入《い》れなければならぬと、まじめになって考《かんが》えました。

その日《ひ》の夕方《ゆうがた》、青年《せいねん》は、お米《こめ》をどうして手《て》にいれたものかと、そのことばかり考《かんが》えながら、あてもなく街《まち》を、さまよい歩《ある》いておりました。その時《とき》、ラヤ王《おう》は街《まち》の片隅《かたすみ》に立《た》って、この青年《せいねん》がゾウに対《たい》し、どういう風《ふう》にふるまうかと、ながめておりました。いつものようにゾウが、日《ひ》が沈《しず》むと、河《かわ》の中《なか》から上《あ》がって来《き》ました。青年《せいねん》は、いつも一番大《いちばんおお》きいゾウをつかまえて、戯《たわむ》れることになっているので、その方《ほう》へつかつかと進《すす》んでゆきました。ゾウは最初青年《さいしょせいねん》に対《たい》しておずおずしていましたが、やがて青年《せいねん》の力《ちから》が、いつものようでないと感《かん》ずると、急《きゅう》に鼻《はな》をふりまわして、青年《せいねん》をおしのけました。

ラヤ王《おう》は、青年《せいねん》とゾウとの間《あいだ》のこの急《きゅう》な変《か》わりようを見《み》て、たった一日《いちにち》のうちに、青年《せいねん》の力《ちから》がどうしてこう失《な》くなることができたのかと、アパジにたずねました。

アパジは、笑《わら》いをうかべて申《もう》しました。

「陛下《へいか》、それはすべて苦労《くろう》、心配《しんぱい》のためでございます。心配《しんぱい》につかれた人間《にんげん》は、絶望《ぜつぼう》の種《たね》を蒔《ま》いて、無気力《むきりょく》を刈《か》りとるのでございます。」

それから彼《かれ》は、青年《せいねん》の母親《ははおや》にあった顛末《てんまつ》を物語《ものがた》りました。ラヤ王《おう》は、その母親《ははおや》を呼《よ》び出《だ》して確《たし》かめますと、アパジの申《もう》したとおりでしたから、彼《かれ》の機転《きてん》と想像力《そうぞうりょく》に富《と》んでいるのを、頌揚《しょうよう》されました。

तीन लड़कियों के शब्दों को समझना
三人《さんにん》の娘《むすめ》の言葉《ことば》を解《と》く　Chapter 7-10

ラヤ王《おう》が、ある朝《あさ》アパジを供《とも》につれて、狩《か》りにお出《で》かけになったところ、一人《ひとり》の男《おとこ》が畑《はたけ》を耕《たがや》しているそばで、三人《さんにん》の娘《むすめ》がじっと眺《なが》めていましたが、やがて一人《ひとり》の娘《むすめ》が、

「顔《かお》のために持《も》ってこいだわね。」

といいますと、もう一人《ひとり》が、

「口《くち》のために持《も》ってこいだわ。」

といい、またもう一人《ひとり》は、

「子孫《しそん》のために持《も》ってこいだわ」

といいました。

王《おう》さまは、女《おんな》たちのいっていることが、何《なん》の意味《いみ》だかわからないで、アパジにたずねました。アパジは、少《すこ》し考《かんが》えておりましたが、

「娘《むすめ》たちの申《もう》しているのは、地《つち》のことでございます。一人《ひとり》の娘《むすめ》が、顔《かお》によいと申《もう》したのは、薑黄《きょうおう》（インドの女《おんな》が顔《かお》につける化粧料《けしょうりょう》）を植《う》えるによいということをさしたので、口《くち》によいと申《もう》したのは、檳榔《びんろう》（インドではその葉《は》や実《み》を石灰《せっかい》にまぜて食後必《しょくごかなら》ず食《た》べる）を育《そだ》てるに適《てき》するという意味《いみ》であり、また子孫《しそん》のためによいと申《もう》したのは、若《わか》い椰子《やし》の樹《き》を植《う》えて、

子孫《しそん》のために残《のこ》すに適《てき》していると考《かんが》えたのでございます。」

と、申《もう》しあげました。

ラヤ王《おう》は、すぐに三人《さんにん》の娘《むすめ》を召《め》して、どういう意味《いみ》で今《いま》のようなことをいったのかとおたずねになりました。ところがアパジの説明《せつめい》したとおりでありましたから、ただ聴《き》いてはまるで意味《いみ》のないような言葉《ことば》を、よくもわけなく解《と》いたものだと、彼《かれ》の智慧《ちえ》をたいそうおほめになりました。

अपमानजनक शब्दों का सही अर्थ
悪口《わるくち》のうちに褒《ほ》め言葉《ことば》 Chapter 7-11

ある時《とき》、南《みなみ》の方《ほう》の国《くに》から、舞踊《ぶよう》や音楽《おんがく》の上手《じょうず》な娘《むすめ》が三人《さんにん》、ラヤ王《おう》の宮廷《きゅうてい》にやってまいりました。彼《かれ》らは、ラヤ王《おう》の御前《ごぜん》で、すぐれた演技《えんぎ》を見《み》せて、深《ふか》い感動《かんどう》をあたえました。王《おう》さまはたいそうお喜《よろこ》びになって、結構《けっこう》な引出物《ひきでもの》を贈《おく》りました。王《おう》娘《むすめ》たちはお礼《れい》を申《もう》すつもりで、次《つぎ》のような言葉《ことば》をもって、王《おう》さまを褒《ほ》めたたえました。第一《だいいち》の娘《むすめ》は、

「陛下《へいか》よ、万歳《ばんざい》！　陛下《へいか》の御心《みこころ》は、誠《まこと》に根《ね》のようであり、茎《くき》のようでございます。」

と申《もう》しました。第二《だいに》の娘《むすめ》は、

「陛下《へいか》に御栄《みさか》えあれ！　誠《まこと》に陛下《へいか》は刺《とげ》を持《も》ち、醜《みにく》うございます。」

と申《もう》しました。第三《だいさん》の娘《むすめ》は、

「陛下《へいか》よ、万歳《ばんざい》！　陛下《へいか》はゴツゴツとして、ぶざまでいらっしゃいます。」

と申《もう》しました。

王《おう》さまは、このように表面《ひょうめん》は無礼《ぶれい》に見《み》える言葉《ことば》の下《した》に、褒《ほ》め言葉《ことば》のひそんでいることがわかりましたが、いつぞやお妃《きさき》がしきりとすすめた男《おとこ》の才能《さいのう》をためすには、もってこいの問題《もんだい》だと考《かんが》えましたから、その男《おとこ》をそば近《ちか》くお召《め》しになって、

「大勢《おおぜい》のいる前《まえ》で、今《いま》のような無礼《ぶれい》の言葉《ことば》を吐《は》く女《おんな》たちには、いかなる処罰《しょばつ》を加《くわ》えたがよいであろうか。」

と、たずねられました。

すると、その男《おとこ》は少《すこ》しの躊躇《ちゅうちょ》をするところもなく、

「そのような無礼《ぶれい》を働《はたら》いた者《もの》に対《たい》しては、ただちに国外《こくがい》へ追放《ついほう》いたすのが適当《てきとう》でございましょう。」

と、答《こた》えました。

王《おう》さまはその男《おとこ》を下《さ》がらせ、今度《こんど》はアパジをそばにお召《め》しになって、同《おな》じ問題《もんだい》について、おたずねになりました。アパジは微笑《びしょう》をふくんで、お答《こた》えしました。

Chapter 7

「陛下《へいか》、わたくしの考《かんが》えによりますと、女《おんな》どもは、陛下《へいか》のお値打《ねう》ちを、実《じつ》にまちがいなくお認《みと》め申《もう》しあげたもので、それに対《たい》しては、充分《じゅうぶん》の恩賞《おんしょう》をとらして然《しか》るべきものと存《ぞん》じます。」

「それでは、どのように褒《ほ》めたのだと、その方《ほう》は解釈《かいしゃく》いたすのか、説明《せつめい》してみよ。」

王《おう》さまの、重《かさ》ねてのおたずねに、アパジは申《もう》しました。

「陛下《へいか》、最初《さいしょ》の女《おんな》が申《もう》しましたのは、陛下《へいか》のご性質《せいしつ》を見《み》ぬいた言葉《ことば》で、さとうきびの根《ね》や茎《くき》のように甘《あま》く、お優《やさ》しいと申《もう》しあげたのでございます。第二《だいに》の女《おんな》が申《もう》しましたのは、同《おな》じ意味《いみ》のことをさらによくお褒《ほ》め申《もう》したので、刺《とげ》はあって醜《みにく》いが、果物《くだもの》の王《おう》である波羅蜜《はらみつ》の樹《き》の蜜《みつ》の甘《あま》さにたとえたのでございます。また第三《だいさん》の女《おんな》は、見《み》かけはゴツゴツしてぶざまな、氷砂糖《こおりざとう》の甘《あま》さにご性質《せいしつ》をくらべたのでございます。それゆえ彼女《かのじょ》らの申《もう》しましたことは、いずれも皆《みな》まったく陛下《へいか》をお褒《ほ》め申《もう》しあげた言葉《ことば》でございます。」

これを聴《き》いて、王《おう》さまはたいそう喜《よろこ》ばれ、お妃《きさき》の方《ほう》をふりかえり、

「そなたの推挙《すいきょ》した男《おとこ》と、アパジの才能《さいのう》とをくらべて、どうおもうかな？」

と、おっしゃいました。

しかしお妃《きさき》は、女性《じょせい》にありがちな強情《ごうじょう》を張《は》って、まだまだこれ以上《いじょう》ためしてみなければ、ほんとのことはわかりませんと、いい張《は》りました。

जिन विद्वानों के पास सामान्य बुद्धि नहीं
学者《がくしゃ》の馬鹿者《ばかもの》　Chapter 7-12

ラヤ王《おう》の宮廷《きゅうてい》へ、五人《ごにん》のバラモンの学者《がくしゃ》がおとずれて、お目《め》どおりをいたしました。いずれもそれぞれの専門《せんもん》の学問《がくもん》に身《み》をゆだねて、その道《みち》の奥義《おうぎ》をきわめておりました。一人《ひとり》は論理学者《ろんりがくしゃ》で、一人《ひとり》は文法学者《ぶんぽうがくしゃ》、またあとは音楽者《おんがくしゃ》と、占星学《せんせいがく》者《しゃ》と、医学者《いがくしゃ》でありました。おのおの王《おう》さまの前《まえ》で、じぶんの専門《せんもん》としている学問《がくもん》の奥義《おうぎ》を、ご覧《らん》にいれましたので、王《おう》さまはたいそうお喜《よろこ》びになりました。

ところがアパジは、なるほど彼《かれ》らは、専門《せんもん》の学問《がくもん》には通《つう》じていようが、それと同《おな》じく世間《せけん》の事情《じじょう》に通《つう》じているかどうかは、疑《うたが》わしいものだといいました。そしてそれを試《ため》すために、王《おう》さまに暇乞《いとまご》いをする前《まえ》、一度《いちど》じぶんたちで自炊《じすい》をさせて、どんな食事《しょくじ》をとるか、見《み》たいものだと、いいだしました。そこで彼《かれ》らのために、広《ひろ》い料理場《りょうりば》が設《もう》けられ、アパジは、そこで彼《かれ》らがどんなことをするか、それを見張《みは》るために、家来《けらい》を一人《ひとり》つけておきました。

さてめいめい役割《やくわ》りをきめて、まず論理学者《ろんりがくしゃ》は、市場《いちば》へバターの溶《と》かしたものを買《か》いに出《で》かけることになりました。ところが帰《かえ》り途《みち》に、彼《かれ》はコップに入《はい》ったバターを見《み》て、コップの方《ほう》でバターを入《い》れているのだろうか、それともバターの方《ほう》がコップをおさえているのだろうかという理屈《りくつ》を考《かんが》えました。いろいろ考《かんが》えてみましたが、どうしても解決《かいけつ》がつきません。家《うち》へ入《はい》りかけて、

「ああ、そうだ、じぶんで実験《じっけん》してみればわかるのだ。」

と気《き》がつきましたから、バターの溶《と》かしたものが入《はい》っているコップを、さかさにいたしました。すると、バターが床《ゆか》の

上《うえ》にこぼれましたので、コップが中身《なかみ》をささえていたのだということがわかり、大満足《だいまんぞく》でした。

文法学者《ぶんぽうがくしゃ》は、凝乳《ぎょうにゅう》を買《か》って来《く》るといって出《で》かけましたが、乳屋《ちちや》のおかみさんが、言語学上《げんごがくじょう》の規則《きそく》を破《やぶ》って、まちがった発音《はつおん》をしていたのが聴《き》いていられないといって、注意《ちゅうい》したことから喧嘩《けんか》をはじめ、げんきのない顔《かお》をして帰《かえ》ってきました。

音楽者《おんがくしゃ》は、料理番《りょうりばん》の役目《やくめ》を引《ひ》きうけて、かまどのまえにしゃがんでいましたが、お鍋《なべ》の米《こめ》が煮《に》えはじめると、ぐつぐつという音《おと》に合《あ》わして、拍子《ひょうし》をとりだしました。ところがお米《こめ》の方《ほう》は、音楽者《おんがくしゃ》の拍子《ひょうし》には委細《いさい》かまわず、じぶん勝手《かって》に音《おと》を立《た》てますので、音楽者《おんがくしゃ》は腹《はら》を立《た》てて、お鍋《なべ》をめちゃめちゃにこわしてしまいました。

占星学者《せんせいがくしゃ》は、食《た》べ物《もの》を盛《も》る木《き》の葉《は》の皿《さら》をとって来《く》る役目《やくめ》にあたりましたので、バンヤンの樹《き》に登《のぼ》りますと、あいにくなことに、頭《あたま》の上《うえ》でクリック、クリックと、とかげの鳴《な》き声《ごえ》がきこえました。ちょうど半分《はんぶん》ほど登《のぼ》ったところでしたが、とかげの鳴《な》くのは占《うらな》いの方《ほう》から見《み》ると、縁起《えんぎ》のわるいこととされていましたから、樹《き》を降《お》りはじめました。すると、今度《こんど》は下《した》の方《ほう》から、またとかげの鳴《な》き声《ごえ》が、クリック、クリックと聞《き》こえてきました。そこで彼《かれ》は、上《うえ》に登《のぼ》ることもできなければ、下《した》に降《お》りることもできなくなりました。そのうちにだんだん遅《おそ》くなりましたから、やっとのことで降《お》りて、しょげきって帰《かえ》って来《き》ました。

医学者《いがくしゃ》は、野菜物《やさいもの》を買《か》いに出《で》かけましたが、店《みせ》にならべてある野菜《やさい》は、どれもこれもみな治療《ちりょう》を加《くわ》えなければ役《やく》に立《た》たぬと考《かんが》えて、あれもだめ、これもだめとはねのけ、とうとう何《なに》も買《か》わずに帰《かえ》ってきました。

こうして五人《ごにん》の学者《がくしゃ》たちが、再《ふたた》び顔《かお》を合《あ》わしたのは、もう正午《ひる》の食事時間近《しょくじじかんちか》くでありましたが、食事《しょくじ》の仕度《したく》といっては、なにもできてはおりませんでした。

「ああ、なんというやな日《ひ》だ！」

といって、みんな沈《しず》んだ顔《かお》をしていました。

アパジは、つけておいた家来《けらい》の知《し》らせによって、台所《だいどころ》でのこの滑稽《こっけい》なようすを知《し》り、五人《ごにん》の学者《がくしゃ》に、王《おう》さまの御前《ごぜん》へ出《で》るようにと、いいつけました。学者《がくしゃ》たちは、お腹《なか》をすかして、げんきのないようすで、やって来《き》ました。ラヤ王《おう》は、そのみじめな有様《ありさま》を見《み》て、気《き》の毒《どく》に堪《た》えませんでした。そして、世《よ》の中《なか》の実際《じっさい》のことも、もっとよく知《し》っておかなければならないものだと注意《ちゅうい》してやり、贈《おく》りものを持《も》たせて、国《くに》へかえしてやりました。

कहानी जो कि अप्पाजी भीड़ से सम्राट मिला

群臣《ぐんしん》の中《なか》から皇帝《こうてい》を見出《みいだ》す　Chapter 7-13

デリーの皇帝《こうてい》が、ラヤ王《おう》に書面《しょめん》をおくって、総理大臣《そうりだいじん》のアパジに、早速来《さっそくき》て、余《よ》に目《め》どおりをするようにと、命《めい》じました。そうしておいて皇帝《こうてい》は、アパジがデリーに来《き》たら、策略《さくりゃく》を用《もち》いて、アパジをあざむこうとしました。

皇帝《こうてい》は、一人《ひとり》の家来《けらい》に、皇帝《こうてい》の衣装《いしょう》をつけさせて、玉座《ぎょくざ》につかせ、じぶんは大臣《だいじん》に仮装《かそう》して、大勢《おおぜい》の家来《けらい》の中《なか》に交《ま》じっておりました。

やがて、ラヤ王《おう》の大臣《だいじん》であるアパジは、皇帝《こうてい》の御前《ごぜん》に召《め》しだされました。どうするかと皇帝《こうてい》が見《み》ていると、アパジは、家来《けらい》に仮装《かそう》した皇帝《こうてい》の前《まえ》に、ピタリと立《た》って、うやうやしく敬礼《けいれい》をいたしました。皇帝《こうてい》は少《すく》なからずおどろいて、アパジの眼《め》の鋭《するど》さに、感嘆《かんたん》の言葉《ことば》を発《はっ》せずにはおられませんでした。そして、どうしてじぶんを、皇帝《こうてい》だと見破《みやぶ》ったかとたずねました。

アパジは答《こた》えました。

「ここにおられる方々《かたがた》の眼《め》が、ことごとく陛下《へいか》にそそがれておりましたから、これはわたくしをあざむくためのごじょうだんをされたことと思《おも》いました。」

皇帝《こうてい》は、アパジの説明《せつめい》をきいて、たいそう感心《かんしん》され、貴《とうと》い贈《おく》りものを持《も》たして、国《くに》へ帰《かえ》しました。このために、皇帝《こうてい》はそれ以来《いらい》、決《けっ》してラヤ王《おう》の国内《こくない》のことについて、かれこれと、干渉《かんしょう》すまいと考《かんが》えました。というのは、アパジのラヤ王《おう》につかえている間《あいだ》は、どんなにラヤ王《おう》を征服《せいふく》しようと事《こと》を計《はか》っても、必《かなら》ず失敗《しっぱい》するにきまっていたからであります。

Chapter 8

तेलगु की लोककथाएँ

テルグの民話《てるぐのみんわ》

आठवां अध्याय

【テルグの民話《みんわ》】

राजा और पहलवान
王《おう》さまと相撲取《すもうと》り Chapter 8-1

ナンダナ（Nandana）王《おう》が、テルグの国《くに》を支配《しはい》しておられた頃《ころ》、一人《ひとり》の相撲取《すもうと》りがやって来《き》て、お目《め》どおりをして、

「わたくしは永《なが》いこと苦労《くろう》をして、それから剣術《けんじゅつ》を覚《おぼ》え、その他《た》いろいろの武術《ぶじゅつ》を習《なら》いましたので、野獣《やじゅう》と闘《たたか》うこともできますれば、高《たか》い山《やま》を頭《あたま》にのせて、歩《ある》くことさえもできます。」

と、申《もう》しました。

王《おう》さまはそれをきいて、このような大男《おおおとこ》を抱《かか》えておいたら、必《かなら》ず役《やく》に立《た》つであろうと思《おも》い、一《いっ》か月《げつ》に金貨百《きんかひゃく》をもって、召《め》し抱《かか》えました。

ここに城下近《じょうかちか》くに、一《ひと》つの高《たか》い山《やま》があって、多《おお》くの悪《わる》い野獣《やじゅう》が巣《す》をくい、人民《じんみん》たちの難渋《なんじゅう》の種《たね》になっておりました。

それ故《ゆえ》、王《おう》さまは相撲取《すもうと》りをお召《め》しになって、

「その方《ほう》は、山《やま》を肩《かた》に載《の》せて、はこぶことができると申《もう》したな。この近《ちか》くに、誠《まこと》に人民《じんみん》の難儀《なんぎ》の種《たね》となっている山《やま》がある故《ゆえ》、遠方《えんぽう》へ持《も》って行《い》ってくれぬか。」

と、仰《おお》せられました。

相撲取《すもうと》りは、かしこまってお受《う》けしました。翌日明《よくじつあ》け方《がた》に、王《おう》さまは大臣《だいじん》たち、僧侶《そうりょ》たち、および供《とも》の兵士《へいし》たちを引《ひ》きつれ、相撲取《すもうと》りと共《とも》に、山《やま》の近《ちか》くまでまいりました。

相撲取《すもうと》りは、腰帯《こしおび》をしめ、布《ぬの》を頭《あたま》に巻《ま》き、すっかり用意《ようい》をして立《た》っていました。王《おう》さまはそれを見《み》て、早《はや》く山《やま》を頭《あたま》に載《の》せて、持《も》ってゆけとおっしゃいました。すると相撲取《すもうと》りは答《こた》えました。

「陛下《へいか》、わたくしは、頭《あたま》に山《やま》を載《の》せて、はこぶことができるとは申《もう》しましたが、山《やま》をさしあげることができるとは、申《もう》し

ませんでした。それ故《ゆえ》、どうぞ兵士《へいし》らに命《めい》じて、山《やま》を引《ひ》き裂《さ》いて、わたくしの頭《あたま》のうえに、載《の》せさせてくださいまし。そうすれば、どこへなりとおさしずの場所《ばしょ》へ、おはこび申《もう》しましょう。」

बूढ़ी औरत और मुर्गा और चूल्हा
老婆《ろうば》と牡鶏《おんどり》とかまど　Chapter 8-2

コンジェヴェラム（Conjeeveram）からウァンディウァシュ（Wandiwash）にゆく途中《とちゅう》の、ペナガライ（Pennagarai）の村《むら》に、一人《ひとり》のお婆《ばあ》さんが住《す》んでいて、その家《うち》には、一《ひと》つのかまどと一羽《いちわ》の牡鶏《おんどり》がありました。

毎日毎日朝早《まいにちまいにちあさはや》く、最初《さいしょ》の日《ひ》の光《ひか》りが見《み》えそめますと、必《かなら》ず牡鶏《おんどり》が鳴《な》きました。そうすると村《むら》じゅうの人々《ひとびと》がおきて、お婆《ばあ》さんの家《うち》へやって来《き》て、火《ひ》をもらい、それからめいめいじぶんの仕事《しごと》に取《と》りかかりました。

こういう状態《じょうたい》が、ながい間《あいだ》つづいておりましたところ、ある時《とき》お婆《ばあ》さんは、

「牡鶏《おんどり》が鳴《な》けばこそ、夜《よ》が明《あ》け、家《うち》から火《ひ》をもってゆけばこそ、村《むら》の者《もの》がご飯《はん》を食《た》べられるのだ。これがもし、じぶんが村《むら》にいなくなったとしたら、どうして夜《よ》が明《あ》けるだろう？　また村《むら》の者《もの》はどうしてご飯《はん》の支度《したく》をするだろう？」

と、ふと考《かんが》えました。

そこで、お婆《ばあ》さんはそれを知《し》りたいとおもって、誰《だれ》にも知《し》らさず、こっそりと牡鶏《おんどり》とかまどをもって、遠《とお》く離《はな》れた森《もり》へ出《で》かけて行《い》き、そこに坐《すわ》っておりました。

翌朝《よくあさ》、村《むら》じゅうの人々《ひとびと》がおきて、いつものようにお婆《ばあ》さんの家《うち》を訪《たず》ねますと、そこにはお婆《ばあ》さんの姿《すがた》が見《み》えませんでしたから、何《なに》か用《よう》ができて、どこかへ行《い》ったのだろうと考《かんが》えました。それで、他《ほか》から火《ひ》をもらって、ご飯《はん》をこしらえて、食《た》べました。

こちらはお婆《ばあ》さんで、暗《くら》くなるまで森《もり》におりますと、ふと一人《ひとり》の村《むら》の者《もの》が、そこを通《とお》りかかりました。お婆《ばあ》さんが呼《よ》びとめて、

「わたしは今朝《けさ》、村《むら》にいなかったのだが、そこでは夜《よ》が明《あ》けたかね？　みんなは火《ひ》をどうしたね？　ご飯《はん》をたいて、食《た》べたかね？」

と尋《たず》ねますと、その人《ひと》は笑《わら》って、

「オイオイ、この世界《せかい》じゅうが、まったくおまえさんの家《うち》の牡鶏《おんどり》と火《ひ》のおかげで、できていると思《おも》っているのかい？　な

ぜこんなところにいるのか、早《はや》く立《た》っておかえりよ。」

と、いいました。

बुद्धिमान मंत्री
賢《かしこ》い大臣《だいじん》 Chapter 8-3

マームッド皇帝《こうてい》は、いつも外《そと》に対《たい》しては戦争《せんそう》をしかけ、内《うち》に対《たい》しては人民《じんみん》を圧迫《あっぱく》しましたので、国《くに》が荒《あ》れはてて、人民《じんみん》は貧乏《びんぼう》しておりました。そこで大臣《だいじん》が、なんとか工夫《くふう》をして、王《おう》さまによく国《くに》を治《おさ》めさせるようにしなければならぬと考《かんが》え、王《おう》さまとお話《はな》しをする折《お》りさえあれば、「じぶんは、以前《いぜん》ある行者《ぎょうじゃ》の弟子《でし》となったことがある故《ゆえ》、鳥《とり》の言葉《ことば》がよくわかる」ということを話《はな》しました。

ある日《ひ》、王《おう》さまと大臣《だいじん》とが、狩《か》りから帰《かえ》って来《く》ると、二羽《にわ》のフクロウが樹《き》のうえで、たがいに何《なに》か叫《さけ》びあっておりました。王《おう》さまはその叫《さけ》び声《ごえ》をきいて、大臣《だいじん》をよび、あれは何《なに》を話《はな》しあっているのか、きかせてくれよと、おっしゃいました。

大臣《だいじん》は、いかにもフクロウの会話《かいわ》がわかるというようすで、ちょっとの間耳《あいだみみ》をかしげておりましたが、やがて王《おう》さまにむかい、

「彼《かれ》らの話《はな》しておりますことは、陛下《へいか》のお耳《みみ》に入《い》れるにふさわしくないことでございます。」

と、申《もう》しました。

しかし王《おう》さまは、どうしても聴《き》かせよとおっしゃいますので、大臣《だいじん》はやむを得《え》ず、次《つぎ》のように物語《ものがた》りました。

「片方《かたほう》のフクロウは、一羽《いちわ》の息子《むすこ》を持《も》っており、また片方《かたほう》の

フクロウは、一羽《いちわ》の娘《むすめ》を持《も》っております。この二羽《にわ》の親鳥《おやどり》が、互《たがい》の子供《こども》たちを結婚《けっこん》させることについて、いろいろ相談《そうだん》をいたしておるのでございます。片方《かたほう》のフクロウは、一方《いっぽう》のフクロウにむかい、『それでは、おまえの娘《むすめ》を、わしの息子《むすこ》の嫁《よめ》にもらおうが、それについて、荒《あ》れはてた棲《す》みよい村《むら》を五十《ごじゅう》か村《そん》、息子《むすこ》にくれるかね?』といいますと、それに答《こた》えて一方《いっぽう》のフクロウが、『幸《さいわ》い我《わ》がマームッド皇帝《こうてい》が、この国《くに》を治《おさ》めていらっしゃるうちは、どこもかも荒《あ》れはてた村《むら》なのだから、たった五十《ごじゅう》といわず、わたしは五百《ごひゃく》やろう。』と申《もう》しておるのでございます。」

皇帝《こうてい》はこれを聴《き》いて、なるほどじぶんの治《おさ》めている国《くに》は、フクロウがほしがるように荒《あ》れていたのかと、たいそう悲《かな》しくおもいました。それで、すぐと命令《めいれい》をだして、国内《こくない》の村々《むらむら》を復興《ふっこう》させ、人民《じんみん》たちを幸福《こうふく》にしてやりました。

शेर और लोमड़ी

獅子《しし》とキツネ　Chapter 8-4

ダンダカ（Dandaka）の森《もり》に、一匹《いっぴき》の獅子《しし》がすんでいて、同《おな》じ森《もり》にすんでいる獣《けもの》たちを、しじゅうおそっては、とって食《た》べておりました。他《ほか》の獣《けもの》たちは、一日《いちにち》として安心《あんしん》した日《ひ》はありませんので、どうかしてこの不安《ふあん》からのがれたいとおもい、毎日誰《まいにちだれ》か一匹《いっぴき》ずつ犠牲《いけにえ》にさしだすから、それ以上他《いじょうほか》のものをおそわないでくれと、獅子《しし》に申《もう》しこみました。獅子《しし》はそれを承諾《しょうだく》して、当分《とうぶん》その約束《やくそく》どおりにやっておりました。

ところが、ある日《ひ》、キツネが犠牲《いけにえ》にされることになりました。キツネは、どうしても獅子《しし》に食《た》べられたくないと思《おも》いましたから、なんとかして獅子《しし》を殺《ころ》し、じぶんの命《いのち》を助《たす》かる方法《ほうほう》はないかしらと考《かんが》えながら、ゆっくりゆっくり道《みち》を歩《ある》い

ておりました。獅子《しし》は、いつまで待《ま》っても犠牲《いけにえ》の獣《けもの》が来《こ》ないので、腹《はら》をたてているところへ、キツネの姿《すがた》が見《み》えましたから、

「なぜこんなにおそくなったのか！」

と、どなりました。

「誠《まこと》にご立腹《りっぷく》はごもっともですが、実《じつ》は私《わたし》が森《もり》の動物《どうぶつ》たちの依頼《いらい》をうけて、他《ほか》の犠牲《いけにえ》になるキツネをつれて来《き》ましたところ、途中《とちゅう》で、あなたでない他《ほか》の獅子《しし》が出《で》てきまして、あなたのご馳走《ちそう》をもって行《い》ってしまったのです。それは他《ほか》へ持《も》ってゆく犠牲《いけにえ》ですから困《こま》りますと、私《わたし》が申《もう》しますと、そいつの言《い》いぐさがこうです。『ぐずぐずいうな。文句《もんく》があれば、おれのところへ来《こ》いと、その獅子《しし》にそういえ』というので、どうもしかたがありませんでした。」

と、答《こた》えました。

Chapter 8

「それでは、すぐとそいつのいる場所《ばしょ》へ案内《あんない》しろ。」

と、獅子《しし》がいいましたので、悪《わる》がしこいキツネは、獅子《しし》を井戸《いど》のそばにつれて行《い》って、

「そいつはこの中《なか》におります。私《わたし》ものぞいてみますから、どうぞ両腕《りょううで》で私《わたし》をおさえていて下《くだ》さい。」

と、いいました。

獅子《しし》が井戸《いど》の中《なか》をのぞいてみますと、キツネを抱《かか》えたじぶんの姿《すがた》が、水《みず》にうつってみえました。獅子《しし》は、それを敵《てき》の姿《すがた》だと思《おも》いこんで、いきなりキツネを離《はな》し、井戸《いど》の中《なか》へ飛《と》びこみましたから、たちまちおぼれ死《し》んでしまいました。

पर्याप्त एक भोज जितना अच्छा है

不運《ふうん》はどこへ行《い》っても不運《ふうん》 Chapter 8-5

カルナタカ（Karnataka）というところに、ハイマンタカ（Haimantaka）とよぶ機織家《はたおりや》がいて、ざつな布《ぬの》や、また立派《りっぱ》な麻《あさ》などを織《お》っておりましたが、収入《しゅうにゅう》がごく少《すく》ないために、なかなかくらしてゆくのに骨《ほね》がおれました。

その近所《きんじょ》に、やはり同《おな》じ織物《おりもの》を業《ぎょう》としている、ディマンタ（Dhimanta）という男《おとこ》が住《す》んでいました。これはごくざつな仕事《しごと》をしているのにもかかわらず、大《たい》した収入《しゅうにゅう》があって、安楽《あんらく》にくらしておりました。

ある日《ひ》、ハイマンタカは、おかみさんにむかい、こんなことをいって、こぼしました。

「わしの腕《うで》は、この土地《とち》の者《もの》には分《わ》からないのだ。わしは他《ほか》の土地《とち》へ出《で》かけて行《い》って、うんと金《かね》もうけをして、帰《かえ》ってこようとおもう。」

それに対《たい》しておかみさんは、

「遠《とお》くへ出《で》かけたところが、なんの役《やく》に立《た》つものですか。けっきょく、あなたの運《うん》にあるだけのものしか、とれやしませんよ。」

と、いいました。

けれど、ハイマンタカは、おかみさんの忠告《ちゅうこく》もきかず、家《うち》を出《で》て行《い》って、ある遠《とお》く離《はな》れた国《くに》にしばらく滞在《たいざい》して、そこで織物《おりもの》を織《お》っておりました。

やがて金《かね》をもうけて、国《くに》へ帰《かえ》ってきましたが、途中《とちゅう》で宿屋《やどや》に泊《と》まった時《とき》、お金《かね》を部屋《へや》の隅《すみ》にしまって、床《とこ》に入《はい》ったところ、夜泥棒《よるどろぼう》がしのびこんで、あるたけの物《もの》を全部《ぜんぶ》ぬすんで、持《も》ち去《さ》りました。あくる朝《あさ》、彼《かれ》は目《め》をさましてみると、何《なに》もかもなくなっていましたので、がっかりしました。そしておかみさんのじぶんにいったことが、真実《ほんとう》なのかを、今《いま》になってつくづく感《かん》じました。

それから彼《かれ》はすっかりあきらめて、一生家《いっしょううち》でとれるだけのわずかの収入《しゅうにゅう》に満足《まんぞく》してくらしました。「不運《ふうん》はどこへ行《い》っても不運《ふうん》」ということわざは、この事《こと》であります。

दरबुद्धि और सुबुद्धि
デュルブッディとスブッディ　Chapter 8-6

アバンティ（Avanti）というところに、デュルブッディ（Durbuddhi）とよぶ名《な》の商人《あきんど》と、スブッディ（Subuddhi）

とよぶ名《な》の商人《あきんど》とがありました。この二人《ふたり》の商人《あきんど》が外国《がいこく》へ行《い》って、たくさんのお金《かね》をもうけて帰《かえ》り、そのお金《かね》を全部《ぜんぶ》、誰《だれ》にも知《し》れぬよう大《おお》きなタマリンドの樹《き》の下《した》に埋《う》めておきました。

それからしばらくしてデュルブッディは、こっそりその場所《ばしょ》へ行《い》って、宝物《たからもの》を全部掘《ぜんぶほ》りだし、じぶんの家《うち》へ持《も》ち去《さ》りました。その後二《ごに》、三日《さんにち》たって、デュルブッディとスブッディの二人《ふたり》で、樹《き》の下《した》へ行《い》ってみますと、宝物《たからもの》がなくなっていましたので、デュルブッデイは、スブッデイがぬすんだのだろうといって、せめたあげく、裁判所《さいばんしょ》へつれて行《い》って、訴《うった》えました。裁判官《さいばんかん》はその訴《うった》えをきいて、それでは明日《あす》、改《あらた》めて裁《さば》きをしようといいました。

そこでデュルブッディは、家《うち》へ帰《かえ》ってから、お父《とう》さんをつれて樹《き》の下《した》へ行《い》き、樹《き》の洞《うろ》の中《なか》にお父《とう》さんを入《い》れて、明日《あす》裁判官《さいばんかん》が来《き》たら、こういう風《ふう》にするようと、何《なに》か策《さく》をさずけておきました。翌日裁判官《よくじつさいばんかん》は、実地《じっち》をしらべるために、供《とも》の者《もの》をつれて、樹《き》のそばに来《き》て、

「一体金《いったいかね》を持《も》ち去《さ》ったのは、誰《だれ》だ！」

と、樹《き》にむかってたずねました。

すると樹《き》が、

「スブッディの奴《やつ》が持《も》って行《い》ったのです。ほんとうにあいつは悪《わる》い奴《やつ》です。」

と、声《こえ》をだしましたので、それを聴《き》いた人《ひと》たちは、びっくりいたしました。

しかし、裁判官《さいばんかん》はそんなことで、たやすくだまされるような人《ひと》ではありませんでした。ちょっと考《かん》えた後《あと》で、供《とも》の者《もの》に藁《わら》を持《も》ってこさせ、それを樹《き》の洞《うろ》につめて、火《ひ》をつけました。するとと中《なか》にいた男《おとこ》は、息《いき》がつまって苦《くる》しくなりましたから、

「助《たす》けてくれ！」

と、さけびました。

これによって裁判官《さいばんかん》は、すべてデュルブッディのしわざであったことを見破《みやぶ》って、金《かね》を全部《ぜんぶ》とりもどし、それをスブッディにあたえました。

स्वर्ग और नरक
天国《てんごく》へ行《い》った者《もの》地獄《じごく》へ行《い》った者《もの》 Chapter 8-7

ヴィザガパタム（Vizagapatam）というところに、友《とも》だち同志《どうし》の二人《ふたり》の男《おとこ》が住《す》んでおりました。一人《ひとり》は、いつも宗教《しゅうきょう》の儀式《ぎしき》をきちんきちんと行《おこな》い、またよくお寺《てら》へお詣《まい》りしては、ながいことお経《きょう》をあげておりましたが、他《ほか》の男《おとこ》は、ろくでもない仲間《なかま》といっしょにつまらないおしゃべりをしては、時《とき》を費《ついや》しておりました。しかし前《まえ》の男《おとこ》は、そんなにお寺詣《てらまい》りをしながら、心《こころ》のなかでは、世間《せけん》ふつうの楽《たの》しみがとりたくてなりませんでしたし、後《あと》の男《おとこ》は、じぶんのだらしのない生活《せいかつ》を恥《は》じて、どうかして友《とも》だちのような、殊勝《しゅしょう》な行《おこな》いがしたいものだと、ひどく悲《かな》しんでおりました。

　こんな風《ふう》で二人《ふたり》は生涯《しょうがい》をすごし、ついに二人《ふたり》ともこの世《よ》を去《さ》りました。ところが、お寺詣《てらまい》りをしていた方《ほう》の男《おとこ》は地獄《じごく》へおち、うわついた生活《せいかつ》をしていた方《ほう》の男《おとこ》は、天国《てんごく》へ昇《のぼ》りました。ナラダ(Narada)賢者《けんじゃ》が、二人《ふたり》の思《おも》いがけない運命《うんめい》を見《み》て、天《てん》の上帝《じょうてい》のところへゆき、申《もう》しました。

「おお、神《かみ》さま、毎日《まいにち》お寺詣《てらまい》りをしてすごした男《おとこ》の運命《うんめい》が、地獄《じごく》へおちることであり、毎日《まいにち》無意味《むいみ》に時《とき》をすごした男《おとこ》が、天国《てんごく》へやって頂《いただ》きました。全知全能《ぜんちぜんのう》の神《かみ》たるあなたが、そのようなまちがったことをなさるなら、この世《よ》のなかで、誰《だれ》があなたを敬《うやま》いましょうか。」

上帝《じょうてい》はこの言葉《ことば》をきいて、笑《わら》いながらいいました。

「わしは、心《こころ》で一生懸命善《いっしょうけんめいぜん》を行《おこな》おうと考《かんが》えていた者《もの》を救《すく》ってやり、お寺《てら》へはしばしば行《い》くが、この世《よ》の快楽《かいらく》をほしがっていた者《もの》を地獄《じごく》へ送《おく》ってやったまでじゃ。」

心《こころ》の清《きよ》さこそ、死後《しご》、私《わたし》たちがどこへ行《ゆ》くかということを、きめるものなのであります。

उत्तराधिकारी का चयन

後継者《あとつぎ》の選択《せんたく》 Chapter 8-8

チョーラマンダラ（Cholamandala）国《こく》の王《おう》、ドウィジャキルチ（Dwijakirtti）には、三人《さんにん》の王子《おうじ》がありました。王《おう》は年《とし》をとって、もはや国《くに》の政治《せいじ》を見《み》ることができなくなりましたので、王子《おうじ》たちのうちから、国《くに》を治《おさ》めるのに適《てき》した者《もの》を選《えら》んで、国《くに》をゆずろうと考《かんが》えました。

それで、王子《おうじ》たちの才能《さいのう》をためすために、まず長男《ちょうなん》を呼《よ》んで、おまえは何《なに》が一番望《いちばんのぞ》みかと、たずねました。彼《かれ》は、「もっともえらい論理学者《ろんりがくしゃ》と、文法学者《ぶんぽうがくしゃ》と、修辞学者《しゅうじがくしゃ》と、その他《た》さまざまな学問《がくもん》の大家《たいか》を身《み》のまわりに集《あつ》めとうございます。そしてラーマヤナやマハーバーラタ（共《とも》にインド最古《さいこ》の文学《ぶんがく》）を研究《けんきゅう》して、一生《いっしょう》をおくりたいと存《ぞん》じます。」

と、答《こた》えました。そこで王《おう》さまは、彼《かれ》に生涯《しょうがい》の扶持《ふち》として、数《すう》か村《そん》の土地《とち》をあたえ、そこでじぶんの望《のぞ》みどおりのことをせよと、申《もう》しわたしました。

次《つぎ》に次男《じなん》の王子《おうじ》をよんで、その一番《いちばん》の望《のぞ》みを聴《き》きますと、

「私《わたし》は、諸所方々《しょしょほうぼう》の聖地《せいち》を、めぐってあるきたいと思《おも》います。」

と、答《こた》えました。そこで、彼《かれ》には巡礼《じゅんれい》するに必要《ひつよう》なだけの金《かね》をあたえ、それを持《も》って巡礼《じゅんれい》に出《だ》させました。

最後《さいご》に、彼《かれ》は三番目《さんばんめ》の王子《おうじ》をよんで、おまえの一番《いちばん》の望《のぞ》みは何《なに》かと、たずねました。すると息子《むすこ》は、

「国《くに》を得《え》て、大軍隊《だいぐんたい》をおこし、人民《じんみん》を保護《ほご》し、土地《とち》を豊穣《ほうじょう》にし、かくて大名《たいめい》を得《え》ることが、私《わたし》の望《のぞ》みでございます。」

と、答《こた》えました。

王《おう》さまは、この言葉《ことば》をきいて、たいそう喜《よろこ》び、この三番目《さんばんめ》の王子《おうじ》こそ、国《くに》を治《おさ》めるにもっとも適《てき》しているものと考《かんが》え、

彼《かれ》にじぶんの国《くに》をゆずりました。この王子《おうじ》は、国《くに》をうけついでから、正義《せいぎ》と寛大《かんだい》をもって人民《じんみん》を治《おさ》めましたから、国内《こくない》が富《と》み栄《さか》えました。

ज्ञान का उपयोग करके सजा से बच
智慧《ちえ》で罪《つみ》をのがれる　Chapter 8-9

カルナタク（Karnatak）のある王《おう》さまが、美《うつく》しい花園《はなぞの》をつくって、暇《ひま》さえあれば、そこへ行《い》っておりました。ところが、大臣《だいじん》の子供《こども》が、そこへ毎日《まいにち》のように入《はい》ってきて、花《はな》をとりました。王《おう》さまは、一日一日《いちにちいちにち》と、花《はな》の数《かず》が少《すく》なくなりますので、庭師《にわし》たちに命《めい》じて、誰《だれ》が花《はな》をぬすむのか、よく見張《みは》っていて、そのような者《もの》があったら、引《ひ》っ捕《とら》えてつれて来《こ》いとおっしゃいました。

そこで、庭師《にわし》たちは見張《みは》りをして、大臣《だいじん》の子供《こども》が花《はな》をとっている現場《げんば》を捕《とら》えました。そして、ぬすんだ花《はな》を持《も》たせたまま、子供《こども》を車《くるま》に載《の》せて、王《おう》さまの御殿《ごてん》へ、つれてゆきました。ちょうどその時《とき》、大臣《だいじん》は、門《もん》のそばに立《た》っておりました。そばにいた者《もの》が出来事《できごと》を彼《かれ》に話《はな》して、

「これから、王《おう》さまの前《まえ》へつれてゆかれるのです。助《たす》けておやりなさい。」

とすすめますと、彼《かれ》は大声《おおごえ》に、

「なに、心配《しんぱい》するにはあたらない。口《くち》があれば、助《たす》かるでしょう。」

と、返事《へんじ》しました。

大臣《だいじん》の子供《こども》は、これをきいて、お父《とう》さんのいった言葉《ことば》のほ

んとうの意味《いみ》をさとり、すぐと、花《はな》をば残《のこ》らず食《た》べてしまいました。

王《おう》さまの御前《ごぜん》へつれて来《こ》られると、王《おう》さまは子供《こども》にむかい、なぜ花《はな》をぬすんだのかと、たずねました。それに対《たい》して子供《こども》は、

「私《わたし》はなんにもしないのに、ここへつれて来《こ》られたのです。ただ庭《にわ》を見《み》に行《い》っただけで、花《はな》などぬすみはいたしません。」

と、いいました。

しらべたが、子供《こども》はどこにも花《はな》を持《も》っておりませんでしたから、王《おう》さまは子供《こども》のいうことを信《しん》じて、ゆるしてやりました。

अंत में सच मिल गया

最後《さいご》にほんとのことがわかる　Chapter 8-10

むかし、デリーに、金持《かねも》ちの商人《あきんど》がありました。召使《めしつか》いの一人《ひとり》が、ものをぬすんで逃亡《とうぼう》しましたので、方々《ほうぼう》に人《ひと》をやって、さがさせましたけれど、わかりませんでした。

それからまもなくたって後《のち》のこと、その商人《あきんど》が用事《ようじ》のため、よその町《まち》へ行《い》ったことがありました。すると、そこで、持《も》ちにげした召使《めしつか》いの男《おとこ》が、街《まち》を歩《ある》いているのに出《で》あいました。すぐと引《ひ》っ捕《とら》えて、持《も》ちにげをしたことについて責《せ》めますと、急《きゅう》にその男《おとこ》は商人《あきんど》の胴着《どうぎ》をつかんで、

「こいつ、ふとい奴《やつ》だ。主人《しゅじん》の大事《だいじ》な物《もの》をぬすんで逃《に》げおって、おれは今《いま》までどれほどさがしたか、わからぬぞ。今日《きょう》こそは、もう逃《に》がしはせぬ。さあ、ぬすんだ物《もの》を返《かえ》してくれ。」

と、反対《はんたい》にわめきたてました。

そこで、二人《ふたり》はお奉行所《ぶぎょうしょ》へ訴《うった》え出《で》て、めいめいじぶんが盗難《とうなん》にあったのだと、争《あらそ》いました。お奉行《ぶぎょう》は、ちょっと考《かんが》えておりましたが、二人《ふたり》に、窓《まど》から外《そと》へ首《くび》を出《だ》すようにと命《めい》じ、下役人《したやくにん》をよんで、

「さあ、どいつか知《し》らんが、召使《めしつか》いの方《ほう》の首《くび》を切《き》りおとしてしまえ。」

と、いいました。

すると、泥棒《どろぼう》をした男《おとこ》は、事実《じじつ》じぶんが召使《めしつか》いであるし、また召使《めしつか》いの首《くび》は切《き》ってしまえと、いっているのを聴《き》きましたから、おもわず驚《おどろ》いて、窓《まど》から首《くび》を引《ひ》っこめました。それに引《ひ》きかえ、商人《あきんど》はじっとしたまま、首《くび》を引《ひ》っこめようとしませんでした。

この様《さま》を見《み》て、お奉行《ぶぎょう》は、首《くび》を引《ひ》っこめた男《おとこ》こそ、ほんと

に犯人《はんにん》であると判断《はんだん》して、重《おも》い刑罰《けいばつ》に処《しょ》しました。

समर्पित कर्मचारी
忠実《ちゅうじつ》な従者《じゅうしゃ》　Chapter 8-11

アナンタプル（Anantapur）に、クンチボジャ（Kunthibhoja）という名《な》の王《おう》さまがありました。ある時《とき》、学者《がくしゃ》や、大臣《だいじん》や、その他大勢《たおおぜい》の家来《けらい》を接見《せっけん》しておりますと、一人《ひとり》の武士《ぶし》が前《まえ》に来《き》て、頭《あたま》を下《さ》げ、

「陛下《へいか》、わたくしめをお召《め》し抱《かか》えくださるなら、一身《いっしん》をなげうってお仕《つか》えいたしとう存《ぞん》じます。」

と、申《もう》しました。

王《おう》さまは、彼《かれ》をごじぶんの従者《じゅうしゃ》に採用《さいよう》しました。

その日《ひ》から、彼《かれ》は夜《よる》も寝《ね》ないで、御殿《ごてん》を警護《けいご》しておりました。ある晩《ばん》、王《おう》さまは、女《おんな》の泣《な》き声《ごえ》をきいて、従者《じゅうしゃ》をよび、

「あの泣《な》いている者《もの》は、誰《だれ》か。」

と、たずねられました。

従者《じゅうしゃ》の武士《ぶし》は、

「わたくしも、この十日《とうか》ほど、毎晩《まいばん》あの泣《な》き声《ごえ》を聴《き》きましたが、どこから聞《き》こえてくるのか、一向《いっこう》にわかりません。しかしおいいつけくださらば、直《ただ》ちにしらべてみようと存《ぞん》じます。」

と、申《もう》しました。

王《おう》さまは、ではしらべてくれといいつけておいて、彼《かれ》が出《で》てゆくと、後《あと》からこっそりつけてゆきました。

武士《ぶし》は、泣《な》き声《ごえ》をたどって、町《まち》の外《そと》へ出《で》ますと、ドゥルガー(Durga)の神《かみ》のお社《やしろ》のそばに、髪《かみ》をみだした女《おんな》がすわって、

声《こえ》をかぎりに泣《な》いていました。

「あなたはどなたですか？　またなんで泣《な》いているのですか？」

彼《かれ》がたずねますと、

「私《わたし》は、クンチボジャ王《おう》の守《まも》り神《がみ》ですけれど、王《おう》さまのお命《いのち》が、この二《に》、三日《さんにち》うちになくなることになっておりますから、それが悲《かな》しくて泣《な》いているのです。王《おう》さまがおなくなりになったら、私《わたし》は誰《だれ》をお守《まも》りしましょう。」

と、答《こた》えました。

そこで、彼《かれ》は、王《おう》さまをお助《たす》けする何《なに》かよい方法《ほうほう》はないだろうかとたずねますと、女《おんな》は、

「あなたの息子《むすこ》をドゥルガーの神《かみ》さまに犠牲《いけにえ》になされば、王《おう》さまは長命《ちょうめい》をなさいます。」

と、答《こた》えました。

それをきいて、武士《ぶし》は家《うち》へ帰《かえ》り、息子《むすこ》にそのことをいってきかせました。

「それでは、どうぞ私《わたし》を犠牲《いけにえ》にして、王《おう》さまのお命《いのち》をお救《すく》いください。王《おう》さまがいらっしゃればこそ、多《おお》くのよい方《かた》たちも、生《い》きておられるのですから。」

と、息子《むすこ》も喜《よろこ》んで承知《しょうち》しましたので、武士《ぶし》はじぶんの息子《むすこ》をお社《やしろ》へつれてゆき、剣《けん》をぬいて、刺《さ》し殺《ころ》そうとしました。

その時《とき》、彼《かれ》ら親子《おやこ》の前《まえ》に、ドゥルガーの神《かみ》が姿《すがた》をあらわして、

「その方《ほう》の誠心《まごころ》に感《かん》じ、なんなりと望《のぞ》みをかなえてとらすぞ。」

と、おっしゃいました。

彼《かれ》が、どうぞクンチボジャ王《おう》のお命《いのち》を助《たす》けて、末長《すえなが》く栄《さか》えしめて頂《いただ》きとうございますと願《ねが》いますと、ドゥルガーの神《かみ》は、その願《ねが》いを聴《き》きいれ、子供《こども》の命《いのち》までゆるしてくださって、い

づくともなく再《ふたた》び姿《すがた》を消《け》しました。

彼《かれ》は、喜《よろこ》びいさんで、息子《むすこ》を家《うち》へ帰《かえ》し、じぶんはそのまま御殿《ごてん》へおもむきました。王《おう》さまは、それらのようすを、すべてこっそりしのんで見届《みとど》けたうえ、いそいで先《さき》へまわって御殿《ごてん》に帰《かえ》り、寝《ね》た風《ふう》を装《よそお》っておりました。そこへ、従者《じゅうしゃ》の武士《ぶし》が帰《かえ》ってきましたから、王《おう》さまは、

「どうじゃ、女《おんな》の泣《な》き声《ごえ》の正体《しょうたい》はわかったか？」

と、たずねました。すると、従者《じゅうしゃ》は、

「夫《おっと》と喧嘩《けんか》をしたと申《もう》して、泣《な》いていた女《おんな》がございました故《ゆえ》、なだめすかして、家《うち》へ送《おく》り届《とど》けてまいりました。」

と答《こた》えましたので、どこまでもじぶんの手《て》がらをかくそうとする彼《かれ》の心《こころ》がけに、王《おう》さまはたいそう感心《かんしん》なされ、ついに彼《かれ》を、軍隊《ぐんたい》の総指揮官《そうしきかん》に採用《さいよう》してやりました。

खरगोश और हाथी

ウサギとゾウ　Chapter 8-12

むかし、テルグの南部一帯《なんぶいったい》にかんばつがあって、池《いけ》にも、湖《みずうみ》にも、井戸《いど》にも、水槽《すいそう》にも、水《みず》という水《みず》は一滴《いってき》もなくなりました。ゾウたちは喉《のど》が渇《かわ》いて渇《かわ》いてたまりませんでしたから、諸所方々《しょしょほうぼう》たずねあるいて、水《みず》を求《もと》めました。ところが、やっと一《ひと》つチャンドラプシュカラニ（Chandrapushkarani）とよばれている水槽《すいそう》を、さがしだしました。その水槽《すいそう》には、水《みず》がふちまでもいっぱいみちていましたので、ゾウたちは思《おも》いきりそれを飲《の》んで、喉《のど》の渇《かわ》きをいやしました。おまけに、近《ちか》くの森《もり》のなかに住《す》みかを見《み》つけて、国《くに》じゅうが再《ふたた》び青々《あおあお》と草《くさ》におおわれる時《とき》まで、そこにおりました。

ところが、この森《もり》へ行《い》く途中《とちゅう》には、たくさんのウサギが住《す》んでいて、ゾウの足《あし》にふまれて死《し》んだものが、大勢《おおぜい》ありました。ウサギたちは、じぶんたちの身《み》のうえにふって来《き》たこの災難《さいなん》を見《み》て、どうにかして、ゾウを遠《とお》いところへおいやる工夫《くふう》はないものかしらと、ある場所《ばしょ》にあつまって、会議《かいぎ》をひらきました。すると、一匹《いっぴき》のウサギが、

「なぜゾウなどを恐《おそ》れるのか。おれが、ここから追《お》いだす工夫《くふう》をしてやろう。」

と、いいました。

ある月《つき》のよい晩《ばん》に、そのウサギは、近所《きんじょ》にある山《やま》のてっぺんに登《のぼ》り、いつものようにそこを通《とお》って、水槽《すいそう》へ水《みず》を飲《の》みにゆくゾウの見《み》えるのを、待《ま》っていました。やがてゾウがやって来《く》ると、上《うえ》から声《こえ》をかけ、

「おーい、そこへゆくゾウたち、わたしはチャンドラ様《さま》(Chandra 月《つき》のこと)の使《つか》いに立《た》って来《き》たものだが、おまえ

たちの水《みず》を飲《の》みにゆくあの水槽《すいそう》は、チャンドラ様《さま》がご自分《じぶん》でお使《つか》いになるため、特《とく》におこしらえさせになったもので、チャンドラ様《さま》のものなのだぞ。チャンドラプシュカラニ（月《つき》のタンクという意味《いみ》）という名《な》がついているのは、つまりそのわけなのだ。チャンドラ様《さま》は、毎晩奥《まいばんおく》さまをおつれになって、ここでお遊《あそ》びになられるのだが、ここしばらくは、おまえたちがやって来《き》てじゃまをするため、気《き》ばらしがおできになられないのだ。それだからおまえたちのことを、たいそうご立腹《りっぷく》になっていらっしゃる。早《はや》く立《た》ち去《さ》らないと、夜《よ》あけまでにおまえたちを、みんな殺《ころ》してしまうとおっしゃっているぞ。チャンドラ様《さま》がご立腹《りっぷく》になっておられるかおられないか、見《み》たいとおもうなら、水槽《すいそう》へ行《い》ってごらん。よくわかるから。」

といって、おどしつけました。

ゾウたちはびっくりして、水槽《すいそう》へ行《い》ってみましたが、水《みず》のおもてに月影《つきかげ》がうつって、風《かぜ》にぎらぎら波立《なみだ》っているのを見《み》ますと、それをチャンドラ様《さま》がご立腹《りっぷく》になっているのだと思《おも》いちがえました。そしてお月《つき》さまにおじぎをして、

「私《わたし》たちは、何《なに》も知《し》らないでまいったのですから、どうぞおゆるしくださいまし。」

といい、またウサギには、どうぞよいように取《と》りなしてくれと、頼《たの》みました。

それから、ゾウはすぐさまその場所《ばしょ》を立《た》ち去《さ》りましたので、それ以来《いらい》、ウサギたちは安心《あんしん》してくらすことができました。

चोर जिसे धोखा दिया गया

泥棒《どろぼう》がいっぱいくわされる　Chapter 8-13

井戸《いど》のふちで、一人《ひとり》の子供《こども》がワアワア泣《な》いているところへ、泥棒《どろぼう》がやって来《き》て、なぜ泣《な》いているのかとたずねました。子供《こども》は、ここで遊《あそ》んでいて、井戸《いど》のなかをのぞいたら、頭《あたま》にかけていた真珠《しんじゅ》の首《くび》かざりがぬけて、水《みず》の中《なか》へおちてしまった、それを失《な》くして家《うち》へ帰《かえ》ると、お父《とう》さんやお母《かあ》さんにおしおきされるから、それで泣《な》いていたのだといいました。泥棒《どろぼう》は、どうかして、その首《くび》かざりを見《み》つけてやりたいとおもって、

「よしよし、心配《しんぱい》おしでない、私《わたし》が井戸《いど》のなかへ入《はい》って、取《と》って来《き》てやろう。その間《あいだ》私《わたし》の着物《きもの》を番《ばん》していておくれ。」

といいました。それから、着物《きもの》を土手《どて》のうえにぬぎすて、

井戸《いど》のなかへ飛《と》びこみました。

子供《こども》は、泥棒《どろぼう》が井戸《いど》の底《そこ》へおりるが早《はや》いか、そのぬいである着物《きもの》をさらって、逃《に》げてゆきました。

泥棒《どろぼう》は、ながいこと真珠《しんじゅ》をさがしていましたが、見《み》つからないので、また上《うえ》へあがって来《き》ました。見《み》ると、どこにも子供《こども》の姿《すがた》がありませんので、

「しまった！　泥棒《どろぼう》のおれでさえ、子供《こども》にだまされることがあるのか。」

と、さけびました。

राजा सिबी

シビ王《おう》　Chapter 8-14

ニシャダ（Nishada）国《こく》を支配《しはい》していた王《おう》さまのうちでも、もっとも名君《めいくん》であったシビ(Sibi)王《おう》は、あらゆる徳《とく》をそなえ、臣下《しんか》たちの尊敬《そんけい》の的《まと》でありました。

ある日《ひ》ガンダルバス（Gandarvas）が、帝釈天《たいしゃくてん》（Devendra）のまえで、シビ王《おう》の諸徳《しょとく》にすぐれていることを褒《ほ》めたたえますと、帝釈天《たいしゃくてん》は、

「それでは一《ひと》つためしてみよう。」

といって、じぶんは鷹《たか》に姿《すがた》を変《か》え、友《とも》だちのアグニ（Agni）をよんで、鳩《はと》にならせました。それから鷹《たか》が鳩《はと》を追《お》いかけて、天《てん》から地上《ちじょう》へおりて来《き》ました。

鷹《たか》に追《お》いつめられた鳩《はと》は、シビ王《おう》のまえへ逃《に》げてきて、

「おお、王《おう》よ！　鷹《たか》が私《わたし》を捕《とら》えて、えじきにせんとして追《お》いかけてまいります。どうぞかくまって下《くだ》さい。」

といいながら、王《おう》さまの蔭《かげ》にかくれました。

そこへ、まもなく鷹《たか》がやって来《き》て、シビ王《おう》にいいました。

「私《わたし》の獲物《えもの》を、かばわないで下《くだ》さい。私《わたし》はその獲物《えもの》をとらなければ、飢《う》えて死《し》ななければなりません。それは情《なさ》けあるあなたのなされることではないでしょう。」

それに対《たい》して王《おう》さまは、

「それでは、鳩《はと》のかわりに、それだけの重《おも》さの肉《にく》を、私《わたし》から取《と》りなさい。」

と、いいました。鷹《たか》は、それを承諾《しょうだく》しました。そこで、王《おう》さまは秤《はかり》をとって、一方《いっぽう》の皿《さら》に鳩《はと》を載《の》せ、一方《いっぽう》の皿《さら》に、じぶんの身体《からだ》から切《き》りとった肉《にく》を載《の》せました。しかし王《おう》さまの肉《にく》を切《き》りとっても切《き》りとっても、なかなか鳩《はと》の重《おも》さとおなじにはなりませんでしたから、ついに王《おう》さまは、ごじぶんの身体《からだ》をそのまま皿《さら》の上《うえ》に載《の》せますと、ようやく釣《つ》りあいがとれるようになりました。

鷹《たか》と鳩《はと》は、初《はじ》めて王《おう》さまの徳《とく》の高《たか》いのに感《かん》じ、もとの神《かみ》さまの姿《すがた》にかえって、王《おう》さまの前《まえ》にあらわれ、祝福《しゅくふく》をあたえて、それぞれじぶんの国《くに》へ帰《かえ》ってゆきました。

बुद्धिपूर्ण सलाह

りこうな諫言《かんげん》　Chapter 8-15

ベンガルに、大《おお》きな城郭《じょうかく》をきずいて、そこに大勢《おおぜい》の家来《けらい》と共《とも》に住《す》んでいる王《おう》さまがありました。王《おう》さまは、そこに住《す》んでいる間《あいだ》は、誰《だれ》にも侵《おか》されることがありませんでした。

ところが、ここに、その支配《しはい》をうけている一人《ひとり》の大名《だいみょう》が、この王《おう》さまを城《しろ》からさそいだして、牢屋《ろうや》へおしこめ、じぶんが代《か》わって、その広《ひろ》い領土《りょうど》を取《と》ろうと考《かんが》えました。こういう悪《わる》だくみをもって、ある日《ひ》、彼《かれ》は王《おう》さまのところへ出《で》かけ、

「明日《あした》は息子《むすこ》の結婚式《けっこんしき》をあげることになっております故《ゆえ》、陛下《へいか》のご光臨《こうりん》をかたじけのういたしたく存《ぞん》じます。」

と、申《もう》しました。

王《おう》さまは、それを承諾《しょうだく》いたしましたが、大臣《だいじん》が後《あと》でそのことを聴《き》いて、

「陛下《へいか》には、あの大名《だいみょう》の家《うち》にお出《い》でになられるおぼしめしだと伺《うかが》いますが、いったん陛下《へいか》が城郭《じょうかく》から外《そと》へお出《で》になられれば、必《かなら》ず彼《かれ》はよからぬことをたくらむに相違《そうい》ございません。決《けっ》して決《けっ》して、お出《い》であそばしますな。」

と、諫《いさ》めますと、

「そのような懸念《けねん》をいたすにはおよばぬ。彼《かれ》はながいあいだ、わしによく勤《つと》めておったので、これまでの事《こと》から判断《はんだん》すれば、わしになんの敵意《てきい》をもとうとはおもわれぬ。もしそのような考《かんが》えがあるとすれば、今《いま》までに、どうしてこの国《くに》へ攻《せ》めよせないでいようか。」

と、おっしゃいました。

「陛下《へいか》がこの城郭《じょうかく》においでになられる間《あいだ》は、誰《だれ》も攻《せ》めることができません故《ゆえ》、彼《かれ》とて敵意《てきい》はあらわしますまい。どこまでも好意《こうい》を示《しめ》しておりましょう。しかし、いったん陛下《へいか》が、城郭《じょうかく》をお出《で》ましになられたが最後《さいご》、それは無援孤立《むえんこりつ》でございます。彼《かれ》はこのよい機会《きかい》を、見《み》のがしはいたしますまい。必《かなら》ず陛下《へいか》に対《たい》して、敵意《てきい》を示《しめ》すでございましょう。これを例《たと》えて申《もう》しますれば、蓮《はす》は水《みず》のなかにおる間《あいだ》は、太陽《たいよう》の熱《ねつ》を軽蔑《けいべつ》して、花弁《かべん》をのびのびとひろげております。太陽《たいよう》もまたしじゅうそれを助《たす》けております。しかしいったん、その無《な》くてはならぬもの、すなわち水《みず》から外《そと》に出《で》ますと、前《まえ》には助《たす》けてくれていた同《おな》じ太陽《たいよう》が、それを枯《か》らしてしまいます。陛下《へいか》と彼《かれ》との関係《かんけい》が、ちょうどそれと同《おな》じでございます。」

大臣《だいじん》が、重《かさ》ねてこうお諫《いさ》め申《もう》しましたので、王《おう》さまは初《はじ》めておわかりになって、たいそう喜《よろこ》ばれ、ついに城郭《じょうかく》からお出《で》かけになることを中止《ちゅうし》しました。

কৃতঘ্ন বাঘ
恩知《おんし》らず　Chapter 8-16

ある森《もり》のなかに、一匹《いっぴき》の虎《とら》がおりまして、そこにいつも住《す》んでいる獣《けもの》たちを、片《かた》っぱしから殺《ころ》しては、それを食《た》べておりました。ある日《ひ》のこと、一匹《いっぴき》の野牛《のうし》を捕《と》って食《た》べているうちに、骨《ほね》が一本《いっぽん》、あごに刺《さ》さりました。虎《とら》は、あごがきりきり痛《いた》んで、とても堪《た》えられませんでしたから、樹《き》の下《した》に身体《からだ》をよこたえ、口《くち》をあけてうんうんうなりながら、

「どうしてこの刺《とげ》をぬこうか？　ああ苦《くる》しい！　どうしたらよいのだろう？」

と、さけんでいました。

そのうちに、鳥《とり》が一羽《いちわ》、樹《き》のうえにとまっているのを見《み》つけて、

「ああ、鳥君《とりくん》、ごらんのとおり、僕《ぼく》は今苦《いまくる》しんでいるのだ。このあごに刺《さ》さっている骨《ほね》をぬいて、僕《ぼく》の苦《くる》しみをのぞいてくれないか。そうしたら今後《こんご》、僕《ぼく》が毎日手《まいにちて》にいれる食《た》べもののうちから、君《きみ》のほしいだけのものをやろう。」

と、いいました。

鳥《とり》は可哀《かわい》そうになって、虎《とら》の口《くち》のなかへクチバシを突《つ》っこみ、骨《ほね》を取《と》りだしてやりました。

その後《ご》、鳥《とり》が約束《やくそく》の肉《にく》を分《わ》けてくれと、虎《とら》にいいますと、

「君《きみ》が僕《ぼく》の口《くち》のなかにクチバシをいれた時《とき》、一口《ひとくち》に噛《か》みつぶすところを、ゆるしてやったじゃないか。それだのに、肉《にく》をよこせなどと、実《じつ》に君《きみ》は恩知《おんし》らずだ。」

と、虎《とら》が答《こた》えました。

ちょうどこれと同《おな》じことで、人《ひと》はとかく身分《みぶん》がよくなると、困《こま》った時《とき》に助《たす》けてくれた人《ひと》の恩《おん》を、忘《わす》れがちなものであります。

चार तावीज
四《よっ》つのお守《まも》り　Chapter 8-17

チャトラプル（Chatrapur）に、四人《よにん》の貧乏《びんぼう》な友《とも》だち仲間《なかま》がありました。いずれも不運《ふうん》で、どうしてその日《ひ》をすごそうかと、心配《しんぱい》するほどでありましたから、ある日《ひ》あつまって、どうしたらもう少《すこ》しよい暮《く》らしができようかと、相談《そうだん》いたしました。その結果《けっか》、カーリーの女神《めがみ》に、無理《むり》なお願《ねが》いをしましたところ、神《かみ》さまが姿《すがた》をあらわし、なにが望《のぞ》みなのかと、おっしゃいました。富《とみ》と幸福《こうふく》とをさずけて頂《いただ》きたいのですと、申《もう》しますと、神《かみ》さまはめいめいにお守《まも》りをくだされ、

「これを頭《あたま》にのせて、北《きた》の方《ほう》へ北《きた》の方《ほう》へと行《ゆ》きなさい。そして頭《あたま》からお守《まも》りがおちたなら、そこを掘《ほ》りかえして、中《なか》からあらわれた物《もの》を、お守《まも》りの持《も》ち主《ぬし》がとりなさい。」

と、いわれました。

四人《よにん》が、北《きた》へ北《きた》へと旅《たび》をつづけて、ある場所《ばしょ》まで行《い》きますと、最初《さいしょ》の男《おとこ》のお守《まも》りが頭《あたま》から落《お》ちました。そこの地《じ》めんを掘《ほ》りかえしてみると、中《なか》からたくさんの銅《どう》が出《で》て来《き》ました。

「これだけさずけてもらえば、私《わたし》は満足《まんぞく》だ。」

といって、その男《おとこ》は別《わか》れをつげて、ひとり家《うち》へ帰《かえ》りました。

もう少《すこ》し旅《たび》をつづけてゆくと、また一人《ひとり》の頭《あたま》から、お守《まも》りが落《お》ちました。そこの地《じ》めんを掘《ほ》ると、銀《ぎん》がたくさんありました。それを取《と》った男《おとこ》は、前《まえ》の銅《どう》を見《み》つけた男《おとこ》の例《れい》にならい、それを持《も》って家《うち》へ帰《かえ》りました。

残《のこ》りの二人《ふたり》が、さらに旅《たび》をつづけると、一人《ひとり》の頭《あたま》から、お守《まも》りが落《お》ちて、掘《ほ》った地《じ》めんからは、たくさんの金《きん》が出《で》ました。その時《とき》、金《きん》の持《も》ち主《ぬし》が、友《とも》だちにむかい、

「これだけたくさんの金《きん》が出《で》たのだから、君《きみ》はもう、先《さき》へ行《い》

くのはよしたがよかろう。これで、二人《ふたり》が安楽《あんらく》にくらすことができるじゃないか。」

と、話《はな》しました。

しかし、友《とも》だちはそれを耳《みみ》にもいれず、なおもひとりで、路《みち》を進《すす》みました。やがて頭《あたま》のお守《まも》りが落《お》ちましたので、そこを掘《ほ》ってみると、出《で》て来《き》たものは、鉄《てつ》でした。

彼《かれ》は、じぶんの運《うん》のあまりに悪《わる》いのを悲《かな》しみ、友《とも》だちの言葉《ことば》をきかなかったことを、たいそう後悔《こうかい》しました。そして、引《ひ》きかえして、友《とも》だちの後《あと》を追《お》いましたが、気《き》の毒《どく》に、もうどこへ行《い》ったものか、姿《すがた》が見《み》えませんでした。そこで、しおしおとして後《あと》もどりをし、じぶんにさずかった鉄《てつ》を、持《も》って帰《かえ》ろうとしたところ、今《いま》はそれすらもなくなっていました。

彼《かれ》は泣《な》く泣《な》く町《まち》へ帰《かえ》って、一生物乞《いっしょうものご》いをしてくらしました。

काल्पनिक ब्राह्मण

空想《くうそう》にふけった坊《ぼう》さん　Chapter 8-18

ティルパティ（Tirupati）に、貧《まず》しいバラモンの坊《ぼう》さんがありました。ある日《ひ》、商人《あきんど》から、麦粉《むぎこ》の入《はい》った壺《つぼ》を恵《めぐ》んでもらい、それをもって歩《ある》いておりましたが、たいそうつかれたので、よその家《うち》の軒下《のきした》に腰《こし》をおろして、ひとり言《ごと》をいっておりました。

「もしわたしが、この壺《つぼ》の麦粉《むぎこ》を売《う》るとすれば、半《はん》ルピーのお金《かね》になる。そうすれば、それで一頭《いっとう》の子羊《こひつじ》を買《か》うことができる。これがもとで、しばらくすると、羊《ひつじ》がたくさんにふえる。そこで、その羊《ひつじ》をみんな売《う》って、牝牛《めうし》や水牛《すいぎゅう》を買《か》いこむのだ。さすれば数年《すうねん》にして、わしは三千頭《さんぜんとう》の家畜《かちく》の持《も》ち主《ぬし》になるだろう。そこでわしは家《いえ》を買《か》い、立派《りっぱ》に装飾《そうしょく》をほどこし、

Chapter 8

美《うつく》しい娘《むすめ》さんと結婚《けっこん》すると、やがて赤《あか》ん坊《ぼう》が生《う》まれて、家《うち》のなかはますます楽《たの》しくなる。わしの妻君《さいくん》は、子供《こども》たちにあまいから、泣《な》いてもほっておくだろうが、わしはそうはさせん。泣《な》いたら、足《あし》で蹴《け》ってやろう。」

ここまで考《かんが》えてきて、彼《かれ》はほんとうに赤《あか》ん坊《ぼう》を蹴《け》る気《き》になって、足《あし》を突《つ》きだしたものですから、麦粉《むぎこ》の壺《つぼ》を蹴《け》かえして、こなごなにわってしまいました。麦粉《むぎこ》は泥《どろ》にまみれ、それと共《とも》に、彼《かれ》の頭《あたま》に描《えが》いていた幸福《こうふく》の夢《ゆめ》も、消《き》えてしまいました。

कौआ और हंस
鶴《つる》と白鳥《はくちょう》 Chapter 8-19

むかし、クリシュナ河《がわ》のほとりの、パンヤの樹《き》のうえに、一羽《いちわ》の鶴《つる》が住《す》んでおりました。ある時《とき》、一羽《いちわ》の白鳥《はくちょう》が、そのそばを通《とお》りすぎようとしたのを見《み》て、呼《よ》びとめていいました。

「あなたの身体《からだ》は、色《いろ》は私《わたし》によく似《に》ているが、クチバシと脚《あし》は赤《あか》いのですね。あなたのような鳥《とり》には、これまで出《で》あったことがありませんが、一体《いったい》あなたは、どなたです。またどういう仕事《しごと》をしているのですか?」

と、たずねました。

それに対《たい》して白鳥《はくちょう》は、次《つぎ》のような返事《へんじ》をしました。

「私《わたし》は、白鳥《はくちょう》というものです。マナササラス（Manasasaras）とよぶ、天《てん》の湖《みずうみ》に住《す》むもので、そこから来《き》たのです。」

そうすると鶴《つる》は、そこではどういうものが得《え》られ、また主《おも》にどんな食《た》べ物《もの》があるかと、たずねました。

それに対《たい》してまた白鳥《はくちょう》は答《こた》えました。

「そこでは、すべてが、天使《てんし》の手《て》で造《つく》られるのですから、周囲《しゅうい》の崇厳《そうごん》なことは、私《わたし》の力《ちから》では述《の》べられません。しかし、そこで取《と》れる貴《とうと》い物《もの》を、少《すこ》しばかり聞《き》かしてあげてもようございます。その湖《みずうみ》の付近《ふきん》には、黄金《おうごん》の土《つち》や、神《かみ》さまの召《め》しあがる不老不死《ふろうふし》の食《た》べ物《もの》、黄金《おうごん》の蓮《はす》、真珠《しんじゅ》の塊《かたまり》、芳《かんば》しい雲《くも》、極楽《ごくらく》の樹《き》などがあります。それこそ、見《み》るものきくもの、すべて不思議《ふしぎ》です。」

その上白鳥《うえはくちょう》は、そこにある黄金《おうごん》の蓮《はす》のつぼみのいくつかは、じぶんの物《もの》であると話《はな》しますと、さっきから聴《き》こう聴《き》こうともじもじしていた鶴《つる》は、とうとうたまらなくなって、

「それでは、牡蠣《かき》はとれるのですか？」

と、たずねました。そして牡蠣《かき》がとれないという返事《へんじ》を、白鳥《はくちょう》から聴《き》くと、急《きゅう》に笑《わら》いくずれて、

「牡蠣《かき》がない場所《ばしょ》が自慢《じまん》なんて、もうよしてもらおう。牡蠣《かき》がどんなにおいしいか、それを知《し》らないおまえさんは、気《き》の毒《どく》だよ。」

と、いいました。

ब्रह्मण एक चोर द्वारा धोखा दिया गया था

泥棒《どろぼう》にだまされた坊《ぼう》さん　Chapter 8-20

タムラパルニ（Tamraparni）河《がわ》のほとりにあるスリラマプラ（Sriramapura）というところに、名《な》をワサンサヤジ

(Vasanthayaji) とよぶ、バラモンの坊《ぼう》さんがありました。ある時《とき》、ふと、神《かみ》さまにお供《そな》え物《もの》をしようと考《かんが》えました。それには、犠牲《いけにえ》にする上等《じょうとう》なヤギが、四《し》、五頭《ごとう》いりましたから、近所《きんじょ》の村《むら》へ行《い》って、求《もと》めました。

その帰《かえ》り道《みち》に、四人《よにん》の泥棒《どろぼう》が隊《たい》をくんで、そのヤギを横《よこ》どりしようとしました。まずそのうちの一人《ひとり》が、坊《ぼう》さんの前《まえ》に突立《つった》ち、

「なんでお前《まえ》さんは、そんなたくさんの狂犬《きょうけん》をつれているのですか？」

と、たずねました。

坊《ぼう》さんは、ヤギと狂犬《きょうけん》をまちがえるなんて、馬鹿《ばか》な奴《やつ》だとおもっただけで、通《とお》りすぎました。

少《すこ》し行《ゆ》くと、他《ほか》の泥棒《どろぼう》がまた一人《ひとり》やって来《き》て、同《おな》じ質問《しつもん》をして、狂犬《きょうけん》に噛《か》まれぬよう注意《ちゅうい》するがよいといいました。坊《ぼう》

さんは、この言葉《ことば》をきいて、ちょっと心《こころ》に懸念《けねん》がおこりました。

それから五《ご》、六間歩《ろっけんある》くと、第三番目《だいさんばんめ》の泥棒《どろぼう》が、ヤギのそばによって来《き》て、

「往来《おうらい》で、狂犬《きょうけん》を手放《てばな》してあるくなんて、危険《きけん》じゃないか。」

と、責《せ》めました。

これを聴《き》いて、坊《ぼう》さんは、逢《あ》う人《ひと》ごとにああいうからには、このヤギだとおもったのは、たしかに狂犬《きょうけん》にちがいないと考《かんが》えました。そして、綱《つな》でつなごうとしていますと、そこへ最後《さいご》の泥棒《どろぼう》がやって来《き》て、

「近《ちか》くの樹《き》に、結《むす》びつけておきなさい。人《ひと》に噛《か》みつかせたら、大変《だいへん》なことになるぜ。」

と、いいました。

そこで坊《ぼう》さんは、ヤギの群《む》れを、樹《き》にむすびつけて、逃《に》げ

去《さ》りました。その後《あと》で、泥棒《どろぼう》たちは綱《つな》をといて、ヤギをつれて去《さ》りました。

राजा की शक्ति और भगवान की शक्ति
王《おう》さまの力《ちから》と神《かみ》さまの力《ちから》 Chapter 8-21

ジャヤシュチャンドラ（Jayachchandra）王《おう》に、二人《ふたり》のお気《き》に入《い》りの家来《けらい》があって、一人《ひとり》はマホメット教徒《きょうと》であり、一人《ひとり》はバラモン教徒《きょうと》でありました。王《おう》さまは、この二人《ふたり》に、しじゅういろいろの物《もの》をあたえましたので、そのおかげで、彼《かれ》らは金持《かねも》ちになり、安楽《あんらく》にくらしていました。

ある日《ひ》、王《おう》さまは彼《かれ》らにむかい、

「おまえたちのしあわせは、誰《だれ》のおかげであるか。」

と、たずねました。

マホメット教徒《きょうと》は、直《ただ》ちに、

「まったく、陛下《へいか》のおかげでございます。」

と、答《こた》えました。

しかし、バラモン教徒《きょうと》は、

「すべて、上帝《じょうてい》のお加護《かご》によるところでございます。」

と、いいました。

王《おう》さまは、二人《ふたり》が二人《ふたり》とも、じぶんに感謝《かんしゃ》するかと思《おも》ったのに、そうでなかったのを、不満《ふまん》に感《かん》じました。そして彼《かれ》らの申《もう》すところを、試《ため》してみようと思《おぼ》し召《め》して、ひょうたんのなかに、真珠《しんじゅ》をいっぱいつめて、それをマホメット教徒《きょうと》にあたえ、同時《どうじ》に、バラモン教徒《きょうと》には、二《ふた》つの銀貨《ぎんか》をあたえました。

二人《ふたり》がつれ立《だ》って、家《うち》へ帰《かえ》る途中《とちゅう》、マホメット教徒《きょうと》は、ひょうたんのなかに何《なに》が入《はい》っているのか、知《し》らないものですから、しきりと王《おう》さまの下《くだ》さったものについて、ぶつぶつ不平《ふへい》をいいだしました。そして、バラモン教徒《きょうと》に、おまえのもらった二《ふた》つの銀貨《ぎんか》と、取《と》りかえっこをしようじゃないかと、持《も》ちかけました。バラモン教徒《きょうと》は、同意《どうい》して、それとかえました。

さてバラモン教徒《きょうと》が、そのひょうたんをわってみますと、中《なか》から、思《おも》いもかけぬ、莫大《ばくだい》な宝物《たからもの》が出《で》てきましたから、大《おお》よろこびで、王《おう》さまのところへ引《ひ》きかえし、その出来《でき》ごとを、話《はな》しました。

王《おう》さまは、この意外《いがい》な出来事《できごと》によって、うぬぼれの心《こころ》が、まったくとれました。神《かみ》さまのお手《て》をかりずには、何事《なにごと》も人間《にんげん》の努力《どりょく》はむだであります。

मुस्लिम और चोर

マホメット教徒《きょうと》と泥棒《どろぼう》 Chapter 8-22

ラジャームンドリー（Rajahmundry）に、一人《ひとり》のマホメット教徒《きょうと》が住《す》んでおりました。ある晩《ばん》、戸《と》じまりをやぶって、その家《うち》に泥棒《どろぼう》が入《はい》りました。誰《だれ》が泥棒《どろぼう》に入《はい》ったかいろいろさがした結果《けっか》、盗《ぬす》まれた品物《しなもの》のいくつかが、ある家《いえ》にあるのを見《み》つけました。いろいろの理由《りゆう》によって、そこの主人《しゅじん》が泥棒《どろぼう》であるとわかりましたから、その男《おとこ》をつれて、裁判官《さいばんかん》のところへ、訴《うった》えて出《で》ました。

裁判官《さいばんかん》は、マホメット教徒《きょうと》にむかい、

「その方《ほう》は、この者《もの》が、その方《ほう》の家《うち》に入《はい》ったという、何《なに》かたしかな証拠《しょうこ》をもっているか？」

と、たずねました。

「いいえ、さような証拠《しょうこ》はございません。」

　と、マホメット教徒《きょうと》が答《こた》えますと、

「それでは、この事件《じけん》は取《と》りあげることはできん。誰《だれ》も現場《げんば》を見《み》た者《もの》がなくては、裁判《さいばん》の宣告《せんこく》を下《くだ》すことはできんではないか。」

　と、裁判官《さいばんかん》は答《こた》えました。

　これを聴《き》くと、マホメット教徒《きょうと》は、じぶんのはいていた片方《かたほう》の上草履《うわぞうり》をぬいで、泥棒《どろぼう》を打《う》ちはじめました。

　裁判官《さいばんかん》は、たいそう怒《おこ》って、

「何《なに》をするのか?」

　と、たずねました。

　すると、彼《かれ》は、

「この泥棒《どろぼう》が、前《まえ》もって、泥棒《どろぼう》に入《はい》ると知《し》らしておいてくれたなら、ちゃんと証人《しょうにん》をこしらえて待《ま》っていたのに、それをしてくれなかったから、打《う》ったのです。」

と、答《こた》えました。

裁判官《さいばんかん》は、それによって、初《はじ》めて、証人《しょうにん》がないといって受《う》けつけなかったじぶんのあやまりに、気《き》がつきまして、それからは、そんなまちがった裁判《さいばん》は、しないようになりました。